10/18

12, AVENUE D'ITALIE. PARIS XIIIe

Sur l'auteur

Thomas Savage est né en 1915 à Salt Lake City dans une grande famille de l'Ouest américain. À vingt-deux ans, il quitte le ranch familial du Montana pour le Maine et publie son premier roman, *The Pass*. Auteur de treize romans, dont trois ont été élus « Meilleur livre de l'année » par la presse américaine, il a été distingué par de nombreux prix, dont le Pacific Northwest Booksellers Association Award et une sélection pour le prestigieux Pen Faulkner Award. Il est aussi l'un des rares écrivains à avoir reçu la bourse très convoitée de la Fondation Guggenheim, en 1980. Thomas Savage est mort en 2003. La traduction du *Pouvoir du chien* et celle de *La Reine de l'Idaho* permettent aujourd'hui au public français de découvrir cet auteur majeur, considéré outre-Atlantique comme un classique.

THOMAS SAVAGE

LA REINE
DE L'IDAHO

Traduit de l'américain
par Pierre FURLAN

10/18

« *Domaine étranger* »
dirigé par Jean-Claude Zylberstein

BELFOND

*Du même auteur
aux Éditions 10/18*

LE POUVOIR DU CHIEN, n° 3616
▶ LA REINE DE L'IDAHO, n° 3780

Les événements et les personnages de ce roman sont fictifs. Toute ressemblance avec des personnes réelles, vivantes ou mortes, serait pure coïncidence et involontaire.

Titre original :
The Sheep Queen
(Initialement publié sous le titre *I Heard my Sister Speak My Name* par Little, Brown en octobre 1977).
Publié par Little, Brown and Company, New York

© Thomas Savage, 1977. Tous droits réservés.
© Belfond, 2003, pour la traduction française.
ISBN 2-264-03992-2

Pour Hellie et pour Bill

UN

1

Je m'appellerai donc Tom Burton, ou plutôt Thomas Burton, puisque c'est ainsi qu'apparaît mon prénom sur les romans que j'écris. Pour certains lecteurs, je suis trop difficile, mes phrases allant parfois au-delà de la simple énonciation. Beaucoup de lecteurs ne sont à l'aise qu'avec des phrases simples et préfèrent les livres qui les récompensent d'avoir cru en un *happy end,* d'avoir cru qu'il y a un trésor au pied de l'arc-en-ciel même quand l'arc-en-ciel continue à fuir et que ceux qui lui courent après ont les pieds en compote. Pas de fin, heureuse ou malheureuse ; il n'y a qu'une pause.

Je vis avec ma femme, romancière elle aussi ; ensemble, nous gagnons décemment notre vie. S'il n'y avait pas les enfants, nous gagnerions davantage. Mais nous mangeons, nous payons nos factures et nous arrivons à faire réparer les fuites du toit – ou, sinon, à les faire localiser. Nous nous estimons heureux de pouvoir faire ce que nous voulons dans le lieu où nous avons envie d'être. Nous n'avons jamais sérieusement envisagé de divorcer, mais il nous arrive, après quelques martinis, de crier et de raviver des plaies anciennes. Ma femme m'a un jour lancé une assiette de maquereau au sel et aux pommes de terre –

jusqu'alors un de mes plats favoris. Quelques mois plus tard, nous avons encore découvert quelques bouts de poisson enrobés de pomme de terre dans la balustrade en fer qui descend vers la salle à manger. Il y en avait aussi sur des barreaux de chaise et d'autres collés au dos de certains livres, entre autres du *Guide des oiseaux* de Peterson et de *La Russie sous l'Ancien Régime* de Pipe. Chacune de ces découvertes nous a rappelé que la passion est stérile. D'habitude, comme tout le monde, nous rions, nous parlons des enfants et nous nous inquiétons pour eux. Autrefois, nos garçons nous ont donné des soucis. Ils ne semblaient pas adaptés au monde tel qu'il est, et nous nous reprochions de ne pas leur avoir donné le bon exemple, de ne pas avoir pris suffisamment au sérieux le monde des affaires. Il y a tant de gens, dans ce monde-là, qu'il vaut mieux savoir comment s'arranger avec eux, apprendre leurs manières et pouvoir les rouler comme ils se roulent les uns les autres.

Notre fille, étonnamment, ne nous cause que très peu de souci ; jusqu'à présent, elle et son mari ont réussi à régler seuls leurs problèmes. Il se peut que cela change du jour au lendemain. Je trouve que les choses ont tendance à bouger. C'est une réalité qui nous oblige à rester sur le qui-vive.

Les enfants sont tous partis, à présent, ce qui veut dire qu'ils vivent tous ailleurs, mais ils reviennent avec leurs propres enfants – au nombre de huit et tous superbes, en tout cas à mes yeux. Nos petits-enfants aiment bien dormir par terre ; ils font comme s'ils étaient dans un campement indien. Tout le monde se retrouve ici pour les fêtes parce que j'ai été élevé dans cette idée. Ils viennent donc tous pour Thanksgiving, Noël et le jour de l'an, qui sont si rapprochés que c'est à peine si on a le temps de respirer. Nous avions pensé, ma femme et moi, à cause de la petite taille de la maison et des nouveaux petits-enfants, qu'il serait plus facile cette année de dîner dehors pour Thanksgiving. Les deux bébés pourraient dormir dans ces petits lits superposés qui sont à la mode, maintenant. Nous réserverions une grande table dans un bon restaurant près d'ici qui s'avance sur l'océan (comme si nous n'avions déjà pas tout l'océan juste devant chez nous) et, de là, nous regarderions des mouettes qui ne sont pas les nôtres, prendrions des verres, bavarderions et commanderions notre repas. Tout serait servi et mangé, les restes seraient débarrassés – sauf que nous en emporterions une partie dans une poche en papier –, et nous rentrerions dans une maison toute propre. Mais les enfants ont poussé de tels cris de protestation que cette sortie a tout simplement été impossible.

« Papa, on n'a *jamais* fait un truc pareil, a déclaré ma fille. Je suis étonnée que tu penses même à le proposer.

— Bon, comme tu vois, ce n'était qu'une proposition », ai-je répondu.

Ce qu'ils ont dit, les enfants, c'est que si nous estimions qu'il nous était impossible à notre âge de préparer un simple dîner de Thanksgiving avec les ingrédients que nous avions cuisinés toute notre vie et de nettoyer ensuite, eh bien, ils se chargeraient avec plaisir de ce repas et du nettoyage ; l'un apporterait la dinde, un autre les légumes, un autre encore les tartes. Mais il vaut mieux faire cuire la dinde dans la maison où on va la consommer ; il n'est pas non plus très bon de préparer les légumes à l'avance : ils perdent leurs couleurs et leurs vitamines. Quant à la sauce à la crème pour les oignons, elle finirait par tourner, et puis ni ma fille ni mes belles-filles ne sont très douées pour la pâte à tarte. La messe était donc dite. Notre nouvelle acquisition, un lave-vaisselle Maytag, nous a bien aidés. Ma femme a remarqué qu'elle ne savait pas comment on s'était débrouillés sans cette machine, mais moi je le savais.

Nous vivions donc tranquilles sur un bord de mer rocheux de la côte du Maine, et jamais le soleil ne se levait sans que nous ne rendions grâce à Dieu de pouvoir vivre là. Chaque hiver, les tempêtes déplaçaient les rochers, et chaque printemps nous trouvions de nouvelles voies d'accès à la plage. Une plage, c'est bien pour les petits-enfants. (Ils ne l'oublient jamais.) Tout le monde adorait les pique-niques, et quand les froids arrivaient nous prenions du bois flotté sur la plage pour faire un feu où nous mettions à cuire des saucisses de Francfort. Alors, notre enfance n'était pas loin. Nous avions assez de terrain face à l'océan pour que plus tard notre plus jeune fils puisse vivre dans la maison. Notre fille et son mari feraient construire sur les deux parcelles avoisinantes, notre fils aîné prendrait les deux parcelles suivantes, et ainsi ils seraient tous en mesure de se voir chaque jour. Ma femme et moi avions l'intention de nous faire incinérer – c'est plus propre – et de demander que nos cendres soient jetées dans la mer du haut des rochers. Je sais bien que c'est devenu illégal. Il y a trop de gens qui le font, trop de gens que ça choque, aussi, car ils craignent de voir des cendres se coller à leur peau. Mais là où nous vivions, c'était envisageable parce que c'est un endroit isolé, sauf en été. Même en été, on pourrait le faire dans l'obscurité et à condition de se dépêcher. J'ai lu quelque part que quelqu'un a fait déposer ses cendres sous les briques de sa cheminée. Ça semble sensé, mais est-il vraiment sensé d'obliger votre fils à penser à vous chaque fois qu'il remue le feu ? Non. Un fils a ses propres problèmes. Du coup, ma femme et moi avons décidé d'être des pollueurs.

Parfois, je me dis que je devrais me faire expédier vers l'Ouest d'où je viens et demander que mes cendres soient répandues sur les armoises.

Mes tantes ne comprenaient pas ce qui me poussait à vouloir quitter les montagnes Rocheuses – *leurs* montagnes, disaient-elles – pour aller habiter sur la côte du Maine. Selon elles, il est beaucoup plus agréable de vivre là où tout le monde vous connaît.

« Quelle idée farfelue, disait ma tante Maude, d'aller vivre dans le Maine. C'est comme s'installer dans l'Arkansas ou le Delaware. Personne, dans notre famille, ne vient de là-bas. Je ne crois pas que cette idée aurait plu à Mama. »

Bon, il se peut que Crow Point ait été un endroit farfelu. En juin, les estivants arrivaient avec leurs bateaux, leurs bonnets de bain et leurs seaux à glace. Les hommes avaient le ventre mou à force d'être assis, et leur peau était toute pâle d'être restée surexposée aux néons. Dès que le soleil tombait, les femmes ramenaient contre elles leurs pulls en cachemire et proposaient d'allumer un petit feu. Quelques-uns de ces hommes avaient de l'argent, d'autres avaient de bons diplômes ; rares étaient ceux qui avaient les deux. L'un était arracheur de dents. Un autre enseignait l'anglais.

La position sociale reposait sur le nombre d'étés passés ici. Ceux qui étaient venus les premiers trouvaient dommage que ceux qui étaient arrivés après n'aient pas connu Crow Point tel qu'il était à l'époque, mais les nouveaux, maintenant qu'ils avaient affirmé leur présence en clouant un panneau portant leur nom sur le bouleau à l'embranchement des deux routes, se montraient tout aussi réticents au changement et méfiants à l'égard des étrangers que les anciens. Et tous, parfois, braquaient leurs jumelles sur des individus qui grimpaient sans aucun style sur les rochers et qui portaient des chaussures au lieu de tennis. Ils étaient tous d'accord pour s'opposer au goudronnage des routes et à l'installation de lignes téléphoniques, mais ils acceptaient l'électricité. Il y a quand même des limites : on a besoin de glaçons.

Ils refusaient tous qu'on enlève des arbres, même morts, sauf quand ces arbres jetaient des ombres trompeuses sur les courts de tennis ou qu'ils empêchaient d'avoir une bonne vue sur l'océan.

Un peu plus haut sur notre route, un couple s'entretenait avec les esprits et faisait venir des médiums triés sur le volet pour le week-end. Un peu plus bas, un avocat avait réussi sa prise de contact avec le monde de la mécanique en achetant des outils à moteur qui entre ses mains connaissaient des humeurs bizarres. Avec ses outils, il se coupait des petits morceaux de lui-même, jamais assez pour se mutiler vraiment ou mettre son bonheur en péril. Il arrivait parfois en saignant pour me montrer.

Un député invitait des amis rieurs à venir de Washington pour boire et pour manger du maïs du pays et des langoustes. Quand il buvait seul, il avait pour tout vêtement un caleçon et m'appelait depuis le rebord d'un rocher.

« Tom ! »

Je me suis retrouvé au petit matin assis devant sa cheminée à le regarder brûler de vieux testaments. Il les avait rédigés en faveur de personnes qui aujourd'hui ne trouvaient plus grâce à ses yeux.

Il y avait des fêtes. Il n'était pas rare de voir une femme furieuse, en robe plutôt habillée, boitiller sur la route avec une seule chaussure aux pieds. Des amitiés se défaisaient avant même qu'on ait allumé les bougies. On avait dit quelque chose d'impardonnable. On jurait de ne plus jamais remettre les pieds chez untel.

Des dépanneuses arrivaient avec leurs lumières clignotantes.

Le lendemain de la fête du Travail[1], ils étaient tous partis. Les bois et la mer étaient de nouveau à nous, aux oiseaux et aux autres animaux.

Je crois que je suis allé vivre dans le Maine parce que c'était là que je pouvais me sentir le plus loin du ranch du Montana où j'avais grandi et où ma mère, ce si bel ange, avait été malheureuse.

Le matin en question – et pour être en question, il l'était – ne date que de quelques années. Il a commencé pour moi alors que j'étais debout dans cette véranda si proche de la mer qu'on pourrait parler de jetée. Ce jour-là, l'océan était d'un calme inhabituel ; de petites ondulations couraient sur sa surface et reflétaient le soleil. C'est ce genre de soleil, sur des eaux semblables, qui a poussé Eschyle à écrire « le sourire d'océan aux mille miroitements ». Il savait de quoi il parlait. Cette journée aurait pu être joyeuse.

Et puis, soudain, un goéland est passé en volant près de nous – si près que j'ai senti l'air qu'il déplaçait et que j'ai vu le regard de ses petits yeux perçants.

Deux sortes de goélands patrouillent sur notre plage et dans le ciel au-dessus. Le plus commun est le goéland argenté : il est protégé par la loi parce qu'il est charognard, et on l'aime pour son vol plein de grâce qui évoque la liberté. On peint son image sur du bois flotté et on la sculpte dans du bois de pin, puis on la vend tout le long de la Route Un en souvenir d'un nouvel été passé dans le Maine avec ses rochers et ses marées éternelles.

Les goélands marins sont moins communs. Ils sont plus gros et ne frayent pas avec les goélands argentés.

---

1. Premier lundi de septembre. *(N.d.T.)*

Ils aiment s'isoler sur des corniches ou des îlots ; ils évitent les humains. Et ils ont bien raison, parce qu'on les déteste. Ils cherchent les œufs ou les petits des autres oiseaux, et ils les dévorent.

Le goéland dont j'ai senti le passage et dont j'ai vu le regard était un goéland marin.

2

Selon des archives gardées sous clé à l'hôpital Saint-Luke de Seattle, dans l'État de Washington, une jeune femme de vingt-deux ans du nom d'Elizabeth Owen avait donné naissance à une fille. L'infirmière, qui s'appelait Mme Alma Porter, avait une montre Waltham accrochée à la chaîne qu'elle portait autour du cou, et elle l'avait regardée. Il était exactement deux heures du matin. Le bébé n'avait aucun défaut ; il avait crié à pleins poumons à la naissance et s'était aussitôt endormi.

C'était en l'an 1912.

Mme Porter aimait son métier d'infirmière. Elle estimait qu'il lui apportait bien des satisfactions, et elle aimait bien aussi le docteur Gray, sans raison particulière. Le docteur déclarait qu'elle faisait honneur à sa profession, et il lui était souvent arrivé de la raccompagner dans sa voiture, une Pierce-Arrow. Mme Porter était un peu trop forte, et elle avait de petits pieds. Elle aimait travailler dans l'équipe de nuit. Elle aimait être là lorsque les enfants naissaient dans ce monde si étrange. Pour sa part, elle avait trois petits-enfants. Bien que sa fille aînée n'eût jamais auparavant connu de Norvégien, elle en avait épousé un. Ils sont propres et on peut compter sur eux. Sa cadette avait épousé un policier.

Elle était au regret de dire que bien des jeunes infirmières n'étaient pas aussi sérieuses qu'elle l'était à leur âge. Elles ne pensaient qu'à courir et à ce genre de choses ; elles n'avaient donc pas envie d'être dans l'équipe de nuit. Elles voulaient être disponibles pour sortir avec de jeunes hommes et ce genre de choses. Tout le monde fait comme ça, à présent.

Les jeunes infirmières avaient des idées romantiques et des jugements hâtifs. Elles croyaient que si une fille avait un anneau au doigt, c'est qu'elle était mariée. Mais il est simple comme bonjour d'emprunter un anneau à une amie, voire à sa mère – même si c'est pénible pour la mère –, ou d'acheter une alliance plaquée or dans un bazar. Les bagues en argent fin ressemblent à du platine ou à de l'or blanc, mais un œil exercé peut distinguer un anneau en argent d'un anneau en platine parce que l'argent bon marché laisse une tache sur le doigt, chose qu'on remarque quand on lave une patiente. Ces bagues qu'on achète n'importe où sont aussi portées par les filles qui vont à l'hôtel avec des hommes ou par celles qui veulent se protéger des dragueurs aux aguets à la table d'à côté. Il y a aussi des filles plutôt moches qui les mettent pour faire croire qu'elles sont mariées. Il y a pas mal de truquage, en ce bas monde, même si, en partie, il est fait assez innocemment. Il coule beaucoup d'eau sous les ponts, et c'est souvent de l'eau sale.

On ne peut pas toujours savoir ce qu'est une personne ou dans quel pétrin elle est en la jugeant seulement d'après la valise qu'elle apporte à l'hôpital. Il est en effet possible qu'elle ait emprunté tous ces objets, y compris le réveil de voyage qui fait si bonne impression et les brosses ou les peignes à manche d'argent. C'est souvent la brosse à dents qui en dit long – plus précisément, il est étonnant de voir le nombre de gens, dans cette ville de Seattle, qui arrivent sans brosse à dents.

Ce qu'il faut bien regarder, ce sont les sous-vêtements.

La petite valise qu'Elizabeth Owen avait apportée à l'hôpital aurait très bien pu avoir été empruntée car elle était en cuir véritable. La photo du jeune homme dans le cadre en argent authentique aurait très bien pu être celle de son frère. Ce jeune homme était aussi beau que Francis X. Bushman dans les films de cette époque. Les sous-vêtements d'Elizabeth Owen avaient des points de couture très, très petits, comme du travail de fée, et ils étaient en soie véritable ; de plus, ils n'étaient pas tout neufs, comme si cette femme était habituée à porter de la soie.

On ne s'attend guère à voir des gens en sous-vêtements de soie se mettre dans des situations difficiles ; en effet, ils n'y sont pas obligés.

Le bébé était un petit être absolument adorable. Comment cette jeune femme pouvait-elle faire une chose pareille ? Comment pouvait-elle se débarrasser de cet enfant ? La petite fille se demanderait toute sa vie qui elle était, si elle avait des frères et sœurs, parce qu'il y a toujours quelqu'un pour vendre la mèche.

Le révérend Matthews, docteur en théologie, ressemblait à un Lincoln fou ; ses yeux voyaient tout et il parlait avec la langue d'un ange. Il était célèbre dans les environs de Seattle pour ses sermons sur le feu de l'enfer. On les imprimait dans les journaux avec sa photo. Son église presbytérienne était la plus importante de la ville parce que ses paroissiens avaient pour la plupart le bonheur de posséder de l'argent et de grandes pelouses devant leur maison. Il descendait de sa chaire pour monter dans un coupé Jeffrey noir et brillant que lui avaient offert ses ouailles, et il fonçait jusqu'à l'hôpital Saint-Luke où il sillonnait les couloirs au pas de course et surgissait au chevet des patients, encourageant les malades et calmant les mourants. Il incitait ceux qui en avaient encore la force à quitter leur lit et à s'agenouiller avec lui. Il se peut que Dieu soit plus miséricordieux envers ceux qui rampent devant lui.

Comme le révérend Matthews était célibataire, on peut supposer qu'il considérait les rapports sexuels comme coupables et les enfants comme le fruit du péché. Il montra pourtant un vif intérêt pour la petite fille que venait de mettre au monde Elizabeth Owen : une famille nantie de sa paroisse avait en effet perdu un petit garçon de sept ans l'année précédente. « Perdu » signifiait que le garçon avait été désarçonné par un cheval prétendument docile et qu'il s'était cassé le cou.

« Je sais qui serait content d'avoir ce bébé », déclara-t-il au docteur Gray. Ensuite, avec l'aide du médecin et de la famille de paroissiens nantis, il mit les choses en route. Il en résulta que le bébé d'Elizabeth Owen fut abandonné le jour de la Saint-Patrick sur le seuil de M. et Mme McKinney de Seattle. C'est pour cette raison que M. et Mme McKinney veillèrent à ce que la petite fille fête son anniversaire le jour de la Saint-Patrick avec des ballons verts, des feuilles de trèfle emblématiques de l'Irlande et des sucres d'orge verts en forme de serpentins – tout cela alors que les McKinney n'avaient pas une goutte de sang irlandais. Si on avait déposé le bébé sur le seuil, c'était parce qu'on avait jugé que les voisins jaseraient moins que si on faisait les choses publiquement et qu'on allait chercher l'enfant soit à l'hôpital, soit dans une agence d'adoption. Les McKinney devaient avoir d'étranges notions sur ce qui faisait jaser ou pas car, lorsqu'ils récupérèrent l'enfant devant leur porte, ils furent à peine plus discrets que s'ils étaient entrés dans une église et s'étaient dirigés vers l'autel avec des raquettes aux pieds et des abat-jour sur la tête. Le jour où Amy (on lui avait donné le prénom de Mme McKinney) fut ainsi reçue chez les McKinney, une de leurs jeunes cousines qui travaillait comme élève infirmière à l'hôpital Saint-Luke vint à passer.

« Je connais ce bébé ! » s'exclama la jeune cousine. Elle parla d'Elizabeth Owen comme d'une « jeune femme adorable » qui arpentait les couloirs pour faire de l'exercice, et elle mentionna la photo du beau jeune homme. Si cette photo du beau jeune homme existait, on pouvait se demander ce qu'il pensait de cette affaire – en tout cas il avait déjà de la chance qu'Elizabeth Owen accepte d'abandonner son enfant et qu'elle ne le haïsse pas, comme semblait prouver le fait qu'elle gardait cette photo et la montrait. Et à quoi pensait Elizabeth Owen en arpentant les couloirs ? Sans doute songeait-elle au petit enfant qui allait être abandonné dans cet hôpital, jeté comme une mauvaise herbe. Il était possible que le sacrifice que consentait la jeune femme eût fait plaisir au jeune homme. Tout le monde est flatté par un sacrifice.

Amy fut parfaite pour les McKinney. Ses anniversaires leur redonnèrent le plaisir d'acheter des cadeaux et d'offrir ; Noël eut de nouveau un sens ; il y eut de nouveau des petits gâteaux dans le bocal à gâteaux. À l'âge de cinq ans – devenue assez grande pour garder le souvenir de ce qu'elle était –, elle sut qu'elle était une enfant calme et ordonnée qui ramassait ses affaires et les rangeait au bon endroit. Elle oubliait rarement de se laver les mains ou de dire ses prières d'une voix claire et nette. Elle apprenait déjà à mettre de côté l'argent qu'elle recevait pour avoir accompli de menus travaux accessibles à ses petites mains : elle faisait tomber les petites pièces dans la tirelire en porcelaine qu'on lui avait donnée, et bien qu'une de ses camarades lui eût montré comment les extraire en les faisant glisser le long d'une lame de couteau, elle les laissa dans la tirelire jusqu'à ce que celle-ci fût pleine. On lui donna alors une autre tirelire, puis une autre et encore une autre. Elle n'attendait pas avec impatience le jour où on les briserait avec un marteau, car elle savait qu'à ce moment-là l'argent disparaîtrait dans une vraie banque, et elle l'acceptait. À cinq ans, elle avait assez grandi pour chevaucher le tricycle laissé par le petit garçon tombé de cheval, un engin que les McKinney ne voyaient jusqu'alors qu'avec douleur quand leurs yeux se posaient dessus en ouvrant la porte du placard. Ils avaient été écartelés entre les souvenirs qu'il évoquait et leur esprit d'économie.

Pour un avocat qui travaillait presque exclusivement en ville, M. McKinney appréciait extraordinairement la nature et, quelques années auparavant, il avait acheté un beau terrain en bordure du Puget Sound. Il y avait fait construire une maison en rondins, et un abri à bateaux dans lequel il remisait son canot à rames. Lors de longues promenades où ils étaient habillés presque comme en ville, les McKinney expliquaient à Amy la nature telle qu'ils la concevaient. Elle apprit à observer les rochers, les coquillages, et les endroits cachés où nichent des colonies d'animaux. Elle remarqua le battement irrégulier des ailes des papillons. Une photo de cette époque la montre assise sur un grand rocher qui surplombe l'eau ; elle porte des bottes hautes et neuves qu'elle a beaucoup aimées. Une solitude entoure ce cliché à la manière d'un cadre, et c'est peut-être elle qui poussa les McKinney à vouloir essayer d'adopter un second enfant qui serait un compagnon pour Amy. Ils firent une tentative, puis une autre – les deux fois avec des garçons –, mais aucun de ces deux enfants ne convint. Il est possible que les McKinney aient eu tendance à comparer les garçons avec celui qu'ils avaient perdu et ne les aient pas trouvés à la hauteur de leurs attentes. Aucun des deux ne resta chez eux plus d'une semaine, de sorte que leur départ ne fit pas plus grande impression sur les McKinney que leur arrivée. Mais c'étaient des gens qui croyaient en la ténacité – c'est comme ça qu'on avance –, et ils firent venir un troisième enfant dans leur grande maison de Seattle. Il parut moins intimidé que ses prédécesseurs par les hauts plafonds et les larges escaliers polis. Les McKinney ne purent s'empêcher de se demander si ses vrais parents n'avaient pas été familiers des plafonds majestueux, des lambris de chêne et du genre de rideaux bordeaux qu'on voyait à leurs grandes fenêtres. Mais un entêtement tel que celui des McKinney est parfois une erreur.

Le petit garçon de six ans fut appelé Bobby ; les McKinney ne pouvaient pas se faire au prénom qui avait été le sien à l'orphelinat, et puis il semblait leur appartenir davantage avec un prénom qu'ils avaient choisi. Ils trouvèrent que c'était un petit gamin plutôt viril, sans comprendre à ce moment-là que la virilité – du moins chez un enfant – comporte aussi ses inconvénients. Il était chez les McKinney depuis déjà presque un an quand, par un beau jour d'été, il prit le ferry – le *Virginia Five* – avec Amy et les McKinney pour aller à la maison sur la plage. M. McKinney fut content de voir avec quel entrain le petit garçon mania les rames du canot. Plus tard, ils allèrent tous ramasser des clams ; Mme McKinney en fit une pleine marmite de soupe délicieuse et fumante au-dessus de laquelle M. McKinney dit le bénédicité. Ils se couchèrent de bonne heure et s'endormirent, au glas lointain d'une bouée conique.

Le brouillard persista toute la journée suivante, mais le feu dans le grand poêle à bois crépitait avec ardeur, et pendant que Mme McKinney préparait son gâteau aux épices avec l'aide d'Amy – « Les enfants, vous pouvez lécher le plat », disait Mme McKinney –, M. McKinney et Bobby sortirent le vieux jeu de petits chevaux. Bobby comprit tout de suite les règles, et M. McKinney ne put retenir son étonnement en voyant avec quelle aisance et quelle réussite il lançait les dés. Il laissa le petit garçon gagner la première partie ; au milieu de la deuxième, il se rendit compte qu'il allait devoir bien se tenir s'il ne voulait pas être battu et donner ainsi au petit garçon le goût du jeu.

Amy était depuis si longtemps habituée à l'eau et avertie des risques de s'en approcher sans la compagnie d'un adulte, que les McKinney ne virent aucun danger à ce qu'elle descende jouer dans l'abri à bateaux avec le petit Bobby qui comprenait tout si vite. Selon eux, plus les petits humains apprennent à se débrouiller seuls de bonne heure, mieux cela vaut pour eux ; car les enfants, comme tout le monde, se développent en prenant des responsabilités. Amy et Bobby partirent donc pour l'abri à bateaux dans le brouillard en se tenant par la main tandis que les McKinney se touchèrent légèrement l'un l'autre à la manière de ceux qui sont du même avis. Ils eurent un petit murmure de contentement.

Cependant, comme aimait à le dire M. McKinney, Mme McKinney était une inquiète de première. Elle se méfiait des allumettes et du poison – et gardait les deux hors de portée des enfants. Les grandes hauteurs et les profondeurs l'inquiétaient, ainsi que le risque de rester coincée dans l'ascenseur, raison pour laquelle elle prenait l'escalier dans le magasin Frederick & Nelson's et refusait de monter dans le tramway avant que celui-ci ne soit totalement arrêté et que le conducteur ne lui tende la main. Il lui semblait à présent qu'une heure, c'était trop long pour deux enfants dans un abri où il n'y avait pas d'autre distraction qu'un canot, quatre coussins bourrés d'un matériau permettant à un corps humain de flotter jusqu'à l'arrivée des secours et un drapeau rouge qu'on hissait tout en haut d'une perche près de l'abri quand on voulait que le *Virginia Five* vienne vous chercher.

M. McKinney déclara qu'ils étaient tout à fait bien dans le hangar à bateaux, qu'il n'y avait pas de souci à se faire, mais Mme McKinney, après avoir répondu « Certes », descendit quand même dans le brouillard, et bien lui en prit.

Le silence de l'abri était suspect. Elle s'était attendue à des voix d'enfants dans les longs intervalles ponctués par le hurlement de la corne de brume, mais elle n'entendit rien de tel. Elle pressa le pas et, dans sa poitrine, elle sentit comme des doigts, les premières petites poussées d'angoisse.

Elle se précipita au bord de l'eau où elle ne vit rien. Elle alla jusqu'à l'abri à bateaux ; la porte en était fermée. Elle ouvrit en poussant. Et ses mains se rabattirent contre sa poitrine. Lorsqu'elle fut en mesure de parler, elle le fit en criant : « Arrêtez ça ! Arrêtez ça ! »

Ça !

Le petit garçon, qui avait ôté son pantalon, était agenouillé près d'Amy allongée par terre ; il lui examinait les parties intimes, et elle, hélas, faisait de même pour lui. Un spectacle que Mme McKinney essaya de bannir à jamais de son esprit. Quand le petit garçon, d'un air penaud, eut remis son pantalon, elle chassa devant elle les deux enfants jusqu'à la maison. Ils marchèrent en silence.

« Je ne vais même pas en parler, déclara-t-elle à M. McKinney, parce que c'est innommable. » Mais il savait évidemment ce qu'elle avait découvert à cause de la façon qu'elle avait eue de tordre la bouche. Bien des gens qui vivent ensemble depuis longtemps n'ont pas besoin de parler, surtout de ces choses.

La matinée était avancée, et le *Virginia Five* avait déjà effectué quelques heures auparavant son passage journalier devant l'abri à bateaux. Ce fut donc le lendemain que le *Virginia Five* les ramena à Seattle, où le petit Bobby fut renvoyé à l'endroit d'où il était venu. Aucune précision ne fut donnée pour justifier un tel geste, de façon à lui laisser une autre chance à l'avenir. Il avait en tout cas appris très tôt quels désastres peut provoquer le sexe.

On en revient toujours au *Virginia Five*.
Les McKinney considéraient leur presbytérianisme avec grand sérieux et, dans la mesure du possible, ils prenaient à leur compte les préceptes du Christ. Ils pensaient que le Christ verrait d'un bon œil M. McKinney enseigner le catéchisme à ce qu'on appelait la Ligue des jeunes, un groupe d'adolescents de quinze et seize ans, en majorité des filles. On ne peut s'empêcher de se demander pourquoi il y a tant de garçons qui abandonnent si tôt la religion alors que tant de jeunes filles restent résolument au service du Christ. Il se peut, comme on le dit parfois, qu'il y ait quelque chose de plus fidèle dans la nature féminine, que les hommes se croient plus vite très forts et qu'ils dévient sans cesse du droit chemin. M. McKinney n'avait nullement l'impression de trop en faire quand, chaque été, il s'occupait d'embarquer prudemment son groupe d'élèves du catéchisme sur le *Virginia Five*. Il les emmenait à sa maison sur la plage, passer une belle journée au bord de l'eau et dans les bois. Les jeunes de la ville, même d'une ville telle que Seattle, ne connaissent pas assez la nature. Pour ce petit voyage, Mme McKinney préparait un déjeuner avec du poulet frit et une salade de pommes de terre qu'elle mettait dans des récipients isothermes de peur qu'ils ne s'infectent et n'empoisonnent tout le monde. Rien ne vaut l'air marin pour ouvrir l'appétit.

Parmi ceux qui profitaient de cette excursion se trouvait une certaine Mlle Lovelace.

Amy avait alors presque huit ans, et elle ne quittait pratiquement pas des yeux Mlle Lovelace, qui semblait plus âgée que les autres jeunes filles dont certaines portaient encore des rubans dans les cheveux. Mais Amy avait le pressentiment que Mlle Lovelace n'était pas plus âgée et que peut-être elle ne faisait pas grand cas de ses parents – surtout de son père, d'ailleurs. Les chaussures de Mlle Lovelace exerçaient un attrait remarquable, car elles avaient déjà des talons hauts et recourbés qu'on appelait des talons français – certes, modifiés, mais des talons français tout de même. Elle s'était fait une coiffure saisissante, ramenant ses cheveux sur le dessus de la tête comme si elle avait déjà dix-huit ans. C'était une façon bizarre de se coiffer pour une excursion, et des talons aussi peu adaptés étaient également étonnants. Amy n'avait qu'une envie, que Mlle Lovelace vienne lui parler, qu'elle lui montre la photo dans le médaillon d'or en forme de cœur qu'elle ne cessait de tripoter. Cette photo, elle l'avait montrée aux autres filles, qui avaient poussé de petits cris en la voyant. Il arrivait à Mlle Lovelace de s'immobiliser au milieu d'un joli geste d'adulte, comme si elle s'attendait au déclic d'un appareil photo. Elle marchait dans une lumière particulière, et les ombres des pins ne l'effleuraient qu'à peine. Elle avait un avenir assuré : elle passerait de nombreuses années à regarder son profil dans toutes sortes de miroirs, et n'importe quel vêtement se transformerait sur elle en atours de reine. Amy, si elle vivait jusqu'à seize ans, se jura qu'elle aurait un médaillon en forme de cœur et qu'elle montrerait aux petites filles la photo qu'il y avait à l'intérieur. Elle porterait aussi le même genre de choses aux pieds, car les petites filles ont une grande envie de se voir dans de telles chaussures, à commencer par celles de leur mère – être chaussées comme des grandes sans avoir de responsabilités d'adulte. Si Mme McKinney ne possédait pas de chaussures susceptibles de faire la joie d'une petite fille, ce n'était pas parce qu'elle avait quarante ans au moment où elle avait adopté Amy, mais parce qu'elle avait toujours considéré toutes les chaussures comme une cruelle nécessité imposée par une société qui n'aimait pas voir de pieds nus, et non comme un moyen d'apparaître plus grande ou de jouer avec ses fantasmes. Un jour, Amy avait glissé ses pieds dans des chaussures d'adulte qui lui avaient vraiment plu : c'était un peu plus bas dans la même rue, dans une maison où vivait une petite fille dont la mère était très jeune. Mme McKinney la connaissait pour l'avoir vue à l'église. Il y avait plein de chaussures, dans cette maison. Le mari était un vendeur qui venait de Spokane, c'est-à-dire du mauvais côté de la montagne. Le métier de vendeur est une occupation précaire dans le meilleur des cas, et la réussite y dépend davantage de la capacité qu'on a à se vendre soi-même que du produit qu'on présente.

« J'ai bien peur qu'ils ne possèdent pas grand-chose », avait déclaré Mme McKinney à Amy. Amy commençait à deviner que les gens qui ne possèdent pas grand-chose risquent de vouloir une partie de ce que vous avez. Les McKinney se méfiaient des gens, non sans raison, d'ailleurs. Il y a des gens qui laissent leur chien manger dans leur assiette, d'autres qui ne se lavent pas les mains après être allés aux toilettes, d'autres qui traitent le jour du Seigneur comme n'importe quel autre jour.

À présent, pendant que les filles les plus jeunes aidaient Mme McKinney à ranger la maison au bord de la mer et à laver les tasses qui avaient contenu du chocolat chaud, pendant aussi que les garçons – deux échalas – se livraient à une partie de catch près de l'abri à bateaux, Mlle Lovelace discutait sérieusement de son avenir avec M. McKinney. Amy s'était appuyée contre le mur à portée d'oreille, et elle avait dans les mains un torchon à vaisselle. Elle était mal à l'aise dans les réunions où l'on devait bien se tenir ; elle ne savait jamais s'il lui fallait s'asseoir ou rester debout, et, si elle devait s'asseoir, quelle chaise choisir et quoi faire ensuite de ses pieds.

Mlle Lovelace joignit ses deux jolies mains blanches et déclara : « Oh, je sais que j'aurai un avenir radieux parce que j'aime tellement Jésus ! »

M. McKinney approuva gravement comme s'il partageait la confiance de Mlle Lovelace, mais celle-ci dut se rendre compte de ce que sa déclaration pouvait avoir de sirupeux aux oreilles de quelqu'un qui aurait épié sa conversation, car son regard rencontra celui d'Amy. Cela créa entre elles un certain malaise dont la nature exacte allait bientôt se révéler. En effet, moins d'une heure plus tard, avant que le *Virginia Five* ne remarque le drapeau rouge levé, Mlle Lovelace allait lui parler.

On commençait à se diriger vers l'abri à bateaux. Tout le monde était d'accord pour dire que tout s'était bien passé, qu'on avait apprécié l'air salé et l'odeur des pins, que c'était le genre de journée qu'on n'oublie pas. Amy était en train de s'éloigner de la maison lorsque, curieusement, Mlle Lovelace passa devant elle, lui coupa le chemin, et, pendant six secondes, elles furent vraiment seules au monde, les autres voix reléguées à une autre ère, une autre planète.

Mlle Lovelace, avec son faible parfum d'eau de Floride, eut un sourire. « Au revoir, petite Amy, dit-elle. Tu en as de la chance, de vivre ici l'été ! Quelle chance tu as de ne pas vivre dans un orphelinat ! »

3

« Qu'est-ce qu'elle a voulu dire ? Qu'est-ce qu'elle a voulu dire ? » cria Amy.

Comme c'était un homme prudent et qu'il était loin de mesurer un mètre quatre-vingts, M. McKinney savait en général trouver le moyen de se soustraire aux scènes qui risquaient d'être un peu trop chargées d'émotions. En tant qu'avocat, il refusait de s'occuper de cas de divorce, non seulement parce qu'il était naturellement contre le divorce, mais parce qu'il arrivait aux deux parties de se lancer des horreurs en pleine salle d'audience. Il ne se chargeait pas non plus de cas de garde d'enfants. Un homme de son tempérament avait raison d'être avocat d'affaires, car c'est un domaine où les choses sont nettes et précises, où les faits, pertinents, ne suscitent ni insultes ni larmes.

Amy n'était pas assez âgée pour se rendre compte qu'une personne de sexe féminin ne doit pas donner libre cours à ses émotions tant qu'un homme est encore dans la maison. M. McKinney prit donc le chapeau de feutre qu'il mettait quand il était au bord de l'eau, le posa sur sa tête argentée et partit.

Mme McKinney était partisane de dire la vérité, et elle honorait sa croyance. Longtemps auparavant, à l'université d'Oregon, elle avait suivi des cours d'élocution où elle avait appris à déclamer avec les gestes appropriés : « Oh, dans quels rets nous nous enserrons,/Quand nos premiers mensonges nous tissons. » Cette vérité, elle ne la livrait pas sans raison, car elle savait que révéler la vérité sans motif défait certaines images, brise des espérances et détruit des illusions ; et, si on poussait ces révélations trop loin, il n'y aurait plus dans le monde entier deux personnes qui consentiraient encore à se parler. Mais lorsqu'on exigeait d'elle la vérité, elle s'estimait obligée de la dire et d'en prendre la responsabilité. Cacher la vérité revenait à mettre en péril sa crédibilité. On risquait de ne jamais plus la croire. D'un autre côté, après presque huit ans, Mme McKinney s'était permis d'espérer qu'on ne lui demanderait jamais de révéler cette vérité-là et qu'Amy croirait toute sa vie être une authentique McKinney. Elle savait pourtant que c'était un espoir chimérique. Sans aucun doute, nombreux étaient les membres de l'Église presbytérienne qui connaissaient la vérité. Il n'était pas impossible que le révérend Matthews en personne eût révélé qu'Amy avait été adoptée, peut-être pour donner un exemple des voies mystérieuses du Seigneur. L'obscure main de Dieu, en cette affaire, avait provoqué la naissance d'une enfant dans un couple qui n'en voulait pas et avait donc rendu cette enfant disponible pour un couple solitaire qui, lui, la désirait. Voilà ce que Mme McKinney expliqua à Amy, mais de manière plus gentille, presque comme si depuis des années elle préparait ce discours et l'avait sur le bout de la langue.

« Ma chère petite Amy. Arrête donc de pleurer. Arrête, je t'en prie, et écoute ta mère. » Quand elle eut dit ce qu'elle avait à dire, elle garda la petite fille contre elle et, lui caressant les cheveux, sentit toute la tendresse et la vulnérabilité de sa nuque. « Nous t'avons choisie, toi en particulier, déclara

Mme McKinney. Tu vois donc, ma chérie, que tu es très, très spéciale. »

M. McKinney retrouva sa maison de bord de mer dans le calme et le bonheur, comme il s'y attendait. Il accrocha son drôle de vieux chapeau à la patère et, ce soir-là, ils s'assirent autour d'une copieuse soupe de clams.

Il est dommage que, les années passant, Amy n'ait pas pu se contenter du bonheur d'avoir été adoptée au lieu d'être tout bêtement née de M. et Mme McKinney. Il est dommage que les années modifient notre vision des choses de la même façon qu'elles font vieillir les mains et le visage. Et il est dommage qu'il existe un jour tel que la fête des Mères dont l'initiatrice est morte le cœur brisé en voyant qu'elle lui avait été enlevée par les fleuristes, les confiseurs et les imprimeurs de cartes tape-à-l'œil accompagnées de minables rubans en rayonne dorée. Il n'y a peut-être pas d'autre fête – pas même Noël, dont les policiers affirment que c'est le jour où ils sont le plus sollicités pour intervenir dans des disputes familiales se soldant parfois par des coups de feu – qui nourrisse aussi fortement les sentiments de culpabilité, de solitude et de deuil. Alors qu'autrefois les gens mettaient tout simplement un œillet rouge si leur mère était en vie et en bonne forme, ou un œillet blanc si elle avait disparu, la Mère est à présent devenue une figure si terrifiante (ou du moins passe-t-elle pour l'être) qu'il faut l'apaiser par des cadeaux concrets. Il arrive que les cartes, les friandises et les fleurs ne suffisent pas. Il arrive qu'on pousse une mère à devenir exigeante du seul fait qu'elle est mère, et elle a beau dire avec insistance qu'elle ne veut rien de ses enfants sinon leur amour, ses protestations n'ôtent pas à ceux-ci la conviction que les sentiments qu'elle éprouve vont tourner à l'aigre s'ils ne lui versent pas leur tribut en temps et heure. En revanche, d'autres mères considèrent que leur progéniture doit périodiquement leur manifester sa reconnaissance par des cadeaux ou d'autres signes extérieurs, et elles n'arrivent pas à pardonner à leurs enfants lorsque ceux-ci, trop occupés à améliorer leur sort, en oublient les nombreux sacrifices qu'elle a consentis pour eux, ses larmes fréquentes et toutes les nuits qu'elle a passées à leur chevet quand la maladie ou la peur de monstres les gardait éveillés. Aucun croc de serpent, paraît-il, ne mord aussi profondément qu'un enfant ingrat, mais il est également vrai qu'aucun croc de serpent ne mord aussi profondément que bien des mères lorsqu'elles ne se trouvent pas appréciées à leur juste valeur.

Mme McKinney, elle, s'estimait suffisamment appréciée et apaisée. Agenouillée tous les soirs au bord de l'énorme lit fonctionnel qu'elle partageait avec M. McKinney, elle chuchotait de formidables prières de remerciement et demandait à Dieu de veiller sur Amy, de suivre ses progrès scolaires et de la garder chaste jusqu'au jour heureux où apparaîtrait un bon jeune homme qui la conduirait à l'autel et l'initierait à ces rites qui ne sont pas essentiels aux femmes mais dont aucun homme, apparemment, ne peut se passer. Mme McKinney n'avait pas de raison de soupçonner l'imminence d'un nuage à l'horizon.

Les jours de semaine, chez les McKinney, se déroulaient dans une confortable stérilité. Les repas se suivaient avec la régularité souhaitée, et aucun menu n'était jamais modifié au point que n'y figure pas quelque plat familier. M. McKinney remontait sans faute la grande horloge au pied de l'escalier tous les samedis soir à vingt-deux heures avant d'aller se coucher ; il en rectifiait les quelques irrégularités négligeables après un coup d'œil à sa montre – celle-ci ayant été réglée le jour même sur un chronomètre qui se trouvait chez le bijoutier en face du magasin Frederick & Nelson's. Une heure était consacrée chaque semaine à la leçon de piano d'Amy, et une heure tous les après-midi à jouer sur le Steinway demi-queue que les McKinney louaient et qu'ils avaient l'intention d'acheter si Amy montrait qu'elle aimait réellement la musique. Amy réussit à maîtriser la valse *Tiger Lily*, difficile au premier abord et pour laquelle il fallait utiliser une touche noire, puis elle passa à une composition qui lui demandait de croiser les poignets. On insista pour qu'elle ait des lectures convenables, entre autres la Bible illustrée par Hurlbut. Quant aux *Animaux sauvages du monde,* ce fut un livre qui lui tint compagnie pendant bien des après-midi pluvieux de Seattle. Il contenait une série de photos qui faisaient froid dans le dos, car on y voyait un serpent en train d'avaler un rat blanc tout entier. Il se peut que les gentils McKinney ne s'en soient pas aperçus. Amy jouait avec des enfants convenables qui venaient quand on les invitait et qui ne salissaient pas le carrelage de la cuisine en marchant dessus au moment où on venait de le laver.

Si les jours de semaine étaient stériles, les dimanches étaient carrément aseptisés. L'air était âcre à cause de l'odeur très prosaïque de la cire Johnson's passée la veille sur toutes les surfaces en bois laissées libres. Les parquets luisaient, et celui de l'entrée réfléchissait le soleil du matin qui tapait sur la lourde vitre ovale de la porte d'entrée. Une gravure sur fer représentant Robert Burns presque grandeur nature avait été choisie pour honorer l'ascendance écossaise de M. McKinney. Le poète jetait son regard à travers le salon sur une autre gravure, sépia celle-là, de Rosa Bonheur : *La Foire aux chevaux.* C'était une chose curieuse, d'avoir mis une telle gravure, car un cheval, justement, avait été impliqué dans la mort de leur enfant biologique. Elle représentait un tel débordement d'activités qu'elle aurait troublé une pièce moins calme. M. McKinney était d'avis que les femmes avaient leur place dans les arts, et il avait d'ailleurs participé à une marche organisée par des suffragettes – événement dont on parlait encore à mots couverts au club Rainier, où le saumon poché était excellent et où les serveurs ne restaient pas plantés derrière vous.

Ce dimanche étant celui de la fête des Mères, Mme McKinney sortit de la glacière, conservés par le froid dans toute leur fraîcheur, deux œillets parfaits, un blanc qu'elle mettrait à l'église en souvenir de sa mère, et un rouge qu'Amy arborerait en son honneur. Amy et elle avaient la même tenue : chaussures neuves en chevreau blanc, robe neuve en mousseline blanche à pois et chapeau. Mme McKinney trouvait qu'elles avaient toutes les deux plutôt fière allure, et cette idée la fit sourire.

Dieu sait quelle mouche avait piqué Amy. On peut supposer qu'elle avait ruminé, à moins qu'elle n'ait entendu dire quelque chose à l'école. Il est aussi possible qu'à neuf ans elle éprouvât déjà ce besoin, qui se manifeste à l'occasion chez les humains, de blesser quelqu'un de proche.

Encore souriante, Mme McKinney commença par épingler son propre œillet – le beau moment ! – puis elle s'avança, l'œillet rouge à la main.

Une ombre était-elle tombée sur le parquet ciré de frais ? Toujours est-il qu'Amy détourna le visage et recula d'un pas. « Il faudrait peut-être que j'en mette un blanc moi aussi, dit-elle, parce que ma vraie mère est peut-être morte. »

Ce fut alors Mme McKinney qui fit un pas en arrière, et dans son regard il y eut un appel pour qu'Amy se rétracte, qu'elle désavoue ce qu'elle venait de dire.

Mme McKinney se couvrit le visage des deux mains et se mit à sangloter. Amy se blottit aussitôt dans ses bras, et elles pleurèrent toutes les deux. C'est ainsi que M. McKinney les trouva, lui-même très agacé parce qu'à peine dix minutes auparavant il s'était coupé avec le rasoir à main qu'il préférait au prétendu rasoir de sûreté, et que le styptique sur lequel il comptait pour arrêter le sang avait mis du temps à agir. Il tendit les mains devant lui, doigts écartés, pour marquer son désarroi, mais ce fut la dernière fois qu'il dut être le témoin d'une telle scène. Jamais, de son vivant ou de celui de sa femme, Amy ne reparla de sa mère naturelle.

À présent, l'ancien Kaiser fendait du bois, en exil à Dorn, en Hollande. Certaines femmes se coupaient les cheveux court et se mettaient du rouge à lèvres. Le président Harding mourut – une rumeur prétendit que c'était parce qu'il avait mangé une boîte de crabe avarié, une autre disait que sa femme l'avait tué. Amy, après en avoir été avertie, accepta la monstrueuse inévitabilité du flux menstruel. La valse *Tiger Lily* n'était plus qu'un souvenir, et pendant les années qui suivirent ce fut la haine de Bach et l'amour de Mozart qui lui succédèrent. À l'école primaire, Amy s'était montrée excellente dans la nouvelle méthode d'écriture Palmer qui remplaçait l'élégante calligraphie spencérienne. Cette méthode exigeait que tout le monde écrive exactement de la même façon ; n'importe qui pouvait signer vos chèques sans que vous vous en aperceviez. Amy écrivit et réécrivit plusieurs fois le mot « Lanning », accompagné de la phrase : « Ceci est un échantillon de mon écriture », et elle le fit si parfaitement qu'on lui attribua d'abord la médaille de bronze, puis celle d'argent. Elle reçut cette dernière juste avant la remise des diplômes de fin du primaire en présence des heureux M. et Mme McKinney. Ceux-ci se rendirent encore disponibles quatre ans plus tard pour le diplôme de fin d'études secondaires d'Amy, et entre-temps pour toutes les remises de récompense des girl scouts. Il y eut aussi d'amicales soirées « caramel et bonbons » avec d'autres filles venues passer la nuit, et bien des fous rires.

À présent, c'était un bateau à moteur qui se trouvait dans l'abri et non plus un canot, et l'on campait dans les bois. Le monde était fort agréable, comme l'était l'université de Washington, établissement qui n'avait rien à envier à ceux de la côte Est – une côte où, en dépit de tout ce qu'elle possède par ailleurs, n'existent ni le mont Rainier ni les fleurs sauvages qui poussent sur les flancs du mont Olympus.

Amy ne portait plus son insigne Delta Gamma[1]. Elle n'en avait pas envie. Plus tard, quand elle se mit à collectionner des breloques qu'elle attachait à son bracelet en or, elle y joignit son insigne Delta Gamma parce qu'il était presque entièrement en or. Durant ses années d'université, elle avait préféré la nature et l'économie aux thés dansants. L'économie enseigne à gérer astucieusement son argent, à faire sortir ce qu'il faut au bon moment. Amy fut ainsi bien préparée à prendre un poste dans la gestion des cités universitaires pour femmes. Elle jonglait facilement avec les inventaires, les milliers de livres de pommes de terre, les sacs de sucre, les bacs de beurre, les problèmes d'éclairage et les installations de douches.

Le temps était venu de soutenir ses parents adoptifs comme ils l'avaient soutenue. Ils avaient désormais tous les deux plus de soixante ans, et il n'y avait pas de cas remarquable de longévité dans l'une ou l'autre des deux familles. M. McKinney, qui n'avait jamais été

---

1. Nom d'une association d'étudiantes, sororité. *(N.d.T.)*

grand, rétrécissait et rapetissait sous les yeux d'Amy. L'espace entre ses vertèbres se réduisait. Puis son dos commença à lui faire mal, et il eut des douleurs fréquentes. Tout comme Mme McKinney, il eut besoin de vieilles photos pour se rappeler le passé, et tous les deux étaient perturbés quand des décorations de sapin de Noël dont ils gardaient le souvenir avaient mystérieusement disparu. Où tout cela filait-il donc ? Il se passait à peine une semaine sans qu'une vieille connaissance ne parte, selon leurs mots, « vers son jugement ».

Comme la maison était en plein Seattle, la question ne se posa pas de savoir si Amy allait vivre à l'université ou prendre un logement à elle. D'ailleurs, les McKinney avaient besoin de la voir tous les soirs. Ils engrangeaient des choses à lui raconter. Ils l'accueillaient en fin d'après-midi à la lourde porte d'entrée ; chacun des deux voulait être le premier à lui dire bonjour. Ils criaient, mais discrètement.

« Amy, ma chérie, disait M. McKinney, j'ai passé toute ma matinée à chasser des limaces. J'en ai trouvé plus de vingt et je les ai tuées. » C'était ainsi, maintenant qu'il avait pris sa retraite et n'exerçait plus son métier d'avocat. Il avait du mal à trouver des choses à faire. Il marchait lentement dans le jardin et autour de la maison ; parfois il s'arrêtait comme s'il écoutait quelque chose.

Mme McKinney allait d'un pas lent, elle aussi, mais elle ne se plaignait pas de sa jambe gauche qui pourtant lui faisait très mal.

« Amy, disait-elle, penses-tu que ce soir nous pourrions rallonger mes robes ? » Elle était troublée de voir à quel point les robes raccourcissaient, et peut-être se disait-elle qu'en rallongeant les siennes elle stopperait la tendance. Amy défaisait donc les ourlets et s'efforçait de garder aux parquets leur lustre de toujours, mais son travail à l'université était si exigeant que Mme McKinney fit venir un homme une fois par semaine pour encaustiquer et faire briller les sols – tâche dont il s'acquitta si bien qu'un des petits tapis orientaux glissa sous les pieds de Mme McKinney et qu'elle se fractura le col du fémur pour la première fois. Elle se cassa l'autre l'année suivante.

Les femmes ont un droit particulier : celui de s'attendre à vivre plus longtemps que leur mari. D'abord, elles sont plus jeunes. Une femme est prête à se marier plus tôt qu'un homme. Si son mari est bien, c'est lui qui se fait du souci, et l'anxiété sape les forces, rend le corps vieillissant vulnérable aux maladies et à divers maux. Une femme se prépare à poursuivre sa vie toute seule, et un bon mari se doit de veiller à mettre ses affaires en ordre pour lui permettre de le faire le plus confortablement possible. De manière à laisser assez d'argent à sa mort, et à faire savoir à tout le monde où se trouvent les choses et ce qu'il ne faut pas vendre. Un bon mari aura aussi pris toutes les dispositions pour son enterrement parce que, ce jour-là, sa femme sera bien assez occupée avec les va-et-vient des visiteurs et la vaisselle à sortir.

Mme McKinney avait donc ce droit. Elle était souvent inquiète en voyant qu'Amy ne s'était pas mariée à la sortie de l'université, comme on le fait normalement : car alors tout se règle avec facilité, la vaisselle, l'argenterie, les tapis ont une destination définie. Mais on aurait dit qu'Amy considérait comme de son devoir de rester avec ses parents adoptifs plutôt que de sortir quand elle avait du temps libre, ce qui rendait les choses fort compliquées et donnait matière à penser. M. et Mme McKinney auraient souhaité tous les deux ne pas autant dépendre d'Amy pour avoir de la compagnie ; ils auraient aimé, en vieillissant, s'être fait davantage d'amis, mais le problème était que beaucoup de leurs proches étaient morts et qu'il est difficile de se lier d'amitié avec des gens plus jeunes, car ceux-ci ne voient guère d'avenir en vous. C'est horrible, à quel point on se sent seul quand on est vieux et à quel point on compte sur ses enfants. Ils représentent sans doute la seule immortalité qui vous soit donnée – et cela, même si vous avez toujours affirmé croire fidèlement ce qu'enseigne l'Église. Si l'on pouvait être sûr d'une vie après la mort, il n'y aurait pas toute cette dépendance à l'égard des enfants.

La période de la Grande Dépression a affecté un grand nombre de gens. M. McKinney était loin d'être riche, mais il ne manquait pas non plus de sagacité. Quand il vit monter jusqu'à 238 la cote d'Auburn Motors – la société qui fabriquait la Duesenberg, une voiture trop chère pour tout le monde, et une autre, l'Auburn, qu'achetaient seulement quelques jeunes loups –, il prit conscience qu'il se préparait quelque chose. Il vendit ce qu'il avait d'actions et acheta des obligations. Il n'arrivait pas à comprendre pourquoi les gens ne voyaient pas ce qui était en train d'arriver, mais on ne peut pas parler à ses amis parce que personne n'aime discuter de ses finances. Non, c'est comme ça, personne n'a envie d'écouter un avocat qui n'est même pas homme d'affaires.

Les McKinney ne fréquentaient pas grand monde. Ils avaient peu d'amis parce qu'ils n'en avaient jamais ressenti le besoin. Leur vie avec Amy leur suffisait, mais à présent, en cette époque terrible, ils se devaient d'aider leurs quelques amis. Mme McKinney disait qu'il devait y avoir un panneau quelque part sur leur maison, parce que beaucoup de gens – et parmi eux de très jeunes – s'arrêtaient et faisaient le tour par-derrière pour venir chercher quelque chose à manger. Elle garda des provisions supplémentaires dans le nouveau frigo, un Kelvinator, plus grand que l'ancien. Sans lui, disait-elle, elle ne savait pas comment elle aurait fait.

Puis, lorsque la Dépression commença à passer parce que la guerre arrivait et que les usines se mettaient à produire des armes et des avions, Mme McKinney, qui avait toujours été si gentille, dut se faire amputer de la jambe droite ; peu après, elle mourut.

Ce fut donc M. McKinney qui pleura. Dorénavant, il pouvait profiter de toutes les dispositions qu'il avait prises pour elle, mais sans elle ça ne lui disait rien. Amy le serra dans ses bras, et, après l'enterrement, ils prirent le ferry pour aller à la maison du bord de mer. Ils avaient l'intention de s'évader, mais, évidemment, ils n'y parvinrent pas. La vue de la vieille cuisinière à bois raviva particulièrement leur chagrin : pendant tant d'années, M. McKinney l'avait bourrée de bois flotté pour que sa femme puisse préparer ses soupes et son pain à la farine de maïs.

Il s'était imaginé qu'une fois qu'il aurait disparu Mme McKinney aurait eu envie de voyager, car elle avait parfois mentionné le Japon et la Chine, et les rares fois où ils sortaient manger, c'était pour aller au restaurant chinois ou japonais. Il n'avait aucun désir de voyager seul. Il ne supportait même pas son océan à lui sans elle, sans parler d'un autre océan qui, pourtant, aurait pu avoir un sens pour lui si elle avait été à son côté. Il s'était même dit que lorsqu'il serait mort, elle rencontrerait peut-être un gentil veuf sur un bateau, un homme qui aurait autant d'argent qu'elle, ce qui lui épargnerait bien des histoires. Si ce veuf voyageait, ce serait forcément parce qu'il aurait des biens ; sinon, ce serait un de ces hommes qui... Quant à lui, il ne souhaitait pas rencontrer de veuve – il n'y aurait toujours qu'une Mme McKinney, toujours, toujours. Des larmes lui montaient aux yeux quand il se rappelait comment, un jour, elle l'avait touché et lui avait souri.

Amy se débrouillait bien à l'université, et elle adorait le travail qu'elle faisait pour les girl scouts. M. McKinney ne pouvait pas avoir l'égoïsme de lui demander de voyager avec lui.

Il n'y avait pas grand-chose à faire, avec son argent ; on n'a pas grand-chose à en faire, une fois qu'on est propriétaire de sa maison et qu'on a assez à manger. Il possédait déjà ses livres. Peut-être un jour Amy saurait-elle comment employer cet argent. Il se rendit compte que pendant des années ils n'avaient pas regardé à la dépense en allume-feu pour la cheminée qui dissipait l'humidité de Seattle. Ils avaient utilisé Dieu sait combien de ces bâtonnets et, à présent, il voyait qu'on pouvait arriver parfaitement bien à faire démarrer le feu avec seulement deux bâtonnets, si on y ajoutait quelques vieux numéros du *Post-Intelligencer* roulés en torsade.

Jusque-là, il n'avait jamais noté les variations de température ; maintenant, il consignait les changements tous les matins et tous les soirs. Il acheta un pluviomètre : ce n'était guère plus qu'un vase à bec gradué. S'il avait su ce que c'était avant de l'acheter – et s'il ne s'était pas mis à discuter avec le vendeur, s'il ne lui avait pas pris du temps –, il aurait pu s'en fabriquer un tout à fait convenable.

Un peu plus tard, il découvrit qu'il n'y avait aucune raison particulière de mettre ses chaussures le matin, que les pantoufles étaient plus confortables. Il en était venu à trouver désagréable le son de ses pas, et ils étaient bien plus bruyants avec des chaussures. Les après-midi étaient durs.

« J'étais juste assis là à t'attendre, disait-il à Amy. Qu'est-ce que tu dirais d'une petite partie ? » Et, après qu'elle s'était « rafraîchie », ils faisaient des réussites à deux.

« Tu es un si gentil papa, lui disait Amy. Tu devrais me laisser faire venir quelqu'un dans la journée.

— Je ne veux personne, répondait M. McKinney. Si quelqu'un venait, il mettrait tout au mauvais endroit et je n'aurais rien à faire. Amy, c'est horrible, de n'avoir rien à faire. »

S'il avait laissé venir quelqu'un, il n'aurait peut-être pas roulé, cinq ans plus tard, à bas de l'escalier menant à la cave. C'est là qu'Amy le trouva, peu après cinq heures de l'après-midi.

Il ne reprit jamais conscience. Il est peu probable que, sur son lit de mort, il ait passé en revue ce qu'avait été sa vie ou qu'il se soit demandé s'il en avait obtenu ce qu'il avait souhaité. On lui avait accordé soixante-dix ans – tel était le nombre précis d'années que lui avait attribuées cette Bible en laquelle il croyait. Il était né, il était devenu avocat, il s'était marié, il avait pleuré la mort d'un fils, il avait été bon envers sa femme et envers Amy, il avait pleuré sa femme défunte, et il était mort. Sa vie était aussi propre que la gravure sur fer de Robert Burns, sans davantage de profondeur, et aussi immaculée que les parquets régulièrement cirés.

Ses funérailles furent solennelles et dignes. On y dit ce qu'il fallait. Les amis qui vinrent – ceux qui ne vinrent pas étaient morts – étaient plus âgés que lui, et Amy s'imagina que même quand il avait été enfant, il avait préféré des gens plus vieux qui ne s'encombraient plus d'enfantillages. C'était ici, dans cette église très convenable, que son mariage avait été célébré ; c'était ici qu'il avait pleuré son fils étendu dans un cercueil d'à peine un mètre vingt de long ; c'était ici qu'il s'était entendu avec le révérend Matthews pour avoir un autre enfant – elle, Amy. C'était ici qu'il avait accompli la dernière chose qu'on avait exigée de lui : faire passer la corbeille de la quête dans l'aile droite de l'église. Où, sinon ? Et c'était là qu'il avait fini – avec quelqu'un qui n'était pas véritablement de son sang. Elle, Amy. De la même façon qu'elle finirait, mais sans personne, elle.

Que manquait-il, qu'avait-il toujours manqué ? De la gaieté. De l'allant. Pourquoi estimait-elle que la gaieté et l'allant comptaient ? De la joie ? Au cimetière, il avait plu sans discontinuer ; l'entrepreneur de pompes funèbres avait fait installer des parapluies noirs géants.

Debout toute seule dans la grande maison, elle laissa ses yeux se poser sur *La Foire aux chevaux*. Il était possible que Mme McKinney se soit révoltée un moment et qu'elle ait acheté et accroché cette gravure d'une scène agitée où l'on voyait des animaux excités, furieux, intraitables.

Amy resta là, debout, à pleurer.

L'économie se redressa ; le pays se remit en guerre. Des millions de gens moururent, quelques-uns rapidement, d'autres au terme de souffrances raffinées. Encore plus se retrouvèrent mutilés, passant le restant de leur misérable existence dans des institutions où parfois leur rendraient visite ceux qui supporteraient de les voir. Mais la dépression économique était terminée.

Philip Nofzinger occupait une position subalterne dans le personnel administratif de Boeing, et il allait généralement au travail en emportant son déjeuner pour ne pas avoir de mauvaise surprise. Les affaires ne l'intéressaient pas beaucoup, moins que la voile et le violon ; c'est ce qu'il avoua à Amy au cours d'une petite soirée où tout le monde avait pris son verre pour passer dans le jardin et regarder les fleurs. On fut d'avis que l'hôtesse avait la main verte. Nofzinger partageait l'enthousiasme d'Amy pour Mozart, et il lui demanda de venir la voir – pourraient-ils jouer des duos ensemble ? Il avait trente-cinq ans et il se méfiait des filles trop jeunes qui risquaient de ne pas avoir la tête sur les épaules. Il vivait depuis longtemps chez sa mère dont il admirait les manières posées, les opinions politiques sensées et le talent qu'elle avait pour retrouver les objets égarés.

Lorsqu'ils eurent joué leur duo, Nofzinger se sentit troublé pendant le reste de la semaine, envahi par des pensées d'Amy, et ce fut la même chose pour elle. En moins d'un mois, ils décidèrent de leur union, et, pour reprendre une expression de Nofzinger, « les liens du mariage furent noués » lors d'une cérémonie civile qui leur parut mieux convenir à des gens de leur âge. Amy n'avait pas pensé que les hommes continuaient à porter des costumes marron. Elle avait mis une robe bleu pâle en crêpe de Chine avec un petit chapeau assorti et des talons hauts. L'ensemble lui allait assez bien mais ne lui était pas très naturel ; elle préférait les tweeds, les lourds bijoux en argent sertis de turquoises et des chaussures plus appropriées à la marche.

Elle refusa d'aller vivre chez Mme Nofzinger car elle savait que cela ne marchait jamais. Nofzinger refusa d'aller dans la maison des McKinney car, à son idée, c'était dévirilisant. Du coup, la maison des McKinney fut mise en vente.

Nofzinger et Amy emménagèrent dans une petite maison neuve entourée d'une haie de ce houx qui pousse si bien dans la région de Seattle et que les gens d'ailleurs apprécient tellement à l'époque de Noël. Ils continuèrent à jouer leurs duos le soir et se découvrirent un intérêt commun pour les champignons sauvages – ils savaient tous les deux quelles amanites n'étaient pas mortelles. Ils aimaient tous les deux la voile et se fendirent chacun de la moitié du prix d'un yawl de neuf mètres qu'ils amarrèrent devant leur abri à bateaux du Puget Sound. Ils lui donnèrent le nom de *Sea Drift,* d'après une composition musicale de Delius. Le fait qu'ils connaissaient tous les deux Delius les étonna. Nofzinger fut également surpris de constater qu'Amy possédait un abri à bateaux.

Nofzinger avait appris de bonne heure à être propre et soigné, et il ne voulait pas parler d'enfants. Les enfants de ses amis avaient si peu le sens des valeurs et connaissaient si mal la physique que des objets précieux tombaient du bord des tables et se brisaient par terre. Ils ne savaient pas fermer les portes : ils les claquaient. Nofzinger détestait les bruits soudains et forts ; il n'aimait pas être surpris. Ce n'était pas lui qui allait acheter un de ces grille-pain qui prennent tout leur temps et éjectent brusquement les toasts brûlés dans les airs. Et puis, les gosses ont le nez qui coule.

Par conséquent, il travaillait et elle travaillait ; les week-ends, et pendant deux semaines l'été, ils allaient marcher dans les bois. Nofzinger acheta à Amy un bon microscope pour qu'elle pût examiner de près les spores de champignon, et elle lui offrit un alto parce qu'il en aimait le timbre, plus sombre que celui du violon. Chacun fut étonné par la générosité de l'autre ; ils allaient souvent se coucher très satisfaits.

Ils aimaient boire tous les deux, mais jamais à l'excès, et les choses continuèrent ainsi pendant dix ans jusqu'à ce que brutalement, par un après-midi d'hiver chargé de pluie, tout cela leur parût dénué de sens. Ils n'étaient donc que de bons amis, sans plus, et il n'y avait pas de mal à cela, sauf que du coup tout était faux – mais quoi, exactement ? Il se demanda quels secrets elle lui cachait. Sans trop savoir pourquoi, elle ne lui avait pas dit qu'elle avait été adoptée, et elle justifiait son silence en supposant qu'il le savait déjà. Elle se demanda s'il n'en parlait pas parce qu'il pensait qu'en le faisant il réveillerait des souffrances en elle ou si, vraiment, il n'était pas au courant. Mais s'il l'apprenait, est-ce que cela affecterait les sentiments qu'il lui portait ? Peut-être était-il au courant, et peut-être était-ce la raison pour laquelle ils étaient amis au lieu d'être amants – ce qu'il éprouvait pour elle sur ce plan-là, c'était de la compassion, et personne au monde n'a envie d'être l'objet de compassion, surtout pas ceux qui le méritent. Mon Dieu, pensa-t-elle, est-ce que mon adoption a détruit notre mariage ? Est-ce la raison pour laquelle il ne veut pas d'enfants ? Parce que je ne peux nommer ni mon père ni ma mère, et que je ne suis pas en mesure de fournir des grands-parents à un enfant ?

En dix ans, Nofzinger avait appris à si bien jouer de l'alto qu'il avait fait honneur à un arrangement pour alto et piano de *Harold en Italie* de Berlioz. Mais il lui sembla qu'Amy avait des préoccupations qui dépassaient la musique. Il fallait parfois lui parler deux fois avant qu'elle ne réponde. Elle avait l'air distante.

Amy avait lu que, si une femme est infidèle, elle doit avoir la sagesse de ne pas le dire à son mari. Tant qu'elle nie, il a la possibilité de croire que ce qu'il pense n'est pas vrai. Si elle lui dit la vérité, il ne lui pardonnera jamais. Elle n'avait jamais été infidèle, mais elle se demanda si elle devait partager avec lui le secret de ce qu'elle avait découvert dans le coffre que son père adoptif gardait à la banque. Ne pas le partager lui paraissait déloyal, c'était faire preuve de méfiance. S'il l'aimait vraiment, il l'aimerait malgré cela. Craignait-elle qu'il ne l'aime pas ? Ou bien était-ce autre chose qui la retenait d'ouvrir une enveloppe trouvée dans le coffre et sur laquelle était écrit : « SI TU VEUX SAVOIR QUI SONT TES VRAIS PARENTS OUVRE CETTE ENVELOPPE » ?

Oh oui. Ce qui obsédait Amy était ancien.

Une petite voix lui disait : Qui suis-je ?

Bon, mais si elle aimait vraiment Nofzinger, si elle n'avait besoin de personne d'autre, alors peu importait qui se trouvait là-bas, dehors, lié à elle. Ne nous dit-on pas qu'un mari suffit à une femme – qu'ils doivent s'attacher l'un à l'autre pour devenir une seule chair ?

La petite voix continuait de la harceler.

Le divorce fut aussi peu chargé d'émotion que l'avait été le mariage. Amy découvrit qu'elle pouvait contempler la robe dans laquelle elle avait pris le nom d'un autre sans guère d'autre émotion que cette légère tristesse que chacun éprouve pour le passé. Elle eut l'impression que Nofzinger ne ressentit rien du tout lorsqu'il se sépara de son alto. Dans la grande salle à manger de l'hôtel Olympic – le lieu neutre approprié –, ils furent d'accord pour estimer que ces dix années avaient été plutôt bonnes, globalement, qu'ils avaient tous les deux grandi et acquis une certaine compréhension de la vie. Et puis, comme Amy avait suffisamment d'argent, il n'y avait pas de souci de ce côté, Nofzinger ne voulait absolument rien d'elle sauf, à la rigueur, sa part d'investissement dans le bateau à voiles – sous forme de prêt, peut-être ? Il allait de nouveau emménager chez sa mère, car elle avait atteint l'âge où l'on risque de se casser le col du fémur. Selon la formule qu'il employa, on était sur la pente descendante, désormais.

Ils trinquèrent donc avec une certaine timidité dans cette salle à manger tandis qu'une petite formation musicale bien plan-plan – accordéon et cordes – jouait un petit air gai intitulé *Nola*, créant un fond de gentille insouciance. Ils eurent ensuite tous les deux la gorge qui se serra un peu quand ils évoquèrent les bons moments, l'odeur des pins dans le brouillard, les embruns sur le *Sea Drift,* et puis ce fut tout, parce que ce soir-là Amy devait retrouver ses girl scouts et que la maman de Nofzinger avait préparé une surprise au four.

Amy se retrouva assise à sa coiffeuse. Elle aurait quand même été contente s'il s'était rebiffé contre le divorce, ne serait-ce qu'un peu. Peut-être, si elle avait eu plus confiance en elle, le mariage aurait-il marché. Peut-être, si elle avait su qui elle était, à qui appartenait ce visage dans le miroir, si elle avait eu un portrait de ses ancêtres portant cape et chapeau à brides, une identité à transmettre à un enfant. Quelque chose.

Elle était encore hantée par la gêne qu'elle avait éprouvée au cours de son dernier échange avec Nofzinger.

« J'aimerais, commença-t-elle, j'aimerais garder le nom de Nofzinger. Ton nom. »

Il eut un air perplexe. « Bien sûr. C'est ton droit, d'ailleurs.

— Je sais. Mais le problème, c'est que j'aimerais que tu me dises que ça te va aussi, à *toi*.

— Mais bien sûr, Amy, ma chère ! »

Amy, ma chère.

Mais même un mari qu'on a eu dans le passé fait partie de la famille, pas vrai ?

Elle avait laissé l'enveloppe dans le coffre à la banque ; elle n'avait pas voulu la garder à la maison, parce qu'un objet chargé de tant de dangers doit générer un champ magnétique qui attire forcément les curieux. Elle se rendit donc à la banque.

D'abord, elle s'assit au comptoir d'un bistro en face où elle avala une tasse de café. Elle portait le tailleur en tweed et les bijoux indiens dans lesquels elle se sentait le mieux – et pourtant... Si son père adoptif

51

avait vraiment voulu qu'elle sache qui étaient ses vrais parents, pourquoi ne le lui avait-il pas dit ? Décacheter cette enveloppe, c'était dans une grande mesure nier la bonté et la gentillesse de ces McKinney qui l'avaient recueillie, qui avaient supporté ses caprices et ses colères d'enfant, qui s'étaient occupés d'elle quand elle avait été malade, qui lui avaient tourné les pages de ses livres d'images, qui lui avaient montré comment ne pas déborder quand elle coloriait, qui lui avaient permis de faire des études et lui avaient légué un réel confort matériel. Elle médita l'incident de l'œillet rouge et de l'œillet blanc. Plus jamais, après, Maman McKinney ni Papa McKinney n'avaient élevé la voix pour lui parler. Elle se rappela leurs sourires.

Ils étaient si adorables ! Ils l'étaient, en effet, quand ils choisissaient pour elle les meilleurs plats, les amis les plus appropriés, les meilleurs vêtements. C'était pour elle qu'ils avaient acheté – eux qui faisaient tellement attention à l'argent – l'*Encyclopaedia britannica* dont la masse se déployait dans la vitrine de l'entrée. Pour elle qu'ils avaient acheté la Packard – car Papa McKinney ne connaissait pas grand-chose aux moteurs à combustion et Maman rien du tout. Ils savaient seulement que, quand on demande à une fille de seize ans quelle marque de voiture ont ses parents (ce qu'on ne se prive pas de faire), elle se sent plus à l'aise si elle peut répondre : « Une Packard. » Oui, ils étaient généreux et adorables, c'est certain.

Mais ce n'étaient pas ses parents.

Peut-être, comme tant de gens qui veulent être persuadés que leurs motifs n'ont rien d'égoïste, Amy se dupait-elle. Elle voulait croire que son souhait de découvrir qui était sa mère – ou son père – n'était pas égoïste. Elle voulait croire que ses vrais parents auraient envie de savoir qu'elle « allait bien ». Bien ? Elle avait des vêtements. Elle était nourrie. Sa première balançoire, le tricycle. La maison de bord de mer. La Packard. Elle n'avait pas eu peur de devenir une femme. Elle avait reçu une éducation, des gants pour certaines occasions, des sacs à main. Elle avait appris à danser. On serait étonné de savoir combien de jeunes femmes épousent un homme qui ne leur convient pas simplement parce qu'elles ne savent pas danser. Elle était capable d'affronter une éventuelle humiliation ; ou alors, elle en était si sûre qu'elle ne s'était jamais posé la question de l'humiliation.

Bon, elle désirait que ses vrais parents sachent qu'elle allait bien. Elle paya donc son café et laissa le même montant en pourboire pour que la serveuse, en la voyant partir, lui souhaite de la chance dans ce qu'elle allait entreprendre. Elle traversa la rue en direction de la banque dont les colonnes ioniques évoquaient une grandeur, celle de la Grèce antique, et une religion, celle de l'argent.

Elle s'acquitta des petits rites sérieux qui lui donnaient accès à la salle des coffres – des sourires, des mots qui ressemblaient plutôt à des chuchotements, et puis la petite sonnerie qui avertit de l'ouverture imminente d'une petite porte. Enfin, elle se retrouva avec le coffret entre les mains. Elle le porta dans la cabine privée réservée à ceux qui veulent fermer la porte afin d'examiner, seuls, loin des regards envieux, les choses qu'ils possèdent. Comme certaines de ces choses risquent de rendre ces gens nerveux et de provoquer chez eux l'envie de fumer, on a disposé sur la table un cendrier propre et une pochette d'allumettes portant le sigle de la banque. Amy alluma une cigarette, la garda entre ses lèvres ; tout en ouvrant le coffre, elle plissait les yeux à cause de la fumée.

Elle tenait à présent l'enveloppe cachetée qui était restée enfouie sous des actions, des obligations et des actes notariés. Lorsque Amy l'avait découverte, cette enveloppe était tout en haut, comme si Papa McKinney, en la mettant là, voulait pousser Amy à prendre aussitôt une décision, à accomplir ce qui serait le premier acte de sa vie de personne seule. Auparavant, en repoussant l'enveloppe au bas de la pile, elle avait cru prendre cette décision, mais elle ne l'avait pas fait.

Elle la décacheta.

Rien, jamais rien ne serait plus pareil.

4

L'enveloppe havane contenait un certain nombre de choses en plus du document précis qu'Amy avait décidé de regarder en face. Elle était remplie de toutes les horribles tractations entourant son adoption : pas seulement les papiers officiels rédigés en jargon juridique avec des « plaise au tribunal » et autres expressions du même genre – papiers qui la désignaient comme « le bébé Owen » et qui étaient signés par un juge –, mais aussi la déclaration exigée de sa mère et par laquelle elle l'abandonnait. Sa mère y était appelée « vieille fille », mot incongru évoquant le désespoir et le rebut. Ces papiers étaient si déplaisants au toucher qu'Amy regretta de ne pas avoir mis de gants. Les voilà donc, ces documents officiels, celui par lequel on la cédait et celui qui la prenait, comme si elle n'était qu'un produit de consommation. Oh, elle avait eu de la chance – Mlle Lovelace l'avait bien dit, il y avait longtemps, cette Mlle Lovelace avec son médaillon en forme de cœur et son eau de Floride. De la chance de ne pas avoir échoué en institution plutôt que dans la maison immaculée d'un avocat de Seattle, membre bien établi du club Rainier. Et en quoi consistait cette chance ? En ce qu'un petit garçon avait été jeté à bas d'un cheval et s'était cassé le cou. Drôle de chance.

La dernière action de sa mère – sa vraie mère – avait été de signer Owen au bas de la déclaration d'abandon. Elizabeth Owen, certainement pas son véritable nom, un faux, car il fallait bien que cette pauvre femme se cache, y compris à elle-même, au moment où elle accomplissait un acte tellement contre nature. Oui, Amy souhaita alors avoir mis des gants pour que le tissu ou le cuir la protègent de la honte lancinante de ne pas avoir été désirée, de n'avoir été rien de plus qu'une gêne pour « Elizabeth Owen » et une commodité fortuite pour des McKinney incapables de supporter leur solitude. Oui, des gants.

Pendant quelques instants, elle garda les yeux fixés sur le nom « Elizabeth Owen », comme fascinée. Était-il possible que la main qui avait écrit ce nom l'eût touchée ? Pour une raison quelconque, cette écriture n'était pas celle à laquelle elle aurait pu s'attendre. Ce n'était pas le genre d'écriture qu'on pense voir sur un document aussi sordide mais plutôt sur du papier à lettres en vélin. Mais probablement le jugement de ses yeux était-il influencé par son désir de croire qu'il y avait quelque chose de bien chez cette « Elizabeth Owen » qui était certainement quelqu'un d'autre.

Elle l'était en effet.

Car, à présent, Amy arrivait au dernier document. C'était une feuille blanche qu'elle retira et déplia. Avec un en-tête gravé : ARTHUR H. GRAY, DOCTEUR EN MÉDECINE, LUMBER EXCHANGE BUILDING, SEATTLE. Les quelques mots au-dessous étaient écrits d'une main élégante d'autrefois. On y percevait un certain tremblement dénotant l'âge ou l'émotion. Une telle main aurait été dangereuse chez un chirurgien. Les mots étaient directs, les faits simples, comme s'il n'y avait rien de plus à obtenir de ce docteur Gray qui, d'ailleurs, aurait préféré ne pas se mêler de cette affaire. On imaginait la brève confrontation dans son bureau – d'un côté Papa

McKinney, l'important avocat de Seattle qui croyait tellement aux droits de l'homme qu'il soutenait qu'un enfant adopté a le droit d'avoir son vrai nom, et de l'autre un bon vieux médecin tenu par le serment d'Hippocrate et par sa conviction qu'en révélant des noms il complotait (lui, comploter !) contre l'État et les autorités. Car les autorités ne voulaient pas qu'un enfant adopté puisse un jour connaître ses vrais parents. En créant cette impossibilité, les autorités protégeaient l'enfant des horreurs éventuelles qu'il découvrirait. Qu'*elle* découvrirait. Mais finalement le docteur Gray avait donné les noms, car il avait aussi un cœur. On avait l'impression d'entendre les remerciements solennels de M. McKinney et la façon non moins solennelle dont le docteur les recevait : « ... mais ce n'est rien. »

Entre crochets, sur le beau papier blanc, étaient inscrits les noms « Benjamin H. Burton » et « Elizabeth Birdseye Sweringen ». À l'extérieur des crochets figurait le mot « parents ». Sous le nom d'Elizabeth se trouvait un autre nom, Thomas H. Sweringen, et, entre parenthèses, le mot « père ». Au-dessous, une adresse :

Lemhi, Idaho.

Elle savait donc qui elle était. Une Burton. Quel prénom pouvaient-ils bien lui avoir donné ? Elizabeth, comme sa mère ? Mais on ne lui en avait pas donné. L'État l'avait appelée « Bébé Owen », ce qui n'était vraiment personne. De toute façon, c'est le nom de famille qui compte. À présent elle avait une identité. Elle pouvait s'imaginer désormais apparentée à tous les Burton qu'elle trouverait n'importe où dans le monde. Dans une librairie. Dans un annuaire téléphonique. Elle avait un *nom*.

BURTON, écrivit-elle sur une feuille de papier vierge. Et de nouveau, BURTON. Combien de fois faut-il écrire un nom avant de se l'approprier ? Malheureusement, ce n'est pas le nom seul qui compte. C'est de savoir qui sont ses parents, et les parents de ses parents, et les parents des parents de ses parents, car plus loin on peut remonter dans sa lignée, plus on se sent en sécurité – plus on a de photos, de portraits, de similigravures qui ancrent dans le temps, plus on a d'objets, de moules à bougie, de barattes en bois, de bouilloires en cuivre, de mèches de cheveux, de vieilles lettres dont les plis se désagrègent, de cartes de la Saint-Valentin et de fleurs séchées... Avoir un nom sans connaître ceux qui nous l'ont donné, la courbure de leur nez ou le son de leur voix est une chose creuse, et Amy s'en était bien rendu compte au moment où elle s'était dit qu'elle voulait juste savoir son nom. Mais en se mettant en quête de ses ancêtres, elle craignait de tomber sur des visages fermés ou apeurés, sur des conditions de vie déplorables, sur des portes déglinguées et des étagères vides. Malgré son grand désir de connaître ces gens, il était peu probable qu'ils aient, eux, envie de la connaître. Pour le meilleur ou pour le pire, ils avaient fait leur vie sans elle, ils avaient construit leur propre emploi du temps, passé leurs vacances à leur façon. Ils ne voudraient pas voir leur quotidien dérangé par celle qui, dès le départ, les avait perturbés.

Elle se dit qu'elle ferait mieux de laisser les choses en l'état.

Elle ne trouva aucun Benjamin H. Burton dans l'annuaire.

En bon homme de loi, Papa McKinney avait laissé ses affaires parfaitement en ordre, et Amy n'avait jamais eu besoin d'avocat avant son divorce. Même si ce divorce avait été arrangé à l'amiable, le tissu de la vie américaine est tissé si lâche qu'il faut toujours la main d'un avocat pour l'empêcher de s'effilocher.

Afin de ne pas donner au divorce un ton trop grave, elle avait choisi son avocat au hasard dans les Pages jaunes. C'était un homme jeune qu'elle avait trouvé très agréable et compréhensif. Ils avaient déjeuné ensemble et, dans la conversation, elle avait appris qu'il allait souvent comme elle en voiture jusqu'à la côte et marchait tout seul le long de la mer. Elle lui envoya donc une lettre lui demandant s'il voulait bien la retrouver pour déjeuner à l'hôtel Olympic et fut heureuse de voir qu'elle pouvait écrire « hôtel Olympic » sans trop regretter la compagnie de Nofzinger. Elle disait dans sa lettre qu'elle voulait lui parler de choses personnelles.

Elle rassembla ses documents d'adoption, qu'elle estimait pertinents – la déclaration d'abandon signée par Elizabeth Owen, les indications succinctes du docteur Gray –, et prit la voiture jusqu'à Seattle. L'autoroute, avec sa circulation rapide et impersonnelle, et le mont Rainier, apparu quelques instants auparavant quand les nuages s'étaient dispersés, avaient pris un aspect qu'elle ne leur avait jamais connu jusqu'alors.

Elle laissa son break au portier de l'hôtel et pénétra dans le hall qui, contrairement à ceux des bons hôtels de l'Est, était pourvu de nombreux et confortables fauteuils et canapés où pouvaient prendre place les gens qui voulaient se rendre visibles. À Seattle, on suppose que ceux qui n'ont rien à faire là n'y viendront pas, et cette supposition est généralement fondée.

M. Keith Compton, l'avocat, attendait muni d'une bonne serviette dans laquelle il pourrait glisser les documents importants qu'on lui confierait. Il se leva avec un grand sourire du fauteuil où il était assis et déclara, comme Amy, que c'était une bonne chose de se revoir, que ça faisait pas mal de temps. Lorsqu'ils se furent serré la main, ils allèrent au grill. Elle avait apporté les papiers dans une serviette toute déformée (selon Papa McKinney, elle portait bonheur), mais elle se sentait en terrain familier, à l'hôtel Olympic, et ne pensait plus guère à ce qu'elle portait dans sa serviette. Elle se dit que peut-être elle montrerait ces papiers à Compton, ou peut-être pas.

Oui, dit-elle, elle prendrait un martini. Dans ce cas, lui aussi, et ils établirent ainsi un nouveau petit lien.

« Je ne serais pas étonnée, dit-elle, si ce que j'ai à vous dire vous paraît étrange. Mais bon, les avocats doivent être habitués à entendre d'étranges choses.

— Des choses très étranges, dit Compton avec le petit sourire de celui qui en a vu pas mal.

— Très bien, alors. J'ai été adoptée quand j'étais toute petite, et je n'aurais pas pu avoir de meilleurs parents adoptifs. » Elle sentit des larmes sur le point de jaillir de ses yeux, car le visage des McKinney, les traits accentués par les ans, était devant elle. Au moment où elle prenait une cigarette dans l'étui en cuir posé près d'elle, sa main toucha et renversa le verre de martini au pied instable. Un serveur surgit aussitôt pour éponger le peu de liquide répandu. Il le couvrit si adroitement d'une serviette qu'on voyait bien que ce genre d'accident n'était pas rare. Amy, pourtant, n'avait jamais renversé de verre en public.

« Vous avez eu de la chance de tomber sur une telle famille », déclara Compton.

Tant de gens, se dit-elle, me voient comme ca.

« Je sais, répondit-elle. Mais naturellement, par curiosité, il m'est parfois venu à l'esprit d'essayer de retrouver mes vrais parents. Il se peut que ce soit de la curiosité féminine – ou bien trouvez-vous idiot de croire que les femmes sont plus curieuses que les hommes ?

— Non, ce n'est pas idiot.

— Je crois que tout le monde aurait cette curiosité », poursuivit-elle. La facilité avec laquelle elle parlait, sa maîtrise, était censée faire croire à Compton que son désir de connaître ses vrais parents n'était guère plus qu'une velléité, une pensée qui lui venait pendant qu'elle arrosait une plante ou qu'elle pelait une orange. Elle regrettait d'avoir renversé ce martini.

« Ce sont des sentiments que je comprends, dit Compton, mais il est quasiment impossible de savoir. Les lois de notre État interdisent au Bureau des statistiques démographiques de donner ce genre de renseignements.

— Je sais. Mon père adoptif le savait. Il était avocat. Mais il m'a dit un jour qu'il estimait que l'enfant avait le droit de savoir. Il a laissé des documents. J'y ai réfléchi.

— J'espère que vous y avez bien réfléchi.

— Et j'ai décidé, à cause de ce que je risquais de trouver, qu'il valait mieux ne pas chercher plus loin. Je suppose que ce que je vous demande, c'est l'opinion d'un professionnel. Mais, en fait, je cherche peut-être une opinion personnelle. L'opinion de quelqu'un capable d'être... oui, quelqu'un qui puisse être à la fois objectif et subjectif.

— D'accord. » Compton leva la main pour demander au garçon d'apporter le déjeuner. « À votre place, je ne chercherais pas plus loin. »

Lorsqu'ils se quittèrent, Compton déclara qu'il espérait pouvoir bientôt se rendre au bord de la mer en famille, car toute sa famille adorait être au grand air. Mais au moment où il se détourna d'elle, elle eut l'impression qu'il avait été sur le point d'ajouter quelque chose. C'était à sa bouche qu'elle l'avait vu.

Elle apprécia, maintenant que le printemps était très avancé, de pouvoir se consacrer pleinement au jardin, surtout à ses rhododendrons, qui à plusieurs reprises avaient remporté des prix. Elle jardinait avec sérieux, enchantée par la puissance et la beauté tapies dans une minuscule graine. Quand elle allait camper, c'était aussi avec sérieux, et elle ramassait du bois apporté par la mer qu'elle préparait et polissait. On n'avait pas besoin de beaucoup d'imagination pour voir dans du bois flotté une créature bizarre et pour éprouver une certaine tendresse en regardant cette créature. Elle accomplissait tout aussi sérieusement ses tâches de conseillère auprès des girl scouts, sachant bien que ces filles étaient pour elle un substitut de famille. Certes, elle avait de la chance, et dans un sens ces filles-là avaient de la chance, car une femme très occupée par ailleurs n'aurait pas eu de temps à leur consacrer pour leur montrer comment on allume un feu, pour leur dire quelles baies ne sont pas comestibles, leur expliquer les meilleurs moyens de survivre.

Survivre.

Elle était reconnaissante aux filles qui, ayant quelques années de plus, savaient maintenant que la vie n'est pas ce qu'elles avaient cru et lui écrivaient parfois en lui rappelant le passé, l'époque où les choses semblaient différentes.

« Restons en contact, leur disait-elle. Restons en contact. »

Sa liste de destinataires de cartes de Noël était longue, mais il devenait de plus en plus difficile pour Amy de mettre un nom sur chaque visage.

Elle avait à peine dix ans lorsqu'elle s'était rendu compte que certains objets, dans la maison des McKinney, avaient droit à une considération particulière. Ces objets, on les époussetait plus souvent et avec plus d'attention que les autres, on les lustrait plus fréquemment, on les posait avec plus de soin et on les protégeait mieux. On en parlait aussi avec une vénération discrète, comme s'il s'agissait de véritables reliques. Certains d'entre eux avaient appartenu aux Crowell, la famille de sa mère adoptive, et parmi ceux-là une douzaine de cuillères anglaises anciennes qui ne faisaient leur apparition qu'à Noël. Pendant le reste de l'année, ces cuillères de noble lignée – chacune dans une pochette en chamois – étaient rangées loin des regards dans une boîte en cuir gravé. Il paraît que la naphtaline retarde le ternissement.

C'était justement de ces ustensiles de table qu'avaient parlé les deux cousines Crowell un jour où elles étaient venues dans leur Buick pour le dîner de Noël. Comme elles étaient déjà à l'université, elles se targuaient d'avoir dépassé l'âge des niaiseries et elles avaient commencé à se soucier de ce qu'elles possédaient – on ne sait jamais. Amy, qui n'avait pas encore douze ans, se tenait dans la cuisine, où une femme venue en renfort arrosait l'oie que les McKinney préféraient à la dinde. La femme se plaignait de ne rien pouvoir trouver. Les cousines Crowell étaient dans l'office où l'on rangeait la vaisselle et où l'on polissait l'argenterie, près d'un petit évier en stéatite. Leur conversation dans cet office n'était certes pas destinée aux oreilles d'Amy – ou peut-être que si, peut-être voulaient-elles lui faire bien entendre ce qu'elles étaient en train de préciser.

« Ces cuillères, déclara l'une des cousines, ne devraient pas revenir à Amy mais à des Crowell. »

Elles ne l'avaient jamais considérée comme une Crowell. Amy avait déjà bien assez de chance, puisqu'elle était une sorte de McKinney. Comment auraient-elles pu la considérer comme une Crowell ? Si les cuillères avaient appartenu aux McKinney, les cousines auraient estimé qu'Amy n'était pas une McKinney, quoi qu'en disent les papiers d'adoption. C'est le sang qui doit parler. Mais les objets des McKinney qu'Amy décida bien des années plus tard d'emporter dans la maison qu'elle avait achetée avec Nofzinger – la grande horloge, le bureau de capitaine en teck et cuivre, les sculptures de jade, d'ivoire et d'albâtre, la fontaine à thé en argent –, tous ces objets continuèrent à lui donner un sentiment d'identité, ou au moins celui d'avoir un passé, et ses amis et ses connaissances pensèrent évidemment qu'ils lui appartenaient de plein droit puisqu'ils étaient en sa possession. Ce fut seulement lorsque les cousines Crowell (un peu fanées, à présent, parce que leur visage n'avait pas tenu) s'arrêtèrent pour la voir qu'elle se sentit de nouveau comme un fantôme partant à la dérive sans trouver sa voix. Mais l'âge n'avait pas diminué le ressentiment que les cousines éprouvaient à l'égard de la propriétaire des cuillères Crowell. Elle avait commis une erreur en les montrant. En les exhibant, auraient-elles pu dire. Et donc, à la fin, pour les apaiser, peut-être pour voir si elles l'acceptaient comme un véritable membre de la famille – quelqu'un pouvant raisonnablement espérer reposer dans la sépulture familiale –, elle leur offrit les cuillères Crowell.

« Oh, Amy ! » La stupeur empourpra leur visage. Oh, comme elles acceptèrent les cuillères ! Avec quelle promptitude l'une des deux les fit glisser dans son grand sac ! Et comme leur humeur s'égaya, quelle chaleur elles montrèrent soudain, comme si elles retrouvaient une vieille connaissance qu'elles avaient crue perdue ou morte.

« Tu sais quoi, Amy ? Ce serait bien que nous prenions un autre verre ! »

... M. Keith Compton l'ayant avertie qu'il serait peu judicieux de rechercher ses parents naturels, elle se contentait de ses rhododendrons.

Mais Compton ne pouvait absolument pas savoir avec quelle insistance la petite voix continuait à demander : « Qui suis-je ? » Compton savait qui il était, lui. Il ne portait pas de masque, ce n'était pas un imposteur, et il ne comprenait pas les sentiments d'infériorité qu'elle éprouvait fréquemment quand on s'adressait à elle en supposant qu'elle pouvait compter sur une vraie famille. Il n'éprouvait aucune gêne quand il entendait les mots « père » et « mère », des mots qui venaient si vite dans la bouche d'amis.

« Ma mère éternue, ces derniers temps. Elle pense que c'est à cause du pollen. »

« Mon père a des moments où il ne tient plus en place. Maintenant, il veut chercher quelque chose à l'ouest d'ici. »

Elle supposait que l'avis de Compton reposait sur ce qu'il concevait comme un point de morale : il ne vaut pas la peine de retrouver des parents qui abandonnent leur enfant ; ils sont condamnables parce qu'ils se sont soustraits à leurs responsabilités, qu'ils ont d'abord pensé à eux-mêmes, qu'ils n'ont pas été capables d'amour. Compton avait donné son avis si promptement qu'elle était sûre qu'il possédait une grande expérience de ces recherches. Il savait que selon toute probabilité elle tomberait sur de la misère, de la folie, un adultère ou de la promiscuité sexuelle. Devant de telles réalités, ses clients devaient abandonner l'illusion fragile qui avait brillé un instant et selon laquelle des circonstances extraordinaires auraient pu conduire à leur abandon et à leur adoption.

Une circonstance extraordinaire pouvait-elle avoir existé ? Et quelles paroles Compton avait-il donc été sur le point de prononcer ce jour-là ?

Elle avait passé sa vie à faire des additions, de son écriture ferme, claire et un peu anguleuse, à établir des budgets pour les girl scouts, à mettre au point des horaires. Elle était aussi très habile à gérer ses émotions. Il était peu vraisemblable qu'elle renverse un verre de plus. Elle avait été du genre à affronter la vérité – comme avec Nofzinger et les cousines Crowell – et s'était trouvée plus à l'aise avec des faits qu'avec des possibilités.

Qui donc était-elle, cette femme capable de se maîtriser ainsi ? C'était la fille adoptive des McKinney, ces braves gens qui lui avaient donné tout ce qu'on peut donner. Elle connaissait parfaitement l'odeur de l'intérieur d'une Packard et les breaks massifs dont les portières se ferment avec autorité. Elle mesurait un mètre soixante-douze, et c'était peut-être la raison de son mariage avec Nofzinger : il était grand. Les neuf dixièmes des hommes sont hors du champ d'une femme de haute taille, sauf s'ils se mettent sur la pointe des pieds. Elle avait été l'épouse de Nofzinger et, à présent, elle partait à la dérive ; elle était indépendante, à l'aise financièrement sans être riche, avec le genre de portefeuille en actions et obligations que les presbytériens préfèrent, des actions qui montent ou baissent peu mais rapportent toujours quelque chose, et des obligations dont le nom évoque les chambres fortes de Fort Knox. Et pourtant elle était encore à la merci d'une petite voix qui demandait : « Qui suis-je ? »

Bien sûr qu'elle arriverait à voir la réponse en face !
Elle prit le téléphone et appela M. Keith Compton.

Il lui écrivit sans tarder. Elle classa la lettre, parce qu'on lui avait appris à tout classer, à garder les chèques annulés et à faire des copies carbone de tout.

Compton lui écrivit depuis son bureau, tout là-haut, dans les étages supérieurs de l'immeuble IBM de Seattle. Selon lui, le mieux serait de commencer à chercher du côté paternel. « C'est-à-dire de chercher un Ben Burton », ce qui revenait à les chercher tous les deux car, même s'il n'avait pas de piste plus récente, il avait déniché dans l'annuaire de l'année 1912, à Seattle, un Ben et une Elizabeth Burton vivant ensemble en tant que mari et femme. Ensuite, ils avaient disparu.

« J'ai écrit au Bureau des statistiques démographiques, à Olympia, ajoutait-il. Il se peut qu'on y trouve quelque chose. »

Amy lut à peine cette ligne. Des mots surgissaient devant ses yeux : « en tant que mari et femme ».

« Ils vivaient ensemble en tant que mari et femme. »

En 1912, cela signifiait qu'ils étaient mariés, et non pas qu'ils *passaient* pour être mariés ou qu'ils faisaient semblant de l'être, car l'union libre, à cette époque, était un délit. Ils vivaient peut-être dans un appartement meublé. Dans ce mobilier en chêne lourd et bon marché de l'époque. Un fauteuil à dossier réglable avec un siège de velours râpé. Une lampe au pied de bois, un abat-jour en verre cathédrale vert et blanc. Un lit pliant. Une fenêtre donnant sur la rue, et la bouteille de lait sur le rebord quand ils étaient à court de glace. L'autre fenêtre donnant sur une cour intérieure d'où montait une désagréable odeur de friture. Mais ils étaient jeunes, ils étaient jeunes. Ils pouvaient rêver de douzaines de fenêtres dont la moitié donneraient sur la mer. Après sa naissance, ils s'étaient mariés. Elle était née illégitime, mais s'ils l'avaient gardée elle n'aurait pas été illégitime longtemps, car les jours, les mois et les années filent. Les gens oublient. Autrefois, il y a longtemps, avant la Première Guerre mondiale, lorsque Édouard VII était sur le trône et que l'orchestre du *Titanic* jouait *Autumn* alors même que le navire s'enfonçait sous les vagues, Ben Burton et Elizabeth Sweringen Burton avaient échangé un coup d'œil. On venait de frapper à la porte.

« J'y vais. »

Le recensement.

Oh, ils s'étaient aimés. Mais ils ne l'avaient pas aimée, elle ; ils ne s'étaient pas mariés avant de l'avoir donnée. Devant une telle réalité, il est très étonnant qu'Amy n'ait pas déclaré : « Qu'ils aillent au diable, tous les deux. » Mais il n'est pas facile d'envoyer ses parents au diable. Et puis, voyez-vous, il pourrait exister une circonstance extraordinaire.

Quoi qu'il en soit, une famille est davantage qu'un père et une mère. Amy avait adoré les *Buddenbrook* de Thomas Mann, et la série *Jalna* où il y a une grand-mère magnifique, des oncles, des cousins et des frères ; elle avait aimé toutes les familles des romans *Les Quatre Filles du docteur March* et *Jeunes garçons,* leurs liens étroits et la fierté du chef de famille. L'amour des jeunes pour les vieux a sa place – une place réelle – dans une bonne famille. Mais, tandis qu'elle attendait la réponse du Bureau des statistiques démographiques, elle se raccrocha une fois de plus aux McKinney : elle évoquait leur voix, l'odeur des plats qu'ils aimaient (le porc en train de rôtir et la compote de pommes), le linge amidonné et la porcelaine, les portes familières qui s'ouvraient et se refermaient, l'horloge qui sonnait. Et les fantômes protecteurs des McKinney se tiendraient près d'elle si le bureau ne savait rien. Ces administrations laissent une impression glaciale, parce qu'il y a des tas de papiers partout et parce que y travaillent des femmes âgées et corpulentes dont les enfants ont raté leur mariage, et des hommes également âgés qui, en vieillissant encore davantage, en viennent à ressembler de plus en plus à leur épouse. Ces fonctionnaires, bizarrement, ne sont responsables que devant l'État, et malheureusement on ne peut pas mettre le doigt sur l'État ; personne ne recevra jamais vos récriminations sur leurs innombrables pauses-café et le badinage bon enfant qui se déroule dans les couloirs.

Le Bureau des statistiques démographiques aurait été glacial même dans une bureaucratie, car des millions et des millions de noms y entraient un peu n'importe comment – nombre d'entre eux mal orthographiés –, sur des imprimés signés au mauvais endroit, tandis que des gens naissaient et mouraient ou déménageaient sans laisser d'adresse, lançaient des procédures de divorce et s'assignaient en justice.

À trois reprises pendant les jours qui suivirent, Amy décrocha son téléphone pour appeler Compton, et à trois reprises elle raccrocha pour faire taire le bruit de la tonalité. Elle devait laisser la vérité se révéler à sa guise ; la forcer risquait de la modifier.

Imaginons qu'elle téléphone au Bureau des statistiques. Mais ce bureau était devenu une menace, une présence à prendre avec prudence. Amy risquait d'entendre des choses pénibles pour elle.

Et quand elle eut enfin des nouvelles de Compton, elle entendit en effet des choses pénibles.

Ben Burton, d'après ce qu'écrivait Compton, avait passé quelques années à l'hôtel Gould, dans la Troisième Rue. « Il est mort l'an dernier d'une cirrhose du foie. »

Amy tint la lettre comme si elle la soupesait. C'était là un bel exemple de retenue et de tact de la part d'un bon avocat, car « hôtel Gould », « Troisième Rue » et « cirrhose du foie » n'étaient que des euphémismes : hôtel Gould signifiait hôtel borgne, Troisième Rue signifiait bas-fonds et cirrhose du foie signifiait que Ben Burton était mort d'alcoolisme. Mais comme la lettre contenait les premiers et sans doute les derniers renseignements sur son vrai père, Amy se sentit obligée envers lui. La vie de son père, ou en tout cas la fin de cette vie, avait sombré dans la tragédie. Étant sa fille naturelle, elle estima qu'elle se devait de connaître l'endroit où il avait passé ses dernières heures et de partager avec cet homme désormais mort les ombres particulières de son humiliation et de son échec. C'est ce qu'une fille se doit de faire. C'est ce que signifie le lien familial.

Elle s'habilla simplement, de vieux vêtements. Elle se ferait passer pour une amie un peu plus fortunée ou pour une parente d'un des vieux qui résidaient à l'hôtel Gould.

L'hôtel Gould était un bâtiment de trois étages, un vrai piège en cas d'incendie. Ses fondations en brique étaient parcourues de fentes en zigzag, car la terre cédait au-dessous et s'enfonçait vers le Pacifique. À l'entrée, Amy enjamba une demi-bouteille de vin vide ; un régisseur de théâtre n'aurait pas pu créer de décor plus sinistre.

Attaché à l'épais registre corné, au bout d'une robuste ficelle, se trouvait un crayon, pas un stylo. Ceux qui inscrivaient leur nom pour entrer à l'hôtel Gould ne pouvaient pas s'attendre à quelque chose d'aussi permanent que de l'encre. Mais ce qui suggérait que l'hôtel pouvait avoir connu des jours meilleurs, c'était la tête, montée sur un support et garnie de ses bois, d'un cerf mulet aux yeux de verre ternis par la poussière et la fumée – souvenir d'une rencontre lointaine entre le prédateur humain et un timide animal des forêts du Nord. Assis en dessous de cette tête, quatre vieillards jouaient au rami, et les jetons qu'ils gardaient près d'eux semblaient rappeler qu'ils avaient un jour possédé quelque chose et qu'ils avaient même compris ce qu'était l'argent. Ils n'avaient jamais perdu, pas même maintenant, le désir d'être des gagnants. Aux pieds de l'un de ces vieux se trouvait un crachoir en bronze, car il était d'une génération où il était acceptable, dans certains cercles, de cracher. Assis à une autre table, deux vieillards faisaient des réussites. Que signifiait pour eux la fin de la partie ? Une nouvelle chance ? Oui, ici, Amy était chez ceux qui, comme elle, avaient rejeté leur passé et cherché leur avenir dans les cartes. Sa signature, Amy McKinney ou Amy Nofzinger, était tout aussi temporaire et tout aussi facilement effacée que les noms qu'ils inscrivaient au crayon. En venant ici habillée comme une femme qu'elle n'était pas, elle était un spectre tout autant que ces gens.

Comment pourrait-elle à présent, sans provoquer de gêne chez eux ou chez elle, parler de son père et demander : « Avez-vous connu Ben Burton ? À quoi ressemblait-il ? Que voulait-il ? »

Elle prit place sur un fauteuil en rotin contre le mur, le genre de fauteuil qu'on voyait jadis dans les vérandas l'été et qu'on rentrait lorsqu'il se mettait à pleuvoir – s'il y avait quelqu'un pour s'en souvenir. Jetés sur le siège d'une chaise pliante juste à côté, le genre de chaise qu'on trouve dans des halls ou dans le sous-sol des églises, il y avait un numéro du *Reader's Digest* d'une année révolue, un *Elk's Magazine* d'un mois révolu, et un exemplaire récent de *War Cry*, la revue de l'Armée du Salut promettant à ceux qui ont échoué de trouver un ami en Jésus. Il n'avait guère été feuilleté.

Amy ouvrit son sac à main – elle l'avait choisi parce qu'il était usé – et en sortit un briquet de marque Zippo, un petit étui à cigarettes en cuir et un fume-cigarette qui, parce qu'il filtrait quelques substances irritantes, était la réponse qu'elle avait donnée à son souhait d'arrêter de fumer. Mais, alors même qu'elle introduisait la cigarette dans le fume-cigarette, elle remarqua que le plus jeune des deux hommes occupés à faire des réussites lui lançait des regards bizarres. Elle se rendit compte que la Troisième Rue n'était pas le quartier de Queen Anne Hill, que ses préparatifs minutieux pour se mettre à fumer étaient pris comme les gestes provocants d'une pute en chasse, que ses vêtements passaient pour les meilleurs qu'elle eût, et non pour les pires. Toute question qu'elle poserait dès lors, à l'intérieur de l'hôtel Gould, serait mal interprétée ; une demande concernant Ben Burton le marquerait comme un homme qui avait de mauvaises fréquentations. Elle referma son sac sur les objets qui l'incriminaient, se leva et s'en alla, tout en se disant que l'homme qui, avec un sourire, s'était levé pour la suivre était quelqu'un qui aurait pu être son père, qui n'était pas différent de son père – car celui-ci avait été un ivrogne et un clochard, familier de ce cerf mulet et de ce registre miteux avec sa liste de damnés.

Elle aurait pu découvrir pire. Car Compton, dans sa lettre, lui avait fait part d'une petite anecdote choquante. Il se déclarait soulagé qu'elle ait désormais résolu d'abandonner ses recherches. Un couple de ses clients, poursuivait-il, qui avait l'intention d'adopter un petit garçon, avait tenu à savoir qui était le père naturel.

« Le père, écrivait Compton, s'est avéré être le dernier condamné exécuté dans l'État de Washington avant l'abolition de la peine de mort. »

Ce couple n'avait pas adopté le petit garçon. Où était-il, à présent, et où se trouvait Bobby, qui n'avait fait que passer et qui ce jour-là, à bord du *Virginia Five*, n'avait plus tourné son visage vers eux ?

Pour ce qui la concernait, ce livre-là était refermé.

5

Quand on n'a plus été tout à fait la même, on voit ses amis échanger des coups d'œil.

« Te voilà davantage toi-même, à présent », lui disaient ses amis.

Même si ses parents étaient encore en vie quand elle avait été donnée aux McKinney, Amy était aussi vulnérable qu'une véritable orpheline aux incertitudes, aux vicissitudes et aux humiliations. Et c'était en véritable orpheline qu'elle avait appris de bonne heure à montrer de la gratitude pour survivre. La gratitude est le prix à payer. Dès le moment où Mlle Lovelace, sur ses talons à la française (mais modifiés), lui avait soufflé qu'elle avait de la chance de ne pas avoir abouti dans un orphelinat, Amy avait été reconnaissante aux McKinney de lui avoir épargné ce sort affreux – les longs couloirs, les lits en fer, l'odeur âcre des balais-éponges. La peur des orphelinats est congénitale, c'est la trame de cauchemars dans lesquels il n'y a ni père ni mère pour donner une explication aux ombres et les chasser. Même les enfants avec des parents parfaits font ce genre de rêves. À l'âge de sept ans, Amy savait ce qu'était un orphelinat : un endroit où les enfants sont des objets à vêtir et à nourrir avec aussi peu d'argent que possible et auxquels on enseigne des métiers simples pour les rendre enfin indépendants d'une société qui a dû pallier l'échec des parents ou de Dieu. Mais à seize ans, quand on la met hors de l'établissement, une orpheline ne trouve nul endroit pour se cacher, et elle n'a aucun nom qui lui serve de protection, à part celui que les autorités lui ont collé dessus comme un chapeau – de la même façon qu'autrefois l'administration allemande attribuait un nom aux Juifs errants et que les esclaves prenaient le nom de leur maître.

Amy, à présent, comprenait que cette Mlle Lovelace, dont les vrais parents n'avaient pas de maison de bord de mer, avait dû attendre, parce qu'elle avait la chance de participer à un certain cours de catéchisme, qu'on l'invite à venir dans une de ces maisons. Mlle Lovelace se sentait obligée d'humilier une petite fille qui avait accès tout à fait par hasard à une maison de bord de mer, qui était familière des nappes de brume – ce qui était interdit à Mlle Lovelace, si légitime et flanquée de vrais parents qu'elle fût.

La brebis reconnaît son agneau à l'odeur, et elle rejette celui qui n'est pas à elle. Si l'on veut qu'une brebis dont l'agneau est mort prenne un agneau orphelin, il faut revêtir celui-ci de la peau tiède de l'agneau mort. Sans la mort de leur petit garçon, les McKinney n'auraient pas recueilli Amy. Elle avait eu de la chance. Et il lui avait été facile d'être reconnaissante envers les McKinney, d'être gentille avec eux quand ils étaient devenus vieux, quand ils s'étaient mis à perdre la mémoire et à se répéter. Elle avait fait le vœu de les rendre fiers d'elle, et elle y avait réussi. C'étaient des personnes braves et douces. Mais, en réalité, ne l'avaient-ils pas revêtue du souvenir de leur propre petit garçon ? Ne s'était-elle pas « modelée » pour s'ajuster au tricycle et au canot ?

Amy avait appris à quel point est mal assuré ce qui constitue la base, la fondation de nombreuses familles légitimes. Les pères rejettent leurs fils. Les mères rejettent leurs filles. Ou bien une mère meurt et se trouve remplacée par une nouvelle femme. Les enfants de la morte sont d'abord indignés, puis ils s'éloignent de la nouvelle femme et ensuite de leur père. La nouvelle femme enlève les photos, pend de nouveaux rideaux, range des objets aimés dans des tiroirs où l'on ne peut plus les voir. Des tiroirs, ils passent à la poubelle. La femme organise des soirées où elle invite ses propres amis.

Ou bien il arrive que le fils d'une jeune femme, surgissant de derrière un camion à l'arrêt, se fasse tuer sur le coup par une voiture lancée à toute allure. Après un enterrement précipité, la famille de la jeune femme s'en va de son côté. Il faut que la vie continue – pour elle, en tout cas. De fait, il se peut que la tragédie donne même des forces à la mère en deuil, qu'elle la cuirasse contre d'autres catastrophes à venir. Car il y en aura. Ce fut Amy qui réconforta la jeune mère, qui passa du temps avec elle, qui rangea les jouets du petit garçon, ses vêtements, les tennis qu'il avait aux pieds la veille. Oh, ces chaussures. Amy resta dans la maison jusqu'au jour où elle vit la jeune femme sourire.

Eh bien, donc ! La famille dont elle avait rêvé n'existait pas, cette grande famille fidèle et turbulente, dont les membres s'aimaient davantage qu'ils n'aimaient les gens extérieurs à la famille.

Quelle famille cela aurait fait ! « Il faut qu'Amy prenne les cuillères en argent, aurait-on dit dans cette famille. Sortons-les avant d'oublier. »

Des rêves. Tout le monde est confronté à l'insécurité. Si celle d'Amy résidait dans le fait de ne pas savoir qui elle était, elle avait au moins une sécurité financière, elle n'avait jamais perdu d'enfant, elle n'avait jamais craint de perdre son travail, elle ne se sentait pas trop gênée quand elle était dans une salle pleine de gens, elle avait des amis et elle était en bonne santé.

De toute façon, *le livre était refermé.* C'était un soulagement. L'espoir est une émotion pénible qui se dresse entre ce qu'on est et ce qu'on devrait être. C'était un plaisir, pour elle, de ne plus être obligée de songer à tout cela. Elle comprenait à présent pourquoi les autorités faisaient en sorte qu'il soit impossible à l'enfant adopté de retrouver ses parents. Il aurait été mieux pour elle que Papa McKinney n'eût pas laissé ce papier. Cela lui avait servi de leçon. Elle avait retrouvé son père, elle avait retrouvé une partie de son passé. Les choses auraient pu être pires.

Ces braves McKinney !

« Tu es tellement redevenue toi-même, lui disaient ses amis. Tu semblais tourmentée. »

Et elle se sentait aussi beaucoup mieux. Sa vie devenait normale, elle faisait ses courses au supermarché avec des yeux bien éveillés, et elle fit réviser son break avant un voyage au bord de la mer. Elle porta une veste chez le tailleur pour qu'on raccommode un trou qu'elle avait fait avec une cigarette pendant les jours où elle restait à rêvasser.

Elle reprit une correspondance active avec de vieux amis dans tous les États-Unis. Elle utilisait la vieille machine à écrire de son père adoptif, une L.C. Smith. Les doigts de Papa McKinney en avaient bien connu les touches. Elle écrivit à des amis au Texas. Partout. Nombreux étaient ceux qu'elle n'avait pas vus depuis vingt ans et que même leur famille n'avait pas revus. Les racines familiales s'étaient desséchées à mesure que les feuilles se dispersaient. La distance détruit les familles. Le père ou la mère reconnaît à peine l'enfant qu'il est venu chercher à l'aéroport : une barbe, une moustache, des lunettes ou une nouvelle coiffure. Le père ou la mère se souvient d'une chose et l'enfant d'une autre ; ils étaient étrangers les uns aux autres depuis l'origine. Car ceux qui ont la même vie ont davantage en commun que ceux qui ont le même sang. Ce n'est pas un mal qu'un enfant soit indépendant de sa famille : il apprend à compter sur lui-même. Car chacun d'entre nous naît seul, vit en grande partie à l'intérieur de son propre crâne et meurt seul.

Et puis Amy fit une chose étrange. Elle écrivit à Compton sur du papier à lettres au nom d'AMY MCKINNEY. Elle avait rangé ce papier sur l'étagère la plus haute d'un placard peu après son mariage avec Nofzinger, et elle était retombée dessus tout à fait par hasard – enfin, presque. Elle se disait qu'elle devait une lettre à Compton parce qu'il l'avait prévenue de ce qu'elle risquait de trouver. Elle lui devait une description de l'hôtel Gould, il fallait qu'elle lui dise qu'elle comprenait à présent qu'une curiosité excessive à l'égard du passé conduit nécessairement sur des sentiers tortueux et sombres.

« Cher Monsieur Compton... »

Elle n'avait aucune raison de s'attendre à une réponse. *Le livre était refermé.*

Pourquoi, alors, dans les jours qui suivirent, son esprit vagabonda-t-il si souvent en direction de la boîte aux lettres, et pourquoi eut-elle envie de passer voir Compton à son bureau ? Eh bien, parce qu'il constituait l'unique lien avec sa vraie famille. Il avait donc forcément d'elle une autre vision que les autres. Compton était le seul être au monde à savoir qu'elle s'appelait Burton.

Et il eut la gentillesse de lui écrire – de garder le contact. Peut-être avait-elle trouvé en lui un véritable ami. Elle l'inviterait à dîner avec sa femme.

Ils seraient confortablement assis chez elle autour de la table, tous informés de la même chose : celle qui arrosait le rôti et versait le vin était Amy Burton.

Mais la courte lettre de Compton ne fut pas vraiment ce à quoi elle s'attendait. Amy resta debout au milieu de la pièce. Bien qu'il fût encore tôt, elle se versa un verre d'une boisson alcoolisée.

« Étant un de vos amis, écrivait Compton, je devrais peut-être garder ceci pour moi. Je n'aime pas du tout remuer des choses sensibles. Mais, en tant que professionnel, je me dois de parler. Et de nouveau, étant un de vos amis, il faut que je vous informe... »

Le vieil alcoolique de l'hôtel Gould n'était pas le père d'Amy. Le Bureau des statistiques démographiques s'était trompé. Le Ben Burton qu'ils avaient dans leurs archives s'appelait Benson Burton, pas Benjamin Burton.

« Il me semble que c'est une question extrêmement sensible, écrivait Compton. Mais, évidemment, si vous le souhaitez, nous pouvons procéder à des recherches du côté maternel. »

Amy étala les cartes sur la petite table devant elle, se préparant à faire une patience comme elle en avait coutume quand elle cherchait conseil – habitude que les très raisonnables McKinney auraient mise en doute comme relevant d'une croyance aux esprits.

Dix minutes plus tard, elle décrochait son téléphone.

ND# DEUX

6

Certains disaient que l'étranger était entré dans Jeff Davis Gulch sur un alezan. D'autres parlaient d'un cheval bai. Cette monture qui levait les pieds si haut aurait pu être l'un ou l'autre : un cheval bai peut passer pour un alezan dans les premiers éclats de lumière, car le soleil est déjà haut quand il apparaît au-dessus des montagnes Rocheuses. Mais lorsque le soleil glisse de l'autre côté, un alezan peut passer pour un bai. La lumière s'évanouit vite. Quelle importance, la couleur de ce cheval ? Elle en a, parce qu'il se peut qu'un jour quelqu'un, en cherchant dans le passé, veuille commencer une histoire par la couleur du cheval sur lequel est arrivé l'homme apportant des nouvelles qui ont changé une vie.

« Cet homme est arrivé sur un cheval bai... »

Il a pris une chambre au Placer House, pratiquement vide, et il y a mangé son repas du soir. Plus tard, on l'a vu bavarder et rire avec une des putes.

Ce sont les trois putes qui ont quitté le coin les premières. Elles se disputaient entre elles depuis quelque temps, haussant le ton et se lançant leurs insultes habituelles. L'une affirmait qu'il n'y avait pas assez d'or, dans tout ce foutu Jeff Davis Gulch, pour qu'il vaille la peine de s'allonger sur le dos. C'était la plus jolie. Les deux autres, qui n'étaient pas des beautés, restaient assises à leur fenêtre au-dessus du trottoir en planches et tapaient contre le verre avec leur bague en faux diamant. L'or était si rare que certains hommes se demandaient s'il était raisonnable de tirer un coup en le payant d'un sac de pommes de terre.

Au moment où la diligence est arrivée en brinquebalant le lendemain matin, l'étranger s'en était déjà allé sur ce fameux cheval depuis moins de deux heures. Elle est repartie, avec les trois putes à bord, munies de leurs quelques fripes et des menus objets qu'elles avaient réussi à se procurer ici ou là.

« Leesburg. » Voilà ce que l'homme à cheval était censé avoir dit. « Là-haut, du côté de Leesburg. »

Leesburg se trouvait à une centaine de kilomètres, de l'autre côté des montagnes.

Ceux qui décampèrent ensuite furent les nouveaux que ne retenait pas encore la possession d'une cabane. Ils ramassèrent simplement leurs outils, plièrent leur tente et prirent la route avec un cheval de bât. Sans même regarder derrière eux.

Une cabane demeura vide, puis une autre. Des rats des bois y entrèrent et tournèrent leur tête dans tous les sens, se méfiant du silence. Peu à peu, ils se mirent à chercher des choses brillantes, un bout de métal, une pièce de monnaie, un dé à coudre, parce que ce qui scintille éblouit leur petit cerveau.

Chip Hartley, le tenancier du saloon, embarqua ce qui lui restait d'alcool dans son chariot suspendu et prit sa carabine pour la protéger des Blancs nécessiteux et des Indiens. Il ne fallut pas ensuite plus d'une semaine avant que l'épicerie ne ferme – il n'y avait plus assez de clients soixante-dix kilomètres à la ronde pour la faire marcher. Les œufs étaient tombés de un dollar à vingt-cinq *cents* pièce, et Fred Meany, l'épicier, était fou furieux parce que ces salauds s'étaient tirés si vite qu'ils n'avaient pas réglé leurs ardoises. Leurs comptes sans valeur lui restaient sur les bras pour la simple raison que, comme eux, il avait cru en ce ravin, en Jeff Davis Gulch. Merde. En réalité, dès le début ce ravin avait promis plus qu'il n'avait donné, laissant affleurer juste assez de minerai pour empêcher les gens de désespérer. L'espoir est un remède plus puissant que l'alcool, mais il laisse une sacrée gueule de bois.

Fred Meany savait parfaitement que le fromage qu'il y avait encore dans sa boutique ne résisterait pas au voyage, à cette saleté de soleil de midi, et il l'aurait donc abandonné aux rats, n'avait été un individu du nom de Sweringen, un grand gars taciturne qui ressemblait un peu à feu M. Lincoln, avec sa barbe et ses yeux différents de ceux des autres parce qu'ils partaient en oblique. Mais pas comme ceux d'un Chinois, non, à l'inverse, voyez-vous, ce n'était pas vers le bas, mais vers le haut qu'ils allaient. Meany s'y connaissait, en matière d'yeux. Sweringen avait des yeux pleins de bonté, surtout quand il regardait sa femme et ses deux enfants, un fils qui pouvait avoir dix ans et une fille qui en avait peut-être huit. Meany avait des yeux, lui aussi. Les enfants déambulaient dans les armoises à la recherche de silex, d'agates et de pointes de flèche comme le font parfois les gosses. Mais le plus incroyable, c'était que les lapins, les spermophiles, les tétras et même les pluviers n'avaient pas peur d'eux. C'est le genre de choses qu'on entend raconter parfois. Ces gosses remontaient main dans la main le flanc de la colline où leur père s'escrimait au pic et à la pelle au milieu des grandes armoises. Ils cueillaient des coucous et des castillèjes, au printemps des jacinthes bleues. Un autre père aurait fait en sorte qu'un fils de cet âge l'aide à manier le pic et la pelle, mais apparemment Sweringen estimait que le garçon passerait bien assez de temps plus tard à être un homme avec des soucis d'homme et un travail d'homme, et qu'il avait donc le droit de pouvoir un jour se retourner sur son passé et d'y voir une époque où sa vie se passait à chasser de jolies choses. Les fleurs embellissent une cabane, et on avait plaisir à penser que plus tard, quelle que soit la tournure des événements, cette petite fille aimerait son frère. Et puis, quand le garçon aurait une petite fille à lui, il l'aimerait et elle l'aimerait. Meany n'était pas obtus.

Mme Sweringen, la femme, avait une très jolie voix, et elle chantait bien ces vieux cantiques – lui aussi, d'ailleurs, et il lisait la Bible à haute voix parce que évidemment, on n'avait pas d'église, ici. De temps à autre, un prédicateur arrivait sur une haridelle ensellée et vociférait pendant une heure dans le saloon en parlant des flammes de l'enfer – on l'appelait le Pilote des Cieux. Chip Hartley fermait le bar pour ouvrir au prédicateur et au Seigneur – c'était une sorte d'assurance contre le feu, pour Hartley, car il avait coutume de dire que pour ce qui est de la vie dans l'Au-Delà on ne peut jurer de rien. Mais ça tenait davantage du divertissement ordinaire que de la religion, ces sermons qui parlaient d'aller en enfer, comme si tout le monde n'était pas déjà au courant, sauf peut-être George Sweringen. C'est ainsi que Meany porta son fromage chez les Sweringen et, prenant Sweringen à part : « George, traite-moi de menteur si tu veux, lui dit-il, mais je crois que tu fais une erreur à rester ici.

— Il y a de la place pour les erreurs, dans la vie, lui répondit George Sweringen.

— Je regrette, George, mais il n'y a pas tellement de place quand un homme arrive à nos âges. » C'est brutal, de rappeler à un homme qu'il vieillit, mais Meany avait le sentiment qu'il devait parler. Il aurait dit la même chose à son propre frère. Et il parla ensuite d'un ton froid, comme doit le faire un homme. « Tu es quelqu'un de bien, George, et je souhaite tout ce qu'il y a de mieux pour ta femme et tes enfants.

— Je n'oublierai pas de sitôt tes paroles », répliqua Sweringen.

Quant aux autres, le demi-millier qui s'en étaient allés, ils étaient tous jeunes, autour de vingt et trente ans. Ils n'avaient pas de responsabilités, pas même à l'égard de leur propre cœur. Pour la plupart d'entre eux, ce qui comptait c'était de chercher l'or, plus que de le trouver. Mais Sweringen avait bien quarante-cinq ans, et il faisait vieux pour son âge. Meany l'avait jaugé comme quelqu'un qui avait consulté son horoscope, les lignes de sa main et son Dieu, et qui, ayant accepté une mort prochaine, se perdait souvent dans des pensées sur la meilleure façon d'utiliser les quelques années qui lui restaient. Il regardait ses enfants avec ses yeux bleus, très bleus. Un homme de quarante-cinq ans qui prenait le grand risque d'essayer de trouver le filon. S'il n'y arrivait pas, il deviendrait un de ces vieux qui revoient avec tristesse ce qu'ils ont vécu. Un homme ne devrait pas se marier si tard.

« Eh bien salut, George », lui dit Meany en lui tendant la main.

Meany ne regarda pas derrière lui en quittant Jeff Davis Gulch dans son chariot. Il ne voulait pas voir George Sweringen debout dans ce lieu solitaire où personne n'avait jamais rien trouvé. Le vent chaud du mois d'août se mit à chuchoter dans les armoises. *Putain !*

Meany semblait bien avoir raison.

La petite Nora fut malade, cet hiver-là. Un régime de patates et de racines végétales sans beaucoup de viande de cerf, et ce froid terrible, épouvantable. On pouvait l'entendre, en sentir l'odeur. La petite fille avait besoin de lait. George Sweringen fit cent soixante kilomètres à cheval à travers la montagne. Il engagea un homme pour rentrer le foin. Il acheta une vache laitière et la ramena, s'arrêtant ici et là pour qu'elle puisse s'alimenter. Bientôt la petite fille alla mieux. Elle recommença à progresser dans son livre de lecture McGuffey[1], deuxième niveau. Quant à Thomas, le garçon, il finissait le quatrième niveau et s'attaquait au *Cours éclectique d'orthographe* où se trouvaient des mots difficiles, par exemple « éclectique » qui signifie capable de choisir ce qu'il y a de mieux. Ce livre enseignait aussi quelques vérités, des vérités qui mènent hommes et femmes sur le chemin du bien – l'impatience est un vice qui se paie cher ; on ne doit pas être fier de la beauté physique qui, d'ailleurs, peut être dangereuse pour celui qui l'a et pour celui qui la voit ; rien ne dure en dehors de l'amour et de Dieu.

George Sweringen leur apprenait à écrire d'une main ferme et bien formée, et à être fiers de leur signature. Il leur apprenait le calcul. Thomas connaissait déjà un peu d'algèbre. Un garçon doit savoir plus tard faire une règle de trois, trouver le quatrième terme d'une proportion quand il connaît les trois autres. George Sweringen regardait sa femme et ses enfants avec un cœur plein de tendresse. Il désirait beaucoup de choses pour eux, mais pas davantage, croyait-il, que ce que désire tout homme. Il savait que Lizzie désirait seulement être avec lui et les enfants, bien qu'elle eût dit une fois à quel point elle avait admiré le châle à impressions cachemire avec lequel une autre femme était entrée dans une salle, et il vou-

---

1. Les manuels de lecture McGuffey, édités dès 1836, ont formé des générations d'écoliers et d'autodidactes dans l'Ouest américain. *(N.d.T.)*

lait lui acheter une montre en or massif qu'elle aurait épinglée sur sa poitrine. Les enfants désiraient des choses qui dépassaient les rêves les plus fous de George, et cela lui montrait que le monde changeait. Nora (elle était si jolie qu'on pouvait lui pardonner un peu de vanité) désirait un miroir, un peigne et une brosse tous assortis. Elle apprendrait forcément plus tard que ce n'est pas le visage, mais le cœur qui compte.

Ce que souhaitait Thomas était tout aussi dérangeant. Il désirait un violon, un crincrin. George espéra que cela n'était pas un avant-goût de son avenir. Thomas s'était posté près du saloon pour écouter la musique à l'intérieur – celle d'un homme au violon et d'une des femmes au piano. Mieux vaut ne pas porter de jugement. Lizzie ne traversait pas la rue quand une de ces personnes-là était sur le point de passer. Au contraire, Lizzie disait bonjour. Elle remontait le moral des gens.

Thomas aurait pu avoir envie d'un jeu d'outils, d'une selle ou d'une carabine.

Quand l'eau se remit à couler dans le ruisseau, quand les jacinthes sauvages recommencèrent à éclore près des grandes armoises, George Sweringen reprit son travail. Il fit de nouveau passer l'eau dans la rampe de lavage ; jour après jour, il transportait la terre du flanc de la colline dans sa brouette et la déversait à la pelle dans la rampe. Les éléments les plus lourds venaient se loger dans les rainures. Mais les éléments les plus lourds étaient presque toujours du sable, rien que du sable. Et ce n'était pas avec du sable qu'on achetait la terre fertile le long de la rivière, dans la vallée, cette terre qu'il avait toujours au fond de ses yeux, dont il rêvait quand, la nuit, il sortait sous un ciel plein d'étoiles. Les nuits où il y avait du vent – et où il soufflait dans la bonne direction –, George pouvait sentir l'odeur du trèfle : elle montait avec la brume. Cette odeur de trèfle lui brisait le cœur, le narguait, aussi insaisissable que l'endroit où finit l'arc-en-ciel.

Deux fois encore les jacinthes poussèrent à l'abri des armoises. Sept cents soleils se levèrent et se couchèrent, sept cents lunes passèrent dans le ciel.

Un matin, Lizzie Sweringen regarda par la fenêtre et vit son mari descendre de la colline sans sa brouette et sans ses outils. Elle comprit qu'il venait de prendre une décision. Elle savait que lorsqu'un homme ou une femme approche de la cinquantaine, il a plus de mal à se décider : quand on est plus jeune, on se soucie moins de ce qu'on fait. Mais vient un moment où on se retrouve au milieu des choses, où on voit ceci derrière soi et ceci devant, le tout dans une sorte d'équilibre paralysant. On met chaque chose en balance avec une autre, le passé avec l'avenir.

Quand une femme aime un homme, elle sait à la manière dont il la touche – et où – qu'il a pris une décision, mais elle le sait d'abord à sa façon de marcher et de tenir ses épaules.

Bien, mais que peut faire une femme, sinon prévoir la déception et l'échec, et déclarer le moment venu que « tout passe », ce qui est en effet le cas ? Arrive pourtant un moment où enfin il n'y a plus rien qui puisse passer. Lizzie dressa dans sa tête la liste des déceptions qu'elle avait éprouvées – aucune d'entre elles n'était imputable à un échec, à un manquement de son mari. Il s'agissait d'événements auxquels on ne pouvait rien, d'actes de Dieu. Mais elle croyait que Dieu finit par sourire au brave, à celui qui n'interrompt jamais ses efforts.

Quand elle touchait son mari, elle lui rappelait leur premier garçon, mort-né, et l'incendie en Illinois qui avait détruit leur ferblanterie. George avait interprété ce coup du sort comme le signe lui indiquant de partir pour l'Ouest. S'il n'avait pas pris soin de mettre de l'argent de côté, ils n'auraient jamais pu essayer de trouver de l'or. Eh bien, ça n'avait pas marché.

Elle n'arrivait pas à faire passer une boule qu'elle avait dans la gorge et qui restait là en partie à cause de ces quatre murs qui avaient été sa maison, mais surtout à cause de George. Elle reporta ses pensées sur des préoccupations plus pratiques. Il lui fallait décider, maintenant, ce qu'il valait la peine d'emporter avec eux. Le jeu de rasoirs de son mari, un pour chaque jour de la semaine, tous bien rangés dans leur boîte recouverte de cuir. Le bougeoir en bronze de sa mère et les moules à bougie que George avait fabriqués lui-même. La bible de George recouverte de daim. La poupée de Nora à la tête en porcelaine. Le violon qu'on avait fabriqué l'été passé pour Thomas à partir d'une boîte à cigares et dont l'archet était une branche de saule recourbée et tendue par du crin peigné pris au cheval de selle. Le cheval lui-même. George allait le mettre en liberté ainsi que la vache, cette pauvre génisse. Comme on était en fin de printemps, ils pourraient survivre tous les deux et tomber entre les mains d'étrangers, de braves gens, espérait-elle. À présent George devrait descendre dans la vallée et louer la diligence. Elle ne s'arrêtait plus à Jeff Davis Gulch.

Il y a des déceptions qui passent mieux avec du café, et Lizzie en était venue à regarder sa vieille cafetière avec affection. Elle se toucha la joue à l'endroit où, elle le savait, George la toucherait, et posa de nouveau la vieille cafetière bleue sur la flamme. Avec le peu d'or qu'il avait trouvé, George pourrait monter une nouvelle ferblanterie ailleurs. Les gens ont besoin de casseroles et de poêles.

Il devait se rendre compte que, s'il était devenu quelqu'un de bien, c'était autant grâce à ce dont il s'était privé qu'à ce qu'il avait eu.

Elle mit les deux timbales sur la table.

Il resta dans l'embrasure de la porte – elle était si basse qu'il devait se baisser pour entrer.

« George, dit Lizzie, j'ai réfléchi. »

« Mais je ne suis jamais allée au-delà de ces mots », devait-elle dire et répéter souvent, plus tard, quand ceux qui l'entouraient l'appelleraient grand-mère et quand, ses vieilles jambes ne la portant plus guère, on l'aiderait à descendre dans le jardin où elle voulait humer ses pois de senteur. « Je n'ai pas rempli ces timbales cette fois-là. Il parlait si doucement que c'est tout juste si je l'ai entendu ! Mais j'ai tout de suite su qu'il avait dit : "Lizzie, j'ai trouvé le filon." »

7

Il y a bien longtemps de cela, une jeune femme très décidée du nom d'Emma Russell dit au revoir à son père, lui aussi très décidé, sur le quai d'une gare de l'Illinois. Elle ne se promènerait jamais plus dans cette ville paresseuse, elle ne sentirait jamais plus l'odeur du Mississippi. Son père, qui avait été capitaine pendant la guerre de Sécession et s'était fait remarquer par son goût pour la discipline, était directeur de la prison. Il lui suffisait de vous regarder... Emma avait une façon de regarder, elle aussi.

Éduquée à l'école normale, elle excellait en diction, en anglais et en mathématiques ; elle ne dépendait de personne.

Il y a des gens, en ce monde, qui ne peuvent imaginer leur échec. Le vôtre, oui, mais pas le leur. Elle serait donc institutrice dans le Territoire[1] de l'Idaho. L'Idaho, joyau des montagnes ! Voilà qui sonnait bien. Puisque l'Allemande que son père allait forcément épouser avait plus d'importance pour lui que sa fille et que le souvenir de sa défunte femme, il fallait qu'elle parte. Elle n'aurait pas cru ça de lui. Elle lui prêtait

---

1. Un Territoire est une subdivision des États-Unis qui n'a pas encore accédé au statut d'État. *(N.d.T.)*

davantage de bon sens. Se remarier, quelle complaisance envers lui-même. Car il n'était plus jeune. Mais voilà comment sont les hommes.

Il avait la barbe taillée ; il ne voyait pas pourquoi il devrait passer sa vieillesse en veuf qui n'a personne pour réchauffer son lit.

Il toussa. Sa fille était une forte jeune femme.

Puis les rails bourdonnèrent de toute la majesté du train qui arrivait.

« Au revoir, papa, dit-elle.

— Au revoir, Emma. » Leurs joues se touchèrent. Aucun des deux ne broncha. « Tu te débrouilleras bien, dit-il.

— J'y compte. Écris et je t'écrirai. »

Il avança la main pour toucher sa fille. Il ne voulait pas croire qu'elle allait partir, mais il y parvint quand même.

Elle monta dans le train avec ses solides bagages en cuir. Quand le train repartit, elle sortit de sa sacoche un numéro de l'*Atlantic Monthly*.

« À un moment donné, vers le milieu de la deuxième nuit, devait-elle raconter plus tard à son petit-fils, le train s'est arrêté dans la prairie. Personne ne savait pourquoi. Je suis donc descendue et j'ai senti les armoises. Tu sais quelle odeur elles prennent dès qu'il a un peu plu. J'ai levé les yeux vers des millions d'étoiles. Quand on regarde les étoiles de l'Ouest, on ne peut pas se concentrer seulement sur sa propre mort. Nous faisons tous partie d'un grand ensemble, les morts comme les vivants. Là, pour la première fois de ma vie, j'ai entendu un engoulevent plonger. C'était comme si quelqu'un, après avoir tendu une corde de violon à travers les cieux, l'avait soudain pincée. »

Son petit-fils, Thomas Burton, n'a jamais oublié ces paroles.

Pendant deux ans, elle enseigna dans une école composée en tout et pour tout d'une pièce, d'un toit en terre et d'un robuste poêle à bois noir sur lequel une bouilloire pleine d'eau chauffait doucement et humidifiait un air hivernal froid et sec. À midi, elle se préparait une tasse de thé. Il y avait un tableau noir en ardoise. Et une carte en couleurs, si ancienne que plus de la moitié du pays était encore occupée par des Territoires, et non par des États. Elle gardait un bocal à fruits sur son bureau pour les fleurs sauvages que les filles lui apportaient. Dehors, des cabinets bien séparés pour les garçons et les filles, et un hangar pour les chevaux de selle. Elle montait, elle aussi. Elle acheta un hongre noir au chef de la famille dans laquelle elle avait pris pension : mi-percheron, mi-standardbred. Beaucoup de femmes chevauchaient à califourchon avec des jupes fendues, mais elle préféra monter en amazone. Ç'avait meilleure allure, pour une femme. Les hommes et les femmes ne sont pas identiques. Ils ont leurs pouvoirs propres.

Elle était sévère. On disait qu'elle avait des yeux derrière la tête, qu'elle voyait derrière les murs. Elle semblait encore assise à son bureau bien après en être partie. Devant elle, les coupables bégayaient la vérité et les innocents se rappelaient avec une clarté glaciale des manquements anciens. Sa droiture donnait le frisson, mais elle jouait au piano des airs très gais lorsqu'il y avait un bal dans tel ou tel ranch.

Le jeune homme qui jouait du violon était le fils de celui qui avait découvert de l'or et qui avait eu le bon sens de mettre son argent dans des terres au lieu de décamper une fois le gisement épuisé. La jeune fille n'avait que faire des vadrouilleurs.

Elle fut étonnée de voir un jeune homme jouer du violon, et si bien, en plus, comme si c'était important pour lui ; en outre il possédait mille têtes de bétail

Durham, et il eut un petit rire quand elle déclara que les moutons l'intéressaient. Car tout le monde savait, dans la vallée de Lemhi, qu'on ne peut pas mettre des moutons et des bovins dans les mêmes pâturages : les moutons arrachent l'herbe qu'ils broutent et en détruisent la racine. Elle repensa au rire de ce jeune homme.

Il ne fit guère attention à elle, sauf pour lui demander de donner le *la*. Une douzaine de jeunes femmes le pourchassaient, roulant des yeux d'un côté et de l'autre, se serrant la taille en faisant semblant d'être prises de faiblesse. Mais tout ce temps-là, elles se voyaient déjà en train de parcourir la vallée de Lemhi dans une voiture à deux places, une Studebaker tirée par deux chevaux de race Hambleton. Ne percevait-il donc pas leur manège ?

Les hommes voient ce qu'ils veulent voir. Elles étaient toutes plus jolies qu'elle, qui ne le fut jamais. Des années plus tard, ses enfants remarquèrent que leur maman n'avait jamais été jolie mais ils le formulèrent comme un compliment : elle n'avait pas besoin de dépendre de son image.

Non, Thomas Sweringen n'était pas obligé de choisir à la hâte. Il trouvait plus agréable, quand il posait son violon, de danser avec l'une ou l'autre de ces filles calculatrices tandis qu'Emma Russell martelait au piano les mélodies qu'il dansait. Elle en avait le sang qui bouillait. Tous ces faux-semblants, toutes ces flatteries !

Elle refusa d'y penser. Il y en a qui naissent jolies, d'autres avec un cerveau. Non, elle ne voulait même pas y penser.

Il était grand et mince et il mettait son chapeau comme s'il ne s'en souciait pas ; elle connaissait trois de ses chapeaux. Il pliait les doigts et les étirait sur le manche de ce nigaud de violon comme s'il l'aimait.

Ses yeux avaient une forme étrange, et ses pommettes hautes auraient pu être slaves ou indiennes.

L'école recommença. Au bord de la rivière, les saules prirent une couleur rouille ; la fumée de lointains feux de forêt s'étirait au-dessus des montagnes. Mais il y avait de l'excitation dans l'air : l'Idaho venait de devenir un État. Le Président Harrison fit le voyage jusqu'à Boise pour signer la constitution, et la rumeur voulait qu'il eût été très content de ce qu'il avait vu. La chorale de l'université chanta l'hymne de l'État avec des paroles que personne d'autre ne connaissait encore mais sur une mélodie qu'on reconnut car c'était celle de *Maryland, mon Maryland* – choix très judicieux parce que tout le monde l'avait en tête et que le mot « Idaho » s'insérait parfaitement à la place de « Maryland ».

Le gouverneur Shoup en personne appela tous ceux qui se sentaient une âme d'artiste à proposer un dessin pour le sceau de l'État.

Même les écoliers ne furent pas oubliés dans les rites du passage au statut d'État, et ce furent eux qui, consultés de district en district, choisirent le seringa comme fleur officielle – ou, du moins, le bruit courut que ce furent eux. Les élèves d'Emma Russell, pour leur part, avaient choisi la jacinthe sauvage pour la bonne raison que c'est la première fleur du printemps. Emma estimait peu probable que des enfants, où que ce soit, aient élu une fleur portant un nom aussi laid que celui de « seringa » même s'ils savaient l'épeler.

Cette excitation se propageait jusque dans les relations de voisinage. On aurait presque cru que le statut d'État était investi d'un pouvoir mystique. Les gens semblaient se croire au bord d'un changement de première importance, au seuil d'un monde si différent qu'ils devraient parfois, dans les années qui suivraient, s'interroger et, en regardant dans le miroir leur visage vieilli, faire des efforts pour se rappeler la structure et le sens de la période antérieure.

Le statut d'État fut apparemment le prétexte de nombreuses fêtes cet automne-là.

Un soir, Emma se retrouva assise dans une maison où elle n'était encore jamais entrée. On l'avait priée de venir dîner puis de participer à une partie de bésigue. Jouer aux cartes en société ne lui plaisait guère – non que ce fût immoral, certes pas, et d'ailleurs, pour ce qui est de la moralité des gens et de leurs foutues histoires personnelles... – mais parce que jouer aux cartes est une terrible perte de temps. Une patience, c'est autre chose : on la fait pour se calmer l'esprit, et puis on joue contre soi-même, contre son autre soi, son seul adversaire vraiment important. Le poète Walter Savage Landor l'a très bien exprimé :

Je ne me suis battu avec personne,
[*car nul ne méritait ma fureur...*

Se mesurer à un autre n'a guère de sens. On est le seul à pouvoir mettre de l'ordre dans sa vie.

Elle avait appris à jouer au bésigue parce que le gentil couple de vieux chez qui elle prenait pension tournait en rond les soirs d'hiver. Ce n'étaient pas des gens à méditer, ni à lire ou à jouer d'un instrument. Ils se languissaient de leur fille qui savait jouer aux cartes mais qui, une fois mariée, avait préféré les abandonner, le commerce de son mari se trouvant en Californie.

Tiens, tiens ! Elle était assez forte, au bésigue. Elle avait une bonne mémoire et savait deviner, à la façon dont un adversaire se défaussait de ses cartes, ce qu'il gardait en main.

La soirée passée dans cette maison fut agréable : du poulet bien grillé et beaucoup de sauce épaisse pour les gâteaux secs.

Elle y rencontra la mère de Thomas Sweringen, assise en face d'elle à la table où l'on jouait. Cette dame – car c'en était une – était veuve et avait sur les épaules le plus joli châle à imprimé cachemire qu'on eût jamais vu. Elle avait des yeux allongés et étroits, comme ceux de son fils.

« Je crois que vous connaissez mon fils, déclara la dame.

— En effet. Il joue bien du violon.

— Il adore son violon. Auriez-vous la gentillesse de venir dîner chez nous ? »

Ce soir-là, Emma Russell se regarda longtemps dans la glace, peut-être pour la dernière fois. Dès lors, elle crut toujours qu'il y avait eu un complot dont elle avait été le centre, qu'elle avait été intégrée à un plan, que la mère de Thomas avait décelé quelque chose en elle dont Thomas avait besoin – une chose que le père de Thomas aurait souhaitée pour son fils. La mère aurait dit : « C'est elle que ton père aurait voulue pour toi. » Il y a des familles capables d'élaborer des plans de ce genre, et d'autres, d'en tirer profit.

Mais, en vérité, elle aima Thomas, et il représentait beaucoup de choses qu'elle voulait. Ce fut *lui,* le début de son plan à elle.

Ils se marièrent donc, et un soir tout le monde arriva avec des choses à boire et à manger : on tapa sur des casseroles et on leur fit un grand charivari.

Pour plaisanter – car il se souvenait –, Thomas offrit à Emma deux moutons pour son anniversaire. Il n'oubliait pas les anniversaires, et personne n'oubliait le sien. À ce moment-là, leur premier enfant était né : Elizabeth, dite Beth. Lorsque naquit leur cinquième enfant, un garçon appelé Tom-Dick, Emma possédait déjà sept mille moutons et elle estimait qu'une maison au toit de terre avec un drap de mousseline tendu sous le plafond pour empêcher les saletés de tomber n'était pas un endroit où élever des enfants. Elle fit donc construire une maison en grès avec six chambres à coucher. Au rez-de-chaussée il y avait une bibliothèque, car depuis longtemps elle s'était fait expédier ses livres d'Illinois. Ils étaient à présent tous rangés derrière des panneaux de verre dans des vitrines compartimentées, et on ne les lisait plus parce qu'on n'avait jamais de temps pour lire. Elle fit poser des lampes électriques : des appliques avec des verres en forme de flûte qui sortaient des murs ; des chandeliers suspendus aux très hauts plafonds. Les lumières électriques fonctionnèrent pendant quelques années et, de tous les coins de la vallée de Lemhi, les curieux arrivaient à cheval ou en boghei pour voir briller les ampoules de seize volts.

On posa des tuyaux de plomberie, mais la baignoire, les W-C, le lavabo et l'évier de la cuisine restèrent sans eau. On ne mit jamais de pompe à eau. De toute façon, abandonner la pompe à main installée devant la maison aurait représenté une rupture radicale avec un passé qui avait été plein de bonnes choses. Avec ou sans eau, le *Recorder Herald* qui paraissait à Salmon, chef-lieu du comté à quarante-cinq kilomètres en aval, décrivit la maison comme « un palais », et tout le monde s'y rendit pour une fête.

Deux ans plus tard, en 1909, la voie ferrée franchissait la ligne de partage des eaux entre l'Atlantique et le Pacifique, dans le Montana, et arrivait dans la vallée. On fêta l'événement à Salmon.

« L'orchestre de la ville de Salmon était là, écrivit le *Recorder Herald,* avec sa musique aux accents voluptueux. Le millier de personnes présentes a eu l'impression de se trouver à un 4 Juillet. »

On s'attendait à voir la compagnie ferroviaire Gilmore & Pittsburgh (la G & P) faire de grandes choses.

Elle ouvrirait la vallée de Lemhi au monde ; le prix de la terre allait monter en flèche. Le coût du transport des marchandises allait baisser. On pourrait rendre visite à des amis. Seules les mauvaises langues colportaient la blague selon laquelle un voyageur de commerce ayant demandé à Andy Burnham, le conducteur, s'il ne pouvait pas aller plus vite, celui-ci lui aurait répondu que si, mais qu'il avait reçu l'ordre de rester dans le train ! Et même en supposant que celui-ci fût lent, n'était-il pas agréable d'emporter son déjeuner, de regarder par la fenêtre et de rester assis à converser avec des inconnus en partageant une orange ? On pouvait aller aux toilettes, et lorsqu'on avait terminé on avait peut-être parcouru encore plusieurs kilomètres. Imaginez que le train soit coincé dans la neige de ce côté ou de l'autre du tunnel au sommet de la montagne. Ne serait-ce pas une expérience à savourer – à deux mille quatre cents mètres dans les airs, avec la nuit qui tombe et des lampes à allumer ?

Emma Russell Sweringen possédait à présent dix mille moutons ; un journaliste la surnomma la Reine du Mouton de l'Idaho. Le *Salt Lake Tribune* publia une photo où on la voyait dans la voiture à bagages du train de la G & P. Elle était assise sur un cercueil. Il n'y avait pas d'autre place libre. Elle est très grosse, sur cette photo. Dans sa main et dans les mains de ceux qui l'entourent, on remarque des tasses en métal, car Andy Burnham gardait du café sur son réchaud pour les gens qu'il connaissait. Qu'il est étrange de voir comment le sort nous renvoie sur la même scène avec le même metteur en scène mais nous donne un texte différent. Dans ce train, quelques années plus tard, la Reine du Mouton devait tenir dans ses bras un enfant agonisant.

Thomas Sweringen n'éprouvait aucune gêne à être assis à la droite de sa femme, à table, alors que son contremaître prenait place en face d'elle. Il détestait la routine et il était souvent en retard pour les repas. On remarquerait moins son absence s'il n'était pas assis en bout de table ; il lui serait plus facile d'arriver et de partir en douce. Peut-être n'était-il pas là parce qu'il se promenait, à cheval ou à pied. Quand il allait à pied, il prenait l'une des cannes qu'il avait taillées dans du bois de peuplier ou de tremble choisi avec soin. Ce serait avec sa canne que ses enfants, ses petits-enfants et même ses arrière-petits-enfants allaient se souvenir de lui : car il les accompagnait à pied jusqu'à leurs voitures, des Apperson, puis des Franklin, et enfin des Chrysler et des Cadillac. Et il resterait éternellement dans leur esprit tel qu'ils l'avaient observé dans leur rétroviseur, levant une de ces vieilles cannes pour leur dire au revoir et les bénir. L'un, au moins, de ses petits-enfants eut recours à une canne assez tôt dans la vie ; il la prenait lui aussi pour accompagner au garage ses enfants, puis ses petits-enfants, et il espérait qu'ils garderaient de lui le même souvenir qu'il avait de son propre grand-père dans le rétroviseur.

Il était aussi possible que Thomas Sweringen ne soit pas là parce qu'il était parti à la recherche de pointes de flèche – grâce à des yeux capables de repérer et d'identifier un animal sur un flanc de colline à plus d'un kilomètre et demi. Il était encore possible qu'il soit allé à la pêche, ou qu'il ait rendu visite aux Indiens du Bureau des affaires indiennes. Les Indiens décelaient en lui une qualité qu'ils possédaient également : le stoïcisme. Il était plus que proche de la nature, il en faisait partie intégrante : oui, il faisait partie de l'eau du ruisseau et de la truite qui, juste sous le rebord formé par la rive, attend l'innocente libellule. Il transmit à Beth, sa fille aînée, son affection pour les Indiens. Quand elle était enfant, elle faisait la course avec eux sur son petit poney. Ils lui apprirent quelles baies étaient bonnes à manger et lesquelles ne l'étaient pas ; ils lui montrèrent comment on fume le saumon et où les Indiens enterrent leurs morts.

Il n'éprouvait pas davantage de gêne à voir que les gens considéraient le ranch comme appartenant à sa femme plutôt qu'à lui. C'était elle qui prenait les décisions difficiles et qui négociait avec les marchands de laine. La mère de Thomas avait déclaré à Emma, il y avait longtemps de cela : « Thomas n'est pas comme les autres hommes. Il a besoin de plus de sommeil. » La Reine du Mouton avait cru qu'elle réussirait, d'abord en lui montrant l'exemple, puis en insistant, à le faire sortir du lit à la même heure que les autres. Mais il était insaisissable, il lui glissait entre les doigts. Elle finit par en rire et par abandonner, ce qui rendit agréable leur vie commune. Ils riaient beaucoup sans faire de bruit. Ils auraient aimé avoir leurs enfants et leurs petits-enfants près d'eux, à eux. Ils y parvinrent avec leurs arrière-petits-enfants.

Il voulait que ses enfants soient heureux. Elle voulait qu'ils réussissent.

La mère d'une jeune fille très belle a le droit de s'attendre qu'elle fasse un bon mariage, qu'elle épouse un homme sachant avec certitude qui est son grand-père, un homme stable qui l'adore, qui puisse lui donner un service en argent de douze couverts, des bijoux qui feront des jalouses et de l'argent pour s'acheter les bonnes chaussures, car si les chaussures ne vont pas, c'est toute la toilette qui pêche. Il fournira une maison qui sera une vitrine adéquate et il emmènera sa femme chez elle pour Noël. La famille l'aimera et le considérera comme l'un des siens. Il saura bien se tenir à cheval.

Si la fille est vraiment d'une grande beauté, les attentes de la mère peuvent être sans limites, surtout si cette fille a été éduquée dans un établissement épiscopalien privé où on lui a appris un peu de cette langue élégante qu'est le français, si elle sait peindre une nature morte représentant du pain et des fruits, si elle trace ses lettres de façon remarquable, si sa démarche est éclairée par une grâce particulière et si elle monte à cheval comme une princesse. Telle était Beth Sweringen.

L'arrivée du train dans la vallée avait été précédée par celle de jeunes arpenteurs, des diplômés de l'université. Ces jeunes gens avaient lu *The Virginian*[1], d'Owen Wister, et avaient imaginé, comme Wister, d'immenses ciels, de grands arbres et des prairies ondoyantes. Là-bas, au-delà du Mississippi, au-delà même de la Red River, ils pourraient mettre leur virilité à l'épreuve. S'ils trouvaient cette épreuve injuste, ils pourraient toujours aller à Tuxedo Park[2] ou dans les Berkshires.

Parmi ces jeunes hommes, il y en avait plusieurs qui ne s'attendaient nullement à rencontrer là une fille de rêve, une Miss Ouest dont la famille était tout aussi importante, dans l'État de l'Idaho, que la leur dans cet Est où la propriété de leur père se comptait en ares, tandis que le ranch Sweringen se mesurait en sections de deux cent soixante hectares chacune.

L'un de ces jeunes hommes brûlait de passion. Sa sœur fut envoyée pour enquêter, ce qu'elle fit avec

---

1. Ce roman, un des tout premiers westerns littéraires, dépeint un Ouest romancé et mythique. Paru en 1902, il a connu un immense succès de librairie avant d'être porté à la scène puis adapté plusieurs fois pour le cinéma et la télévision. *(N.d.T.)*

2. Quartier de New York. *(N.d.T.)*

zèle. Elle déclara la fille de la Reine du Mouton plus que convenable : non seulement elle était d'une grande beauté, mais elle avait été présentée à la Cour à Ottawa.

Quant à la Reine du Mouton, elle avait décidé depuis longtemps qu'elle donnerait en cadeau de mariage à sa fille une belle somme d'argent et un piano Steinway. Le Chickering sur lequel Beth avait appris à jouer Schumann et Chopin avait en effet plusieurs années, et il devait rester au ranch puisque Beth y reviendrait chaque Noël. Le jeune homme avait fait sa demande en mariage – elle avait été acceptée par la Reine du Mouton, même si elle avait été accueillie avec moins d'enthousiasme par Thomas et par Beth. Tout allait donc bien.

Le jeune homme quitta la vallée par la voie ferrée désormais achevée. Il se rendait dans l'Est pour dresser les plans d'une maison qu'il allait faire construire et remplir de domestiques.

Dans la vallée de Lemhi, il y eut une série de fêtes, et les jeunes gens s'y rendirent depuis tout le reste de l'État, quelques-uns en voiture à moteur et d'autres par le rail. Le train était encore une nouveauté, et la Reine du Mouton le préférait à la Ford modèle T que Thomas avait achetée pour vérifier s'il y avait quelque raison à cet engouement pour les automobiles. Ce fut donc le train qu'elle prit avec Beth lorsqu'elle descendit à Salmon pour une fête en l'honneur de Beth. Cette soirée était organisée par une certaine Mme Melvin, devenue éditrice du *Recorder Herald* après le décès de son deuxième mari, un monsieur par ailleurs désagréable qu'un taureau de race Jersey avait encorné.

La compagnie G & P avait publié un horaire si strict qu'elle ne pouvait pas le respecter : le train s'arrêtait n'importe où pour prendre des passagers, du moment que le mécanicien ou le conducteur les connaissait. Il était donc prudent de téléphoner à des voisins dans la vallée pour leur demander s'ils avaient vu passer le train et à quelle vitesse il allait.

Le jour de la fête chez les Melvin, le train était encore à bonne distance, et il arriverait à deux heures au lieu de midi. Il restait donc bien assez de temps pour s'habiller et se rendre ensuite à pied de l'autre côté du pré, là où le train s'arrêterait parce que la Reine du Mouton voulait qu'il s'y arrête.

« Mama, est-ce que tu as pris tes gants ?

— Des gants, Beth ? Qu'est-ce que je ferais avec des gants en cette saison ?

— Les dames en porteront.

— Qu'elles en portent. Je n'ai aucune raison de cacher mes mains. De toute façon, on ne fait pas de la farine avec un sac de son.

— Mama !

— Écoute, Beth, je n'ai pas de gants.

— Je t'en ai donné pour Noël.

— Au fait, c'est vrai. »

La Reine du Mouton avait l'habitude d'égarer les objets qui ne lui plaisaient pas ; elle disait volontiers qu'elle les avait mis dans la bibliothèque, l'endroit où se trouvaient tous les livres qu'elle ne lisait plus. Au fil des ans, tant d'objets étrangers étaient venus s'entasser dans la bibliothèque et l'encombrer qu'il était pratiquement impossible d'atteindre le téléphone fixé au mur. Des selles qui auraient dû être rangées dans l'écurie avaient abouti là, deux dépouilles de faisan qu'on avait eu l'intention d'empailler et de monter, des sacoches de selle indiennes en peau de daim épaisse sur lesquelles étaient cousus des piquants de porc-épic teints en jaune ou en vert ; le sombrero mexicain à larges bords jadis porté par Thomas Sweringen lors d'un bal costumé (mais on reconnut Thomas à sa façon de danser) ; des boîtes de fruits séchés et de biscuits secs, des meubles mal en point qui vivaient leurs derniers moments avant d'être mis au rebut sur le flanc de la colline aux serpents à sonnette ; des fers à marquer, du lait en boîte, des caisses de ces pêches en conserve aux oreillons glissants et durs qu'aimaient tant les bergers de la Reine du Mouton ; des boîtes de bougies de suif, des bidons de kérosène pour les lampes remplaçant les lumières électriques qui avaient cessé de fonctionner. Dans la bibliothèque, la Reine du Mouton risquait fort de se laisser distraire ; elle s'arrêtait pour lire de vieilles lettres, pour contempler de vieilles photos, pour se demander une fois de plus s'il y avait quelqu'un au monde en mesure de faire quelque chose pour son vieux manteau de castor ; elle remuait d'anciennes cartes de Noël, songeant au temps qui était passé si vite.

« Mama, on va rater le train.

— Le train attendra. J'ai dit à Andy, la semaine dernière, que je voulais qu'il s'arrête aujourd'hui.

— Tu as trouvé tes gants ?

— J'allais les chercher.

— Mama !

— Oh, vous, les Sweringen, il y a plein de choses sans importance pour lesquelles vous n'avez aucune patience, et plein de choses importantes que vous laissez passer. » Thomas laissait passer beaucoup de choses ; sa sœur Nora et les filles faisaient de même. Emma se demandait ce qui leur arriverait si elle n'était pas là. Seul, parmi eux, son fils pouvait être dur comme du fer.

Enfin, elle se mit à traverser le pâturage avec sa belle Beth. Toutes les deux avaient des sacs à main et des gants. Les églantines fleurissaient le long de la clôture en fil de fer barbelé ; la luzerne dans le pré voisin commençait à bien pousser – et, oui, c'était bien un serpent à sonnette. Derrière Emma s'élevaient la grande maison en pierre et la nouvelle grange, fort belle, encore plus vaste que la maison. À l'intérieur, protégé par le meilleur des paratonnerres, se trouvait son mari qui vérifiait les attelages pour la prochaine fenaison. À part les églantines et le serpent à sonnette, c'était elle qui avait créé tout cela.

« Beth, dit-elle, je ne comprends pas comment tu peux marcher avec de telles chaussures. » Mais elle sentit un plaisir bizarre à la pensée que Beth le pouvait. Au collège Sainte-Margaret, on avait appris à Beth à marcher correctement avec diverses chaussures, car, pour certaines femmes, il y a une chaussure pour chaque occasion. On ne pouvait en revanche pas dire grand-chose des petites chaussures d'Emma, sinon qu'elles étaient larges, mais pas encore vraiment assez. Elles n'étaient pas même confortables. Emma avait quarante ans, et ses pieds l'embêtaient. Elle avait pris trop de poids ; il faudrait qu'elle s'en occupe ; pourquoi ne pouvait-elle pas être mince, comme les autres ? Mais qu'il était bien d'avoir une fille experte en chaussures et sur le point de faire un bon mariage !

À bonne distance sur la voie ferrée, le train siffla puis, quelques instants plus tard, les rails se mirent à bourdonner.

Le train ralentit et s'arrêta. Bien des regards se tournèrent avec curiosité. Andy, le conducteur, descendit, un tabouret métallique à la main.

« Comment allez-vous, madame Sweringen ? Et il y a ma petite Beth ! » Ils échangèrent quelques menues civilités. Combien d'antilopes des Rocheuses Andy avait-il aperçues en franchissant la montagne ? Combien d'élans ? Oui, il y avait encore de grandes congères dressées contre les pare-neige du côté du Montana, mais l'herbe verdissait. C'était bien de voir ce bon vieux soleil monter de plus en plus haut. Elles allaient donc à une fête à Salmon ? Oui, Andy était au courant des fiançailles. On sait tout bien assez vite, dans cette vallée. « Eh bien, Beth, lui dit Andy, vous savez que tous mes vœux vous accompagnent.

— Andy, vous êtes adorable. »

La Reine du Mouton admirait la manière qu'avait sa fille de faire plaisir aux gens simples tout en les gardant suffisamment à distance. De leur côté, ces gens ne se permettaient pas de familiarités avec elle. Rien de tel que de l'argent, de l'éducation et de vraies connaissances en matière de chaussures et de gants.

« Beth part dans deux mois, dit la Reine du Mouton. Ils vont se marier à l'église de Salmon. Je vais faire venir sa famille à lui. »

Sa famille. Elle avait effectué des recherches. Le président de la compagnie G & P, venu de Pittsburgh, vivait maintenant à Salmon. C'était un ami proche, et il n'était pas sans savoir qui était qui à Pittsburgh.

« J'ai entendu parler d'une lune de miel à New York, dit Andy. Dans l'East Side, ou le West Side, partout, quoi. C'est à peu près ça, Beth ?

— À peu près, Andy.

— J'ai toujours eu envie de monter dans la statue de la Liberté, déclara Andy. Il paraît qu'on peut aller jusqu'en haut et regarder par ses yeux à elle. »

Devant, le moteur poussa un soupir.

Le wagon des passagers était bondé. Peu de gens, même parmi ceux qui pouvaient se permettre d'avoir une auto, l'utilisaient pour traverser la ligne de partage des eaux. Par endroits, en effet, la route était tellement en pente que la diligence, du temps où elle fonctionnait encore, attachait des troncs d'arbres en remorque pour que la caisse ne vienne pas buter contre les chevaux. De simples freins n'auraient pas tenu.

Il y avait, en réalité, une place libre. Mais déjà une douzaine d'hommes s'étaient levés, car la Reine du Mouton de l'Idaho et sa célèbre fille étaient là.

Un visage retint le regard de la Reine ; elle resta un instant stupéfaite, tous ses sens en alerte comme une bête qui sent le danger venir, d'un endroit qu'elle ne discerne pas encore. Elle pouvait le flairer. Oui, le jeune homme qui se levait à côté de l'unique siège vide était d'une beauté incroyable. L'homme qui faisait la publicité pour les cols Arrow et dont le portrait apparaissait avec une régularité lassante chaque semaine dans le *Saturday Evening Post* ne soutenait pas la comparaison avec cet inconnu. À part Thomas, les hommes conventionnellement beaux la laissaient indifférente : ils ressemblent un peu à des enfants sur une aire de jeux. Ils sont enclins à miser sur leur belle mine et à accepter des faveurs sans les mériter, ou même sans les demander. Des gens sans beauté particulière leur font la cour et se ridiculisent. Il en va différemment des femmes ; sauf chez celles qui, comme Emma, ont reçu une cervelle à la place, la beauté est un des atouts de base de la féminité.

Elle lança un rapide coup d'œil à Beth, puis revint à l'impossible inconnu. Elle fut décontenancée un instant, en partie à cause de l'apparition de cette beauté masculine qui s'adressait à quelque chose en elle dont elle croyait s'être débarrassée depuis longtemps, en partie aussi parce que le wagon repartait avec des à-coups et qu'elle avait peur de tomber. Elle serait morte plutôt que de laisser cet homme l'aider à la relever. Comme elle était debout tout près de lui, elle aurait été délibérément impolie en refusant de prendre le siège qu'il lui cédait ; et, par ce refus, elle lui aurait en quelque sorte montré que pendant un moment il avait eu la haute main sur la femme en elle. Il aurait même pu interpréter cette attitude comme de la timidité. Elle ne doutait pas qu'il eût souvent exercé son pouvoir sur des femmes. C'était l'équivalent masculin de Beth, avec un profil tout aussi étonnant, des traits tout aussi irrésistibles, de sorte qu'on était tenté de dire une fois pour toutes : « Et voilà ! »

Il ne portait pas d'alliance.

« Madame, dit-il, me feriez-vous l'honneur ? »

On l'avait souvent appelée « ma'ame ». Ses bergers lui donnaient du « ma'ame », ainsi que les boutiquiers – ses élèves jadis avaient fait de même. Jamais « madame ». Jamais avec cette voix. Elle n'arrivait pas à situer l'accent de cet homme, mais sa voix était aussi bien accordée qu'un instrument de musique.

Elle accepta donc la révérence de cet homme lui indiquant le siège près de la fenêtre. Beth et elle y prirent place. Si le jeune homme avait eu d'aussi belles manières qu'il le prétendait, il serait alors parti plus loin dans le wagon et se serait assis sur le petit banc près du poêle. Après tout, le poêle n'était pas allumé. Mais non. Il devait croire qu'on souhaitait sa présence. Avec un sourire que la Reine sentit physiquement sur sa peau, il parla de nouveau. « Quelle belle partie du monde, que celle-ci. La nature a été généreuse. Il faut que vous soyez les Sweringen.

— Non seulement il le faut, répondit-elle, mais nous le sommes. » Puisqu'il voulait jouer avec les mots.

Il secoua la tête, son sourire intact, comme peint sur son visage. « Nous n'avions pas fini de traverser le tunnel, là-haut, qu'ils s'étaient tous mis à parier. Il y en avait qui pariaient que vous attendriez ici, d'autres se demandaient si on vous verrait traverser le pré. Je m'appelle Burton. »

Son grand-père, dit-il, son grand-père le juge, avait été un ami de Benjamin Harrison[1], et c'était la raison

---

1. Président des États-Unis de 1889 à 1893. *(N.d.T.)*

de son nom : Benjamin Harrison Burton. Il était né l'année même où Harrison était devenu président. De sa poche où tintait de la monnaie, il sortit une pièce en or, mais sans doute avec de l'or seulement à l'intérieur. Dessus, en bas-relief, était gravé le profil barbu du Président. Cette pièce, expliqua-t-il, avait été frappée à l'occasion de l'investiture de Harrison.

Il s'était à présent assis sur le bras du fauteuil recouvert de peluche rouge. Il portait un vêtement à la dernière mode dont le tissu toucha brièvement le velours bleu du tailleur de Beth. Mais pourquoi donc, se demanda la Reine du Mouton, s'était-elle laissé conduire à ce siège près de la fenêtre ? Beth se fichait pas mal de voir les vêtements de ce monsieur toucher ses vêtements *à elle*.

S'il en croyait diverses rumeurs, Mlle Sweringen était allée assez loin pour faire ses études. « Rien de mieux, affirma-t-il, que voir diverses parties du monde. » Et pendant sa scolarité, s'était-elle intéressée au théâtre ?

« Oui, répondit la Reine du Mouton, elle a joué dans plusieurs pièces.

— Rien que des petits rôles, en fait, dit Beth.

— Ce sont précisément les petits rôles, reprit Burton, qui sont le plus difficiles à jouer. Vous savez – pour les rendre mémorables. »

Tout juste !

Il aurait pu être acteur. Peut-être l'était-il.

« J'ai bien peur de ne pas avoir été très bonne », précisa Beth.

Burton se tourna alors vers la Reine du Mouton. Il souriait comme si elle avait décidé d'en faire son confident. « Qu'est-ce donc, demanda-t-il, qui est si attirant dans la modestie ?

— Je suis tout à fait sûre que ni vous ni moi ne le savons », dit la Reine.

Mais il l'écoutait à peine. Elle sentit la brève attention qu'il lui avait accordée filer comme un courant d'air en direction de Beth. « J'aurais adoré vous voir sur scène, dit-il. Vraiment, mademoiselle Sweringen. » Il articula les mots « mademoiselle Sweringen » comme s'il les goûtait. Il s'était intéressé au théâtre en amateur. À Shakespeare, principalement. Un peu à Congreve, un peu à Dekker. « Vous auriez fait une charmante Portia[1]. Quand vous vous tournez – votre profil, c'est ça ? » Il revint un instant vers la Reine. « J'attache beaucoup d'importance aux profils, madame Sweringen. Et beaucoup d'importance aussi aux mains. Madame Sweringen, croyez-vous aux lignes de la main ?

— Je crois aux mains, répondit la Reine du Mouton. Oui, je crois aux mains. Je ne pense pas que les lignes de la main prédisent ce qu'on devient. Mais je crois en ce que les mains peuvent faire. Je crois qu'avec ses mains on peut faire de soi ce qu'on veut. »

Burton pencha la tête d'une manière particulière et il approuva. « Bien dit, déclara-t-il, comme s'il avait reçu une réponse juste. Bien trop souvent, nous jugeons selon des faits erronés. »

Le train avait dépassé depuis longtemps le fort en terre et en bois où le vieux George Sweringen avait jadis défendu sa famille contre les Indiens Nez Percés. Alors, avec insouciance, le jeune Burton se mit à détruire son image – telle que Beth avait pu la percevoir, en tout cas. Une image capable de tromper la femme assez naïve pour se croire en mesure de changer un homme.

À l'âge de seize ans, dit-il, il était parti comme mousse sur un bateau qui l'avait emmené en Sibérie.

---

1. Riche et belle héritière que plusieurs personnages cherchent à épouser dans *Le Marchand de Venise*. *(N.d.T.)*

La bague qu'il portait, et la pierre dans le chaton, venait de là-bas. Il tendit la main pour qu'elles puissent voir. « Vladivostok », déclara-t-il. En outre, il avait passé quelque temps dans un cirque. Dieu sait à quoi il y avait été employé ? à nettoyer les déjections des animaux. Et maintenant ? Maintenant, il travaillait pour une excellente société dont il vendait les excellents produits. « Vous savez, madame Sweringen, combien il est difficile de garder de la nourriture ? L'empêcher de se gâter ? Ma société a résolu ce problème. Nous extrayons l'humidité des fruits et des légumes. Sans humidité, voyez-vous, ils ne peuvent pas pourrir. C'est l'eau, la responsable. Mais vous le savez, il existe déjà des raisins et d'autres fruits séchés, des abricots, notamment. Et des prunes. Nous appliquons ce procédé à tous les fruits et légumes, y compris les fraises et les framboises. Il vous suffit de tremper le produit dans de l'eau – et voilà ! Ma société s'appelle Everfresh Products. »

Tout le wagon l'écoutait ; il avait charmé la voiture entière, l'avait rendue silencieuse avec ses grands discours sur les navets séchés déclamés de sa voix shakespearienne, sa voix de cirque. Emma connaissait pas mal de choses sur les gens du cirque, leur genre de vie, leurs mœurs relâchées et leur clinquant. Avec une voix semblable il aurait pu tout aussi bien annoncer des monstres de foire. Un jeune représentant de commerce en chasse. Heureusement, la gare de Salmon était en vue. Emma n'avait jamais été aussi contente de voir un bâtiment.

Elle fut la première à se lever, son sac dans ses mains. Elle n'avait pas ôté ses gants, ne sachant pas, et se fichant de savoir, si on devait les enlever quand on était dans le train. Elle jeta un coup d'œil sur Beth. Celle-ci ne portait qu'un gant. Cela signifiait-il quelque chose ?

« Beth, où est ton autre gant ?

— Mon autre gant ? Oh ! » s'écria Beth d'une voix artificielle très différente de celle qu'elle avait d'habitude. Il y eut une belle confusion, ce genre d'agitation superflue qui réclame l'aide d'un homme.

Ils étaient tous les trois debout, à présent. Et le jeune Burton se pencha et ramassa le gant blanc sur le sol de la voiture. On avait l'impression qu'il ne s'était pas vraiment penché, qu'il avait plutôt fait une révérence. Il aurait pu avoir un chapeau à plume qu'il aurait ôté pour exécuter ce grand geste en direction du sol. Il se mit à tendre le gant, la tête courbée, et lorsqu'il crut que la Reine du Mouton avait les yeux tournés ailleurs, il effleura le gant de ses lèvres.

Nombreux étaient ceux qui s'étaient attendus à voir Mme Melvin changer d'apparence ou d'attitude – au moins brièvement – après que son mari eut été encorné par le taureau. Mais non. Au cœur de sa personnalité se logeait une douce résignation. Elle savait que tôt ou tard quelque chose arrive à tous les maris et que, inconsciemment, les femmes se préparent à ce trépas. La cause de la mort du mari n'a pas grande importance. Prévoyante, elle s'était formée à la gestion de la presse bien avant le matin fatal où son mari était allé dans le pré – il semblait presque qu'elle eût prévu un événement fâcheux à brève échéance. Elle avait aussi été prévoyante quand elle avait sorti du grand jardin à l'arrière de sa maison de Salmon tout un assortiment de forsythias. À présent, ils fleurissaient avec une avance de plusieurs semaines à l'intérieur de sa maison, et leur splendeur dorée précoce, lors de la fête donnée pour Beth Sweringen, faisait penser à des milliers de papillons parfaits, près de s'envoler.

« Absolument adorable ! » et « Quelle bonne idée ! » étaient des mots qui se lisaient sur bien des lèvres. On comprenait maintenant pourquoi, depuis quelques semaines, Mme Melvin ne donnait pas de réception : elle ne voulait pas révéler le secret de ses fleurs. Toutes les dames étaient présentes, et les montagnes Rocheuses étalaient leur mélancolie au-delà des fenêtres en un arrière-plan étrange qui ne paraissait guère approuver les jolies toilettes frivoles et les propos badins. Toutes les dames, donc, pas seulement celles des vieilles familles terriennes qui jadis avaient eu peur lors du soulèvement des Nez Percés et se souvenaient encore de la première découverte de l'or. Car elles n'auraient pas été assez nombreuses pour donner belle figure à cette soirée de cadeaux. Il y avait là aussi les nouvelles dames, mariées à des hommes d'affaires. Mais bien que l'on fût dans une époque de changements rapides, les nouvelles dames comprenaient leur position et l'acceptaient. Quand deux dames à peu près du même âge, l'une d'une famille ancienne, l'autre d'une famille nouvelle, arrivaient en même temps devant une porte ouverte, la nouvelle ralentissait un peu le pas et laissait passer l'autre devant. Car, si prospère que fût le commerce de son mari – qu'il s'agît, disons, de la société de semences et d'aliments pour bestiaux Feed & Seed, de la pharmacie Red Cross, de la concession Ford ou même de la State Bank & Trust –, il est entendu qu'une affaire n'est que le produit de l'imagination d'un homme et peut s'envoler en fumée. La terre, en revanche, est éternelle.

Nora, la belle-sœur de la Reine du Mouton, était également présente : elle ressemblait à son frère comme une jumelle, mêmes pommettes haut placées, mêmes gestes volontaires, même silhouette mince. Nora pouvait manger tout ce qu'elle voulait sans jamais prendre une livre. Elle avait la désagréable habitude de faire une pause en plein repas : elle mettait de côté fourchette et couteau et restait assise, les mains jointes. Elle se reposait, disait-elle. Comme Thomas, elle tolérait tout et tout le monde ; de fait, elle avait épousé un homme qui venait du Sud, un médecin qui avait avoué s'être un jour battu en duel. Comme elle était fille d'un capitaine de la guerre de Sécession, la Reine du Mouton se méfiait des gens qui venaient du Sud. Leur voix suffisait à les mettre à part : ils parlaient comme des nègres. Elle n'arrivait pas à concevoir ce qui les poussait à parler ainsi et pourquoi ils se permettaient d'obéir à des sentiments aussi primitifs que celui de la vengeance. Elle aurait préféré que son mari n'eût pas eu de sœur. Les choses sont plus faciles sans belle-famille. Nora appelait son frère « Frère » avec une intonation douce et possessive qui soulignait leur relation, l'intimité qu'ils avaient connue dans l'enfance, et qui montrait clairement que Thomas n'appartenait pas seulement à la Reine du Mouton mais faisait partie d'une tribu qui existait et prospérait bien avant qu'elle eût mis le pied dans l'Idaho. Elle était blessée de constater que Beth et Nora étaient proches, que Beth se montrait tout autre quand elle était avec Nora. On aurait presque cru voir deux adolescentes avec leurs petits secrets bébêtes.

« Qu'est-ce que tu racontais à Nora, là ? demanda-t-elle à Beth. Je vous voyais discuter sans fin.

— Rien du tout, en fait, Mama. Elle me disait que Marcia et Laura avaient eu envie de venir aujourd'hui mais qu'elles sont trop jeunes. Et qu'elles s'intéressent beaucoup aux garçons, maintenant. Marcia veut se faire un chignon sur le dessus de la tête.

— Ça ne m'étonne pas. » Nora était gauchère, et elle avait des ciseaux spéciaux pour remédier à ce handicap. La Reine du Mouton estimait que si un enfant était gaucher, on devait l'entraîner à devenir droitier comme le reste du monde, et non pas l'encourager avec des ciseaux pour gauchers. « Nora semblait s'intéresser à ce que tu disais.

— Elle se demandait si elle devait autoriser Marcia à se coiffer comme ça. Je disais simplement qu'à Sainte-Margaret il y avait des filles de seize ans qui commençaient à se faire des chignons dès l'après-midi.

— Ça vous a occupées un bout de temps.

— Oui, et elle m'a demandé si nous ne voulions pas passer la nuit chez eux – chez elle et Oncle Docteur.

— Où aller, sinon ? » C'était bien Nora, ça, de lancer une invitation alors qu'il n'y en avait nul besoin, et de la lancer à une jeune fille à peine sortie du pensionnat alors que sa mère se trouvait dans la salle.

« Mama, tu t'énerves encore.

— Je n'aime pas les fêtes et j'ai mal aux pieds. »

Mme Melvin passait en souriant parmi ses invités et leur adressait quelques mots. Elle servait du café, du thé et des petits sandwichs dont certains ne contenaient rien de plus que du beurre, et de la laitue apportée par train depuis des latitudes plus clémentes.

Emma admirait le naturel de Beth, sa capacité de charmer en parlant de tout et de rien. On aurait presque cru qu'elle avait l'intention de passer le reste de sa vie avec ces gens, tant était grande l'attention qu'elle leur portait, n'oubliant pas de leur poser des questions sur leurs enfants comme sur leurs petits ennuis de santé et leurs succès. Quant à Emma, lorsqu'elle était dans sa maison et qu'elle trouvait son public digne de ses efforts, elle devenait une conteuse remarquable. Elle lisait bien à haute voix – elle l'avait fait régulièrement pour ses filles et continuait à le faire pour Tom-Dick.

Mais voilà que la dernière tasse venait de se poser pour la dernière fois sur sa soucoupe et qu'on arrivait aux cadeaux de Beth. Ils étaient exactement comme on s'y était attendu. Les objets que toute dame aurait souhaité recevoir en se mariant : des torchons à vaisselle brodés de ces fleurs et de ces oiseaux qu'on imagine sans mal, un appareil à faire le pop-corn, un autre à presser les oranges – assez drôle, celui-là, dans la mesure où les fruits frais, à part les pommes, les cerises et les baies sauvages, faisaient rarement leur apparition dans le comté de Lemhi ailleurs que dans les chaussettes de Noël. Tous ces instruments domestiques – les couteaux pour couper, les bols pour contenir –, loin d'annoncer les corvées de la vie à la maison, évoquaient les premières années de mariage et les vœux de bonheur formulés par les amis.

Cette fête de remise de cadeaux en l'honneur d'Elizabeth Birdseye Sweringen n'était pourtant rien de plus qu'un rituel, rituel dont ces articles de ménage faisaient tout simplement partie. Car Beth n'aurait jamais besoin de torchons à vaisselle. Ce seraient d'autres qui essuieraient sa vaisselle et qui presseraient ses oranges. Les dames le savaient et elles savaient aussi qu'à part quelques brèves rencontres au fil des ans, elles ne la reverraient guère. Elles ne la connaîtraient jamais, en fait. Pittsburgh était très loin d'ici.

Quant au jeune Burton, il était possible que son grand-père eût été juge. Mais s'il avait souhaité mentir, il n'aurait pas révélé qu'il était parti pour la Sibérie comme mousse sur un bateau et qu'il avait travaillé avec des gens du cirque. Il vendait donc des produits Everfresh, c'était bien ça ? Voyez un peu : des navets déshydratés qui gonflent !

8

Dans l'Ouest, on trouve encore des écriteaux en métal rouillé cloués sur des poteaux de clôture. Ils forment comme la barre horizontale d'un T ; le soleil et les tempêtes de neige en ont écaillé la peinture en laissant des mots à peine lisibles : CAFÉ ARBUCKLE, ou POMMADE SLOAN.

On pensait que la pommade Sloan était aussi efficace pour soigner un coup de pied de cheval que de vieilles articulations enflées par des rhumatismes. On pouvait déchiffrer les mots CHIQUE FER À CHEVAL bien longtemps après qu'on eut estimé inacceptable de mastiquer du tabac et d'en cracher le jus avec désinvolture dans son salon, même avec une adresse insigne. Ils étaient de la race des vagabonds, ceux qui clouaient de telles pancartes, semblables aux fanatiques religieux fantomatiques qui plus tard allaient peindre des JÉSUS VOUS AIME sur des ponts d'autoroutes et sur des carcasses de voitures abandonnées.

Les propriétaires de ranch étaient des gens tolérants. Certains d'entre eux estimaient même que ces écriteaux agrémentaient ces paysages empreints de solitude, qu'ils y apportaient un peu des promesses de la civilisation, qu'ils formaient un lien avec les villes à l'est et à l'ouest où les gens mangeaient des mets délicats et s'habillaient avec élégance. Un écriteau pouvait aussi être commode pour identifier un endroit : « Notre ami Ed prétend qu'il y a dix vaches égarées à mi-chemin, à peu près, entre le panneau Gold Medal et Trail Creek. »

Mais les lieux d'affichage vraiment tentants, en ces temps précédant la Première Guerre mondiale, c'étaient les flancs des granges. Et si les agents des cirques voulaient y peindre des éléphants, des tigres, ou de jolies dames en collants qui volaient dans les airs, il leur fallait négocier des accords, verser de l'argent ou distribuer des entrées gratuites.

Il n'y avait pas de publicités sur la grange toute blanche des Sweringen, même si par sa taille et sa situation dans la vallée elle constituait un emplacement particulièrement alléchant. Nombreux étaient les représentants de commerce qui, d'abord en boghei puis en voiture à moteur, s'étaient arrêtés au ranch pour demander et avaient été envoyés sur les roses. La Reine du Mouton n'avait que faire de quelques affiches. Quant aux places de cirque, elle paierait les siennes. On se passa le mot. Les représentants ne s'arrêtèrent plus.

Elle était fière de sa grange qui avait une fois et demie la taille de la maison en grès, aussi bien en volume qu'en longueur. Un wagonnet surélevé en parcourait toute la longueur, muni d'une benne qui pouvait s'arrêter derrière chaque stalle et qu'on pouvait charger de fumier à la pelle. À une extrémité du bâtiment se trouvait une sellerie assez grande pour que le sellier puisse y venir tous les ans avec ses outils et réparer les harnais. Tel un ménestrel, il colportait des histoires d'autres ranchs dans d'autres vallées. Tout en haut, au-dessous du vaste toit à quatre pans, on engrangeait suffisamment de foin pour remplir les mangeoires pendant une année entière ; il y avait des coffres à grain – en métal, pour faire échec aux rats et aux souris – et une machine qui séparait le grain du son. C'était un endroit où les enfants d'Emma pouvaient jouer les jours de pluie et où ils étaient protégés de la foudre par les paratonnerres les plus perfectionnés. Lorsque cette grange fut enfin achevée, les voisins vinrent et dansèrent à la musique d'Ed Cronie et de son orchestre, les Foot Warmers. Plus encore que la maison de grès, c'était la grange blanche qui dominait la vallée de Lemhi.

Emma n'avait rien dit à Thomas du jeune Burton, et au bout de quelques jours elle se demanda si elle n'avait pas tout simplement rêvé qu'il effleurait de ses lèvres le gant de Beth. Notre esprit peut nous jouer de drôles de tours. Beth, pour sa part, n'avait pas mentionné cet homme. Ce qui était bon signe – ou pas.

Emma venait de mettre ses plans au point : elle prendrait d'abord le G & P pour traverser les montagnes jusqu'au Montana, puis là le train de l'Union Pacific jusqu'à Salt Lake City, où siégeait sa banque. Certains jugeaient bizarre, voire déloyal, de ne pas être client de la banque de Salmon, mais la Reine du Mouton préférait avoir des arrières plus solides. Elle n'avait pas été étonnée quand la banque de Salmon avait fait faillite en 1907, saignée par la guerre russo-japonaise et la reconstruction de San Francisco. La banque avait rouvert, mais elle ne lui inspirait pas confiance. Emma connaissait le vieux White, à Salt Lake City, et il la connaissait.

Personne ne touchait aux journaux tant qu'elle ne les avait pas lus. Tous les soirs, après le dîner, elle se retirait en les emportant dans sa chambre à l'étage ; là se trouvait son bureau à cylindre, et le coffre-fort où elle rangeait des papiers autrement sensibles. La bibliothèque, au rez-de-chaussée, était à présent trop encombrée pour qu'on pût s'y concentrer : elle contenait trop de choses susceptibles de distraire l'attention, trop d'objets qui demandaient à être touchés ou qui attiraient la pensée. Et puis le téléphone risquait de sonner, quelqu'un pourrait demander quelque chose.

Elle ne lisait pas ses journaux avec désinvolture pour y trouver matière à bavardage mais avec attention, car c'était sur eux qu'elle fondait sa stratégie. Elle croyait que la marche des événements révèle une structure sur laquelle on peut forger l'avenir. Elle notait les tendances du commerce, les changements d'habitudes, la délocalisation des usines du Nord vers le Sud. Dès 1905, elle suivait de près ce qui se passait sur la scène internationale, si souvent enfouie dans les dernières pages qu'elle semblait n'avoir qu'un intérêt passager. Bien des gens estimaient qu'il était difficile, en regardant les formidables montagnes Rocheuses, de se pencher sur la prosaïque Europe. Mais elle voyait que la Russie était humiliée après sa guerre contre le Japon ; elle remarquait que la France cherchait à se venger après Versailles, que l'Angleterre s'inquiétait de la marine allemande, que l'Empire ottoman était malade et tombait en miettes – miettes que l'Autriche corrompue tentait de ramasser. Puis elle nota que le tsar de Russie était en visite officielle en France, que le roi Édouard était allé voir le tsar dans le port de Reval et enfin que le Kaiser rendait visite au vieux François-Joseph à Vienne. Il s'agissait là de bien autre chose que d'un carnet mondain avec des bals, des gâteaux et des glaces. Car vint ensuite l'annexion de la Bosnie par l'Autriche.

« La Bosnie *comment* ? » avait demandé Thomas en riant. Il n'avait jamais entendu parler de l'Herzégovine.

« Thomas, lui annonça-t-elle, il va y avoir une guerre. »

Il était en train de regarder dehors, en direction des montagnes, comme il le faisait souvent. Il ne détourna pas son regard. « Emma, tu dérailles. »

C'était un homme trop doux pour pouvoir imaginer une telle chose. Elle en était capable. Elle savait que chaque génération d'hommes se doit de mettre à l'épreuve son mépris de la mort et de donner libre cours à son désir de sang. Si on comptait vingt ans pour une génération, une guerre aurait déjà dû avoir lieu depuis pas mal de temps aussi bien en France qu'en Allemagne. Une génération avait grandi sans s'être encore mise à tuer. Et pour se tuer les uns les autres, les jeunes hommes, tels des enfants, commençaient par se revêtir d'uniformes qui marquaient leur appartenance.

Qu'il s'agisse de Jean, Fritz ou Tommy, les uniformes sont en laine.

Ils auraient besoin de sa laine à elle, la Reine du Mouton. Quoi, ici, aux États-Unis en 1911 – mon Dieu que les années passent vite –, on était déjà à treize ans de la guerre contre l'Espagne ! Elle remercia Dieu de n'avoir qu'un fils, qui d'ailleurs avait seulement dix ans. Si le pays entrait en guerre, Tom-Dick serait trop jeune pour aller se battre et il serait trop âgé pour la guerre suivante.

« Où vas-tu, Tom-Dick ? » lui demanda-t-elle ce matin de 1911. Elle était sur le point de partir pour Salt Lake City où elle emprunterait de l'argent pour acheter encore plus de moutons qui lui donneraient encore plus de laine. Elle était sûre que la guerre arrivait. En voyant Tom-Dick, elle sentit sa bouche mollir, comme d'habitude. Devant lui, elle avait l'impression de devenir une autre femme, et elle craignait qu'il ne la touche ou qu'il ne lui parle de telle façon qu'elle soit amenée à révéler une faiblesse qu'il ne devait jamais connaître, cette dangereuse sensibilité.

« Je vais à la pêche, Mama.

— Fais attention aux serpents », lui dit-elle. Il y ferait attention. Il savait aussi les tuer. « Eh bien, mon garçon, que Dieu soit avec toi. » Elle n'eut guère à se pencher pour lui effleurer la joue de ses lèvres, tellement il avait grandi.

Elle emporta avec elle jusqu'à Salt Lake City les paroles de son fils. « Je vais à la pêche, Mama. » Ses lèvres bougeaient silencieusement en répétant ces mots tout simples.

Elle avait toujours évité les miroirs ; elle ne s'en servait que comme d'instruments pratiques l'aidant à enlever une poussière de son œil ou à voir que son chapeau était plus ou moins bien posé sur sa tête. À mesure que les années passaient, que ses hectares et ses moutons se multipliaient, que le ranch prospérait, elle aurait pu oublier qu'elle n'était pas jolie s'il n'y avait eu Beth. La présence de Beth, l'existence même de Beth, lui rappelait que la beauté est une fin en soi, peut-être même la fin la plus désirable.

Quant à elle, elle avait un jour entendu une femme dire d'elle qu'elle ressemblait beaucoup à des photos de Mme Schumann-Heink. Malheureusement, elle ne possédait pas la voix de Mme Schumann-Heink, seulement son enregistrement sur un cylindre Edison ; elle avait, pour sa part, juste assez de voix pour chanter de petites mélodies à Tom-Dick sur la grenouille qui voulait aller faire sa cour.

Les miroirs lui avaient prédit autrefois qu'elle resterait vieille fille, et il était peut-être vrai qu'elle avait quitté l'Illinois parce qu'elle avait peur que cela ne se réalise, que dans cet endroit où tout le monde la connaissait, on en arrive à plaindre son père d'avoir une fille qui ne se mariait pas. Tandis qu'ici, dans l'Ouest où il y avait moins de femmes, elle aurait sa chance. Peut-être la belle-mère allemande n'avait-elle joué aucun rôle dans son départ.

Et puis – du moins voyait-elle les choses ainsi – la mère de Thomas était intervenue. Heureusement. Thomas ne semblait pas plus critique de la beauté d'Emma que Tom-Dick ne l'était de sa voix.

« Je vais à la pêche, Mama. » Oui, tout cela en valait la peine.

Il était difficile d'éviter les miroirs, à l'hôtel Utah, car ils étaient nombreux dans le hall. Ils renvoyaient le reflet de femmes à la mode qui étaient descendues là en se rendant vers le nord, ou le sud, ou l'est, ou l'ouest. Salt Lake City était aux montagnes Rocheuses ce que Chicago était au Midwest et New York à l'Est : le carrefour de l'élégance et de la mode, une ville de boutiques et de théâtres – Maude Adams[1] ne venait-elle pas de Salt Lake City ? Emma se demanda comment les autres femmes se débrouillaient, comment elles apprenaient à s'habiller aussi bien, à marcher avec grâce plutôt qu'avec détermination. Était-ce un don qui accompagnait la beauté ? Et si elle avait été une jolie femme ?

Il s'était passé quelque chose à la banque ce matin-là, où les guichetiers l'avaient accueillie avec leur cordialité habituelle ; ils la connaissaient, comme ils connaissaient l'existence de son compte et la longue amitié qui la liait au vieux White.

Elle adorait l'odeur de la banque. « M. White vous attend. Entrez directement. »

---

1. Maude Adams (1872-1953) a été une comédienne très populaire, célèbre dès le début du XXe siècle pour ses rôles dans les pièces de James M. Barrie, notamment dans *Peter Pan*. (N.d.T.)

Le vieux M. White était là, debout, dans le genre de costume noir qu'aurait pu mettre un entrepreneur en pompes funèbres ; l'argent et la banque sont des choses aussi sérieuses que la mort. Il se dressait dans ses bottines à élastiques noires bien cirées ; il avait atteint un âge et une position où on peut cajoler ses pieds. La chaîne en or de sa montre luisait sur son gilet sombre et montrait qu'il était franc-maçon. Seule sa lavallière à impressions rouges et blanches suggérait qu'il était prêt à prendre un risque en quelques rares circonstances.

« Ah, bonjour, madame Sweringen, dit-il en s'avançant et en lui prenant la main. Vous avez l'air d'aller bien.

— Je suis contente de vous voir, monsieur White. Vous avez l'air en grande forme vous-même. » Ils sourirent tous les deux parce qu'ils l'avaient dit sérieusement, et leur bon vieux lien se renoua : deux personnes qui se comprenaient.

Mais un homme bien plus jeune s'était levé à son tour. Emma estima qu'il devait avoir le même âge qu'elle, mais les hommes paraissent plus jeunes – la force de gravité endommage moins vite leur visage. Ils ont davantage de muscles. Dommage qu'ils ne vivent pas aussi longtemps que les femmes.

« Madame Sweringen, déclara le vieux M. White, puis-je vous présenter M. William Cutter ? Je l'ai fait venir de San Francisco. » Le vieux White eut un sourire. « On n'est pas éternels, voyez-vous. »

M. Cutter avait les cheveux roux. Emma Sweringen ne se souvenait pas d'avoir jamais vu un homme aux cheveux aussi roux ; elle fut étonnée de constater que le vieux White pouvait prendre en considération un tel rouquin, au point de lui confier sa succession. Les cheveux roux font soupçonner le caprice et la violence.

125

« Je vous assure que c'est un plaisir, pour moi », dit M. Cutter. Il lui prit la main sans la serrer. Il la toucha et il pencha la tête comme on le faisait peut-être à San Francisco où les bateaux apportent des manières et des habitudes venues de Dieu sait où.

« Merci, monsieur Cutter, répondit-elle. C'est également un plaisir pour moi. » La lumière du matin, par la fenêtre donnant sur Temple Square, tombait sur les poils roux du dos de la main de Cutter.

On frappa légèrement à la porte ; un garçon portant la livrée de l'hôtel d'en face entra chargé d'un plateau avec une grande cafetière isolante argentée, des tasses et des soucoupes. Elle se demanda de quoi il avait eu l'air quand il avait traversé la rue pleine de monde. Il était suivi d'un autre garçon qui portait une table pliante. Après quelques sourires, une agréable agitation et le départ des garçons, le vieux White déclara : « Je me souviens que Mme Sweringen aime bien prendre une tasse de café à peu près à cette heure-ci.

— C'est exact et c'est très gentil à vous. »

Il se tourna vers Cutter. « Étant mormon, je devrais éviter le café. Mais comme vous voyez, Mme Sweringen m'a donné de mauvaises habitudes. Maintenant, moi aussi, j'aime bien prendre une tasse de café à peu près à cette heure.

— Ça ne sortira pas d'ici, répondit Cutter en riant. N'est-ce pas, madame Sweringen ? »

Tout cela était agréable mais étrange.

« Bon, alors, dit le vieux White. Madame Sweringen, ça ne vous ennuie pas que M. Cutter reste avec nous ? Je lui ai parlé de vous. J'aimerais qu'il entende directement ce que vous comptez dire. »

Le fait que le vieux White ait fait venir une tierce personne étonna Emma. Normalement, ça l'aurait gênée. « Pas du tout », dit-elle, et le vieux White continua à se tenir debout tandis que Cutter indiquait avec une révérence le fauteuil du client à Emma. Puis Cutter se retourna, remplit une tasse de café et s'avança en la lui tendant. Il ne portait pas d'alliance, mais de nos jours il y a des hommes mariés qui n'en mettent pas. Du coup, on ne les repère pas aussi facilement qu'une femme mariée. Ils préfèrent qu'il en soit ainsi. Ils sont – ou peuvent être – plus mobiles. « Je suis venue, dit-elle, chercher de l'argent pour acheter un autre troupeau de moutons.

— Certes, dit le vieux M. White. Il n'y a là aucun problème. Mais j'aimerais que M. Cutter puisse entendre les raisons pour lesquelles vous voulez davantage de moutons *en ce moment.* » Les yeux du vieux White pétillaient, mais il parlait d'un ton mesuré et didactique, à la façon d'un maître d'école, comme s'il avait répété son discours, essayant de faire parler Emma Sweringen, de sorte que Cutter puisse apprendre une ou deux choses concernant ceux qui ont de bonnes raisons de faire ce qu'ils font. Elle posa le sac qui lui servait à la fois de serviette et de sac à main près d'elle sur l'épais tapis. Elle avala une gorgée de café et reposa la tasse.

« Monsieur Cutter, il va y avoir une guerre. »

M. Cutter écarquilla ses sourcils roux.

« Une guerre ? » Les rouquins attrapent facilement des coups de soleil. Comme il avait à peu près le même âge qu'elle, il était trop vieux pour partir à la guerre. Mais il pouvait avoir un fils en âge d'y aller. Il faudrait qu'il reste à l'abri du soleil.

« C'est ce que je crois », dit-elle, et elle se mit à parler des problèmes des Balkans, de la Turquie et de la Russie – des endroits qui paraissaient terriblement éloignés quand on regardait les superbes monts Wasatch par la fenêtre à onze heures du matin. « Il semble qu'il y ait deux camps armés. » Puis, avec des paroles bien pesées, elle ajouta : « Deux camps armés qui ne sont *pas encore clairement définis.* »

M. Cutter eut un sourire. « Vous voulez parler de l'Italie, dit-il. Vous ne croyez pas que l'Italie va se ranger du côté des puissances teutonnes. »

Elle fut satisfaite de l'entendre. Il aurait pu être le premier de sa classe, reflétant l'excellence de son enseignement. « Non, dit-elle, je ne le crois pas. Ce n'est pas dans son intérêt. »

Le vieux White lâcha un rire qui était comme un grognement. « Ce n'est pas non plus dans notre intérêt. J'ai dit à Cutter que je pariais un bon cigare que je savais ce que seraient vos raisons, mais je ne lui ai pas dit en quoi elles consistaient.

— C'est simplement du bon sens, dit-elle. Je parie que M. Cutter connaît la position italienne aussi bien que moi. » Elle adressa un sourire à Cutter.

« Le bon sens est la denrée la plus précieuse au monde, dit Cutter.

— Je ne suis pas encore prête à dire que notre pays va intervenir, mais si l'Europe se met en guerre, ils vont avoir besoin de notre laine.

— Je vous tire mon chapeau, madame Sweringen, dit Cutter.

— Gardez votre chapeau pour l'instant, dit-elle en riant. Attendons de voir. »

Cutter gloussa et redevint soudain sérieux. « Parlant de cigares, cela vous gêne-t-il si je fume ? »

Elle fut sensible à cette requête un peu désuète, incapable de se rappeler un autre homme qui lui eût demandé la permission de fumer. Si le vieux White ne fumait pas en sa présence, ce n'était pas parce qu'elle était une femme mais parce qu'il était mormon. Il pouvait courir le risque de partager une tasse de café avec des amis d'une autre religion, mais un cigare, jamais. Les bergers de la Reine du Mouton, tout comme ses ouvriers chargés de l'irrigation ou de la fenaison, considéraient comme allant de soi qu'elle savait qu'un homme fumait, chiquait, crachait et Dieu sait quoi encore.

« Fumez, je vous en prie, dit-elle. J'aime l'odeur d'un bon cigare, monsieur Cutter. »

Ils parlèrent de la situation internationale, de choses qui leur semblaient de bon ou de mauvais augure.

« À quand remonte votre dernier voyage en Europe, madame Sweringen ? lui demanda Cutter.

— Je ne suis jamais allée en Europe, monsieur Cutter. Je ne suis jamais allée nulle part. Mais j'espère le faire un jour. » Oui, elle espérait profondément aller quelque part. Cutter avait une lavallière vert foncé. Peut-être l'avait-il choisie tout seul.

« Mme Sweringen n'a pas besoin d'aller quelque part pour savoir ce qui s'y passe, dit le vieux White. Je vais donc déposer maintenant trente-cinq mille dollars sur votre compte, madame Sweringen.

— Allez-vous rester quelque temps de plus à Salt Lake ? » s'enquit M. Cutter.

Elle aimait rapporter des cadeaux aux enfants, rien de cher, juste quelques petites choses achetées au ZCMI[1], le grand magasin qui sentait si bon le cuir, le tissu et le talc, un endroit où l'on trouvait tout et qui appartenait aux mormons, lesquels possèdent tout Salt Lake City. Les mormons sont des commerçants astucieux. Comme il venait de San Francisco, Cutter n'était sans doute pas mormon. Les mormons se soutenaient entre eux avec loyauté. Il fallait que Cutter fût un excellent homme d'affaires pour que le vieux White

---

1. Zions Cooperative Mercantile Institution : coopérative mormone fondée en 1868 à Salt Lake City ; l'un des premiers grands magasins des États-Unis. *(N.d.T.)*

l'ait fait venir, lui donnant la priorité sur un mormon. Et c'était aussi quelque chose qui parlait en faveur de White, le fait de ne pas laisser la religion interférer avec son travail.

Pour Tom-Dick, elle acheta une douzaine de mouches artificielles qui lui serviraient d'appâts de pêche, toutes de la marque Royal Coachman. Il y a des mouches bien plus jolies que les Royal Coachman. Il y a la Silver Doctor, par exemple, mais aucune mouche n'attire autant le poisson que la Royal Coachman, si terne soit-elle. Ce qui compte, ce n'est pas ce qui vous attire vous, mais ce qui attire la truite.

Pour Roberta, elle acheta un gracieux petit pot à chocolat en porcelaine blanche : Roberta avait juste l'âge d'apprécier ce genre de choses. Une demi-douzaine de jolis rubans à cheveux pour Maude et Polly qui étaient encore assez petites pour cela. Puis, quelques instants plus tard, elle se mit à errer – errer était le bon mot, tant elle était hors de son élément – dans le rayon de la lingerie féminine.

« Puis-je vous aider ? »

Il aurait été difficile de distinguer cette vendeuse des femmes qui entraient et sortaient de l'hôtel Utah avec des chapeaux si immenses qu'il était presque impossible de voir leur visage. Cette femme se tenait là, toute droite, superbement sanglée dans son corset, souriant avec cette assurance que donnent la sensation de la soie sur la peau ainsi que la maîtrise des foulards et des plis.

« C'est absolument superbe, n'est-ce pas ? » déclara la femme en souriant au vêtement comme s'il était vivant.

De fait, il aurait pu avoir une vie à lui, si l'on désigne par « vie » la capacité d'émouvoir et de charmer. C'était un long vêtement, une robe de chambre en brocart satiné digne d'une reine, de la couleur d'une crème onctueuse, rehaussée de bouquets de violettes dont chaque pétale et chaque feuille étaient si nets qu'on aurait pu les cueillir – et chaque petit bouquet était en soi un don. Un vêtement tout à fait inutile, à mettre pendant les quelques minutes qui précèdent le moment de s'habiller vraiment ou au contraire juste après s'être déshabillée, un vêtement pour ces instants où une femme a parfois envie d'être un peu différente de celle qu'elle était dans la rue ou dans son travail de femme au foyer, ou lorsqu'elle était occupée à rédiger des chèques. Emma Russell Sweringen ne connaissait aucun endroit, aucune pièce où elle aurait pu mettre cette robe exquise ; elle n'aurait même pas pu dans sa chambre de l'hôtel Utah.

« Il est possible que je l'aie dans votre taille. »

Emma poussa un petit rire. « Oh non ! Je pensais à ma fille. Elle va se marier. »

La voix de la vendeuse s'adoucit. Elle devait avoir une fille, elle aussi. « C'est magnifique d'être sur le point de se marier. Cela ferait un cadeau parfait. »

Oui, pour Beth. Elle acheta donc la robe de chambre. Les autres filles, plus jeunes, devraient le lui pardonner et accepter que pour l'instant Beth soit quelqu'un à part.

Mais supposons que Cutter lui ait téléphoné à l'hôtel et lui ait proposé de souper ? Non, il ne le ferait pas. Les miroirs le disaient à Emma. Et, s'il le faisait, elle refuserait, elle prétexterait un autre rendez-vous, car elle savait depuis longtemps ce que serait sa vie et comment elle devait la conduire.

Lorsqu'il avait posé la question, elle lui avait répondu qu'elle resterait encore deux jours à Salt Lake. Elle téléphona donc à des amis, à la famille du directeur de la compagnie ferroviaire Union Pacific dont la fille, élève à Sainte-Margaret avec Beth, s'était rendue plusieurs fois en visite au ranch. Ils la prièrent de venir chez eux pour dîner (c'était le nom qu'ils donnaient au souper). Elle téléphona aussi à la femme d'un député du Congrès puis alla déjeuner chez elle, dans une grande maison entièrement cachée par des arbres. Ils parlèrent du président Taft et des tarifs douaniers.

« Et donnez vraiment toutes nos amitiés à cette chère petite Beth », dirent-ils tous.

Ce que Cutter avait dit, c'était : « Allez-vous rester quelque temps de plus à Salt Lake ? » Ses paroles laissaient supposer que s'il pouvait terminer les choses pour lesquelles il s'était déjà engagé, eh bien... Sinon, pourquoi aurait-il voulu s'enquérir de ce « quelque temps de plus » ? Sinon, cela aurait-il eu quelque importance pour lui ?

Ni le lendemain ni le surlendemain il n'y eut à l'accueil de message pour elle. Elle n'arrivait pas à se défaire d'un sentiment d'humiliation, mais elle n'arrivait pas non plus à mettre le doigt sur ce qui le provoquait. L'attirance qu'elle avait éprouvée avait sûrement été réciproque : car l'aimant est tout aussi nécessaire que la limaille de fer. Pourquoi lui avait-il touché la main de cette manière ?

Pourtant, il était évidemment impossible à Cutter d'aborder Emma Sweringen, étant donné ce qu'elle était. Le vieux White n'aurait jamais fait venir un homme dont les manières n'auraient pas été absolument impeccables. Impossible pour lui d'aborder Emma Sweringen.

Mais le cas aurait pu se produire. Et alors, elle aurait refusé. Tout cela lui apparut clairement, à Salt Lake City, dans un instant où le passé et le présent se rejoignirent. Elle ne considérerait jamais plus ces choses comme des possibilités, pas plus les mains de Cutter que le son de sa voix ou l'arôme de son bon cigare.

Tout cela était déjà loin quand elle monta dans le train de l'Union Pacific ce soir-là. Installée dans son compartiment, elle sonna l'employé des wagons-lits pour qu'il lui installe la table pliante et lui apporte un paquet de cartes. Lorsque le train partit, elle avait devant elle un jeu de patience ; peu de temps après, elle leva les yeux, qu'elle avait posés sur un valet de carreau.

« Le bon sens, avait dit Cutter, est la plus précieuse des denrées. » Supposons qu'il ait oublié un moment cette devise ; supposons que les miroirs lui aient dit, à elle, autre chose que d'habitude. Et supposons que les miroirs soient en mesure de refléter les pensées.

Le train passait au bord du lac stérile dont la surface plombée réfléchissait la voûte vide du ciel. Un vers de Byron lui vint à l'esprit :

> *Telles les pommes des bords de la mer Morte,*
> *Au goût de cendre, toutes.*

Le crépuscule commençait à noyer les monts Wasatch. Bientôt il fit nuit.

9

Nous disons et nous répétons que nous n'aimons pas un de nos enfants plus qu'un autre. Car, si nous disions le contraire, nous ferions souffrir un enfant et nous révélerions publiquement que notre capacité d'aimer est si restreinte qu'elle ne peut s'étendre à plus d'une personne. Nous le disons et nous mentons, car nous aimons davantage l'enfant qui a le plus besoin de nous ou celui qui en a le moins besoin, le bon à rien ou celui qui garde le nez sur le guidon. Nous aimons davantage l'enfant qui nous ressemble ou qui a notre voix, ou celui qui a une verrue sur la joue, celui qui a fermé les yeux sur notre échec ou qui nous a réconforté quand nous étions humilié.

Thomas Sweringen aimait Beth plus que ses autres enfants parce qu'elle était son premier-né ; il pouvait presque sentir dans sa bouche le goût de l'amour qui l'avait envahi quand il l'avait vue pour la première fois dans les bras d'Emma, rouge, ridée et en train de brailler. Quel miracle ! En l'espace de quelques jours, elle était devenue la beauté qu'elle était encore.

« Ouh, disait-il avec des yeux qui pétillaient, mais c'est que tu es toute vilaine !

— Oh, Papa ! »

Oh, Papa.

Il se souvenait du jour où elle avait parlé pour la première fois, et savez-vous quel avait été son premier mot ? « Papa ». Il se souvenait du jour où elle avait marché, et c'était lui qui lui tendait la main et qui lui souriait tandis qu'elle avançait vers lui en chancelant. Ensuite, elle se collait à lui, et il ralentissait sans cesse son pas.

« Trop vite, Papa. »

Il avait l'impression qu'elle comprenait particulièrement bien les choses qui avaient une grande importance pour lui, par exemple les endroits secrets de la montagne où des torrents sans nom ruissellent sur les rochers, ceux, plus tranquilles, où des coléoptères marchent sur l'eau, d'autres encore où vivent des moules d'eau douce que les Indiens utilisaient encore il n'y avait pas si longtemps en guise de monnaie. Ils connaissaient les endroits où les Indiens avaient jadis creusé les éboulis rocheux pour y enterrer leurs morts ; ils pouvaient aussi repérer ces trouées inhabituelles dans l'épaisseur des forêts – certains parlaient de clairières, d'autres de prés – où les fleurs blanches miroitent sous le regard et où les oiseaux, surpris, disparaissent comme s'ils avaient espéré ne jamais être vus. Beth et lui savaient où, selon la saison, les nuages s'accrochent pour renvoyer la dernière lueur du crépuscule, à quel endroit on voit le vent passer sur la prairie en chassant devant lui les amarantes séchées. Il pensait que les coyotes n'avaient pas peur d'eux, et ils savaient tous les deux quels dieux étaient ravis de voir les écureuils se chamailler.

Seuls elle et lui – et, à cette époque, elle était une petite fille – avaient été invités à assister aux funérailles du vieux chef Tendoy. Voici pourquoi : ils étaient les seuls, parmi les Blancs, à pouvoir distinguer, dans les armoises et les éboulis au flanc d'une certaine montagne, le visage impérieux et la tête d'un chef indien avec sa coiffure de guerrier en plumes d'aigle, son nez fin et hautain, ses pommettes haut placées. Ce visage semblait flotter vers l'ouest, comme s'il protégeait la vallée et les gens qui s'y trouvaient – du moins ceux qui l'avaient vu. C'était un talisman pour ceux qui savaient le voir. Aucun des autres enfants ne l'avait détecté, Emma non plus. Emma croyait que Thomas plaisantait.

Beth et Papa, toujours de connivence. Mais Emma était une forte femme, comme le montra la suite des événements. Thomas se serait satisfait de la vieille maison en rondins et des hectares qu'ils avaient déjà, mais pas Emma – Dieu seul savait précisément pourquoi –, et manifestement, c'était Emma qui avait raison : quand on peut faire autrement, une maison au toit de terre n'est pas ce qu'il y a de mieux pour des enfants. Et Emma pouvait tout faire. Rien ne l'arrêtait.

Il savait ce qu'il ne savait pas. Elle savait ce qu'elle savait, entre autres que l'aristocratie se détermine au niveau local et qu'ils étaient des aristocrates du fait que George Sweringen avait été le premier Blanc dans cette vallée et qu'il y avait trouvé de l'or, du fait aussi qu'il avait eu ces hectares et que d'autres hectares avaient été ajoutés aux premiers. Ils l'étaient à cause de tous ces moutons et de tous ces bœufs, et enfin parce que les ancêtres d'Emma avaient combattu lors de la guerre d'Indépendance. Tom ne savait pas qui étaient ses ancêtres – certes, ils avaient appartenu aux colonies protestantes allemandes de Pennsylvanie, mais il ne savait pas qui ils étaient.

Tom n'était pas très disert et il aurait eu du mal à exprimer sa peine quand Beth, à l'âge de quatorze ans, fut expédiée au collège Sainte-Margaret, à Boise, pour recevoir une éducation de dame qu'il ne comprenait pas. Pourquoi fallait-il qu'elle apprenne une langue étrangère ? Où allait-elle la parler ? On ne pouvait rien lui enseigner de plus, là-bas, sur la manière de traverser une pièce ou de monter à cheval comme un Indien.

De ce collège, elle leur envoya régulièrement des lettres à tous les deux, des lettres qui commençaient par « Chère Maman et Cher Papa » – d'abord Maman parce que Maman était Maman, et puis Beth devait savoir qu'une lettre qui s'adresserait à son père en premier le forcerait à répondre, alors qu'il n'avait jamais rédigé de lettre personnelle au cours de ses trente-neuf années d'existence. S'il écrivait quelque chose, ce serait : « Chère Beth, j'aimerais que tu sois ici. » La nourriture n'avait plus aussi bon goût.

Sauf que Beth faillit se faire renvoyer de ce collège.

Cela se passa ainsi : une jeune enseignante avait été surprise en ville par d'autres enseignantes (sans doute moins jolies) en train de parler avec un jeune homme, en pleine rue. Selon ces dames, elle flirtait avec lui. La directrice renvoya donc la jeune enseignante.

Thomas fut content de savoir que Beth avait protesté. Pourquoi une jeune femme ne pourrait-elle pas parler dans la rue à un séduisant jeune homme ? Voyez-vous, Beth avait le sens de la justice. Suivie par plusieurs de ses amies, elle fit les cent pas dans les couloirs de ce vieux collège ; elles étaient toutes en chemise de nuit, mais elles refusaient d'aller se coucher et, une fois les lumières éteintes, elles se livrèrent à des activités interdites. Elles firent du caramel dans leurs chambres, sur des chauffe-plats, et elles parlèrent bruyamment. Quelques jeunes enseignantes se joignirent à elles. Apparemment, il allait falloir appeler l'évêque pour qu'il règle une situation qu'il n'avait jamais imaginé affronter lors de son ordination. Emma le connaissait.

Beth, courageuse comme tout, affirma être la meneuse et fut renvoyée – mais pas vraiment.

La directrice n'était pas bête. Elle téléphona à Emma qui mit sa tenue de voyage.

Emma et la directrice palabrèrent quelque temps, et Thomas s'imagina que lorsque Emma en eut fini avec elle la directrice devait se sentir moins fière, car Emma avait certainement déclaré (il pouvait presque l'entendre) : « Qu'est-ce que c'est que cet établissement où l'on ne sait pas prendre des filles de quinze ans ? » Emma savait y faire. Elle savait que tout le monde a ses faiblesses et qu'à travers elles on peut atteindre les gens.

À Thomas Emma déclara : « Tu ne peux pas permettre à ta fille d'enfreindre les règlements. »

Il sortit marcher. Bien des règlements lui portaient sur les nerfs.

Il fut consterné en voyant les jeunes arpenteurs envoyés par la compagnie ferroviaire : ils ne cherchaient qu'à rigoler, et Thomas n'aimait pas que Beth soit un objet de rigolade. Mais il gardait ses objections pour lui, car tout le monde lui aurait dit : Ce sont là les beaux jeunes hommes que les jolies filles épousent et avec lesquels elles s'en vont. Il se pouvait cependant que là-bas, dans l'Est, les familles de ces garçons aient cru que Beth n'était rien de plus que la fille d'une femme possédant quelques moutons. Et si quelque chose faisait mal au cœur à Thomas, c'était de penser que quelqu'un pouvait blesser sa petite Beth. Car, pour lui, elle était toujours sa petite Beth.

Il souhaitait parfois qu'elle fût laide.

Le jeune homme avait une moustache blond-roux et réponse à tout. Un jour, comme quelqu'un parlait de corbeaux, le jeune homme s'arrêta net et lui demanda : « Que voulez-vous savoir sur les corbeaux ? » Il avait un petit air supérieur et marchait d'un pas élastique. On l'imaginait bien en train d'imposer sa loi. Mais Emma et Beth l'avaient accepté, et une série de fêtes commença dans la vallée. Thomas n'avait plus guère d'autre espoir, désormais, que de voir Beth à Noël – on oublierait le passé et, avec lui, tous les nuages qui s'étaient massés derrière le pic Gunsight, augurant telle ou telle chose.

« Beth, lui demanda-t-il, est-ce que tu aimes ce garçon ?

— Je... » Elle le regarda, puis détourna les yeux. « Je ne sais pas, Papa.

— Dans ce cas, tu ne l'aimes pas. Il paraît qu'on le sait, quand on aime.

— Bon, il a de l'argent et il vient d'une bonne famille.

— Toi aussi, tu viens d'une bonne famille. Et tu n'as pas besoin de son argent. Si tu avais besoin de *lui,* ce serait une autre histoire. »

Elle posa sur lui un regard plein de douceur. « Tu sais que je n'aimerai jamais un autre homme comme je t'aime.

— Certainement, mais c'est différent. C'est comme ta mère avec Tom-Dick.

— Bon, disons que je n'aurai jamais pour un autre homme l'affection que j'ai pour toi. »

Par conséquent, elle n'aimait pas ce gars. Mais il y avait la volonté d'Emma, l'influence d'Emma, sa manière d'avoir raison – Emma était comme un feu de broussailles. Quand on l'arrêtait d'un côté, elle repartait d'un autre.

Et puis, bon sang, il se passa quelque chose. Heureusement qu'Emma se trouvait alors à Salt Lake City.

Peut-être l'horaire du train avait-il été établi à l'origine par un habitant de l'Est incapable de prendre en compte des impondérables tels que les tempêtes de neige ou les vaches marchant sur la voie. Selon cet horaire, le train devait effectuer en l'espace d'un jour l'aller et retour de Salmon jusqu'au Montana en passant par la ligne de partage des eaux des Rocheuses. Ç'aurait été quelque chose ! Mais en hiver il fallait souvent vingt-quatre heures rien que pour l'aller, et il n'était pas désagréable d'être coincé toute la nuit au col à attendre l'arrivée de la deuxième locomotive – celle qui était pourvue d'un chasse-neige rotatif –, du moment qu'on avait emporté à manger et qu'on avait assez de kérosène dans les lampes et assez de charbon pour le poêle du wagon. On faisait vraiment connaissance avec des étrangers, on apprenait leurs surnoms, on échangeait des photos de femmes et d'enfants, on voyait comment ils réagissaient dans des moments critiques. Beaucoup de ceux qui avaient ainsi partagé des sandwichs et échangé des confidences en se penchant contre les fenêtres tandis que le vent hurlait à l'extérieur se promettaient de rester en contact pendant les années à venir. Et ils tenaient leur promesse.

Un horaire plus raisonnable faisait partir le train de Salmon à sept heures du matin les jours pairs, passer la nuit à Beech, dans le Montana, et repartir de Beech à sept heures les jours impairs. Le train ne roulait pas le dimanche. À cause de cette perversité des jours de la semaine, le train se trouvait un dimanche à Salmon et le suivant à Beech. Idéalement, cela aurait dû inciter à avoir deux femmes ou deux maisons – situation peu propice à la vie de famille ! Le mécanicien était célibataire et on supposait qu'il n'avait pas de relations par ailleurs, car un homme qui assumait de telles responsabilités ne s'abaisserait pas à de douteuses liaisons. Mais le reste de l'équipe – le conducteur, le garde-frein et le chauffeur – avait des tentations charnelles normales. Adaptant leur désir à la convention, ils s'étaient mariés. Il s'ensuivit que les dimanches impairs, les épouses à Salmon et les maris à Beech imaginaient ce qui se passait de l'autre côté des montagnes et que lorsque la compagnie G & P eut fait faillite en 1939 et que les rails eurent été vendus au Japon au poids de la ferraille, tous ces gens avaient divorcé, s'étaient remariés et avaient divorcé derechef.

Chaque fois qu'Emma Sweringen partait en voyage, ceux qu'elle laissait derrière elle se sentaient en vacances. Les hommes qui s'occupaient des campements sifflotaient en faisant sortir de l'écurie leurs chevaux de bât ; les aboiements des chiens ressemblaient à des rires. Le cuisinier dans sa cuisine s'octroyait de petites doses d'extrait de citron.

Au moment où Emma alla voir le vieux White à Salt Lake City, les plus jeunes filles – Polly, Maude et Roberta – étaient toutes à la maison, rentrées de leur établissement scolaire de Salmon pour les vacances de Pâques. Elles se mirent à échafauder des plans. Roberta, qui venait d'avoir seize ans, nota dans son journal :

Mama dit qu'on doit écrire son journal seulement après souper, quand on a fini tout le reste, mais il est maintenant dix heures du matin, Mama est partie à Salt Lake City il y a juste un instant et j'écris dans mon journal. Elle dit que c'est bien de tenir un journal parce que plus tard on peut le lire, savoir ce qu'on a fait et en apprendre des choses. Bon, en tout cas, Polly ne va pas porter des rubans dans les cheveux pendant tout le temps que Mama est pas là, et Maude va faire ses pas de danse, c'est une horrible fille qui vivait avant à Denver qui les lui a appris. Elle va passer Tout le monde le fait *sur l'appareil Edison. C'est fou.*

Il a plu il y a deux nuits ; on a toutes recueilli de l'eau de pluie du toit dans la lessiveuse, et comme ça, quand on se sera toutes lavé les cheveux on fera du

141

caramel. Et puis Papa nous laissera boire du café parce qu'il le fait toujours.

Beth m'a promis que quand elle sera mariée à ce garçon dans l'Est elle me ferait venir là-bas. Avec elle, j'irai à New York et nous monterons dans la statue de la Liberté. J'ai lu dans un livre qu'on peut monter jusque dans la tête, et quand je serai tout en haut je jetterai des sous aux pauvres gens. Ça va les étonner!

Tom-Dick est allé à la pêche ce matin, et par la fenêtre j'ai vu Mama l'embrasser. C'est un garçon, et il est bien grand pour qu'on l'embrasse. Selon elle, il ne fait jamais rien de travers. Tu parles. Avec d'autres garçons, il va nager tout nu dans la rivière. Et certainement il fume, aussi. Je suis contente de pas avoir dix ans. Je ne comprends pas pourquoi les gens aiment aller à la pêche, parce que les poissons c'est tout visqueux.

Mama m'a promis de me rapporter une chocolatière du ZCMI. Ça veut dire Zion Commercial Mercantile Institute. Quand je reviendrai à Salmon, je ferai une fête mais j'inviterai pas beaucoup de gens. Il y en a qui sont des vrais petits morveux.

Thomas Sweringen aimait voir ce qui se passait au loin. Il gardait une paire de jumelles sur le râtelier à fusils dans la salle à manger, et il en avait une autre attachée à sa selle. Ses yeux étaient aussi perçants que ceux d'un loup des bois, et à l'aide de ses jumelles il pouvait évaluer la situation dans les pâturages à soixante kilomètres de distance. Presque d'aussi loin, il était capable d'identifier un homme par sa manière de se tenir en selle. Si l'on sait ce qui se passe à distance, on peut se préparer à ce qui va arriver.

Il remarqua que le train en provenance de Salmon avait commencé à ralentir alors qu'il s'approchait du pont où il s'arrêtait pour laisser monter les Sweringen.

Prenant ses jumelles, Thomas regarda de l'autre côté du pré. Il était un peu plus de neuf heures du matin ; le convoi avait presque une heure de retard. Il avait dû se passer quelque chose d'intéressant.

Il vit un homme descendre du train avec une mallette d'échantillons. Un jeune homme de haute taille qui fit un grand geste à Andy au moment où le train repartait. Tout en traversant le champ en direction de la maison avec sa grosse mallette, le jeune homme souriait comme s'il savait que des yeux étaient fixés sur lui. Alors Thomas, qui ne se mêlait pas des affaires des autres sans y être invité, baissa ses jumelles et les reposa sur le râtelier à fusils. À l'étage, les filles avaient le fou rire.

Puis le jeune homme arriva devant la porte et le soleil printanier projeta son ombre sur le tapis de l'entrée. Thomas ouvrit la porte au moment même où il levait le poing pour frapper.

« Je vous ai vu arriver, dit Thomas.

— Je m'appelle Ben Burton, dit le jeune homme. Vous êtes monsieur Sweringen, et c'est un vrai bonheur pour moi de faire votre connaissance. » Il lança une main au bout d'un bras fort long, et Thomas la prit.

Bon, mais comment traitez-vous un jeune homme qui croit que vous le trouvez sympathique et qui serait blessé si ce n'était pas le cas ? Vous êtes gentil avec lui. Vous ne pouvez juger quelqu'un que par la façon dont il vous traite. Ce n'est pas facile d'être représentant de commerce ; c'est vous qui avez ce qu'il veut – votre argent –, tandis que si vous vouliez ce qu'il a, lui, vous l'auriez déjà.

Il serra donc la main du jeune homme. « Autant aller droit au but, dit-il à Burton. Qu'est-ce que vous avez dans cette mallette ? Le représentant de chez Rawleigh est passé il n'y a pas longtemps, et nous avons fait le plein de médicaments, de vanille, d'extrait de citron et d'épices. Et comme vous voyez, nous avons des paratonnerres. »

Ben Burton eut un grand sourire. « Ce que je vends, c'est moi, dit-il. Je vous propose quelque chose de tout à fait gratuit.

— Qu'est-ce que ça pourrait bien être ? »

Burton expliqua qu'il travaillait pour Everfresh Products, et qu'il était prêt à fournir gratuitement pendant un an deux légumes ou fruits au choix – légumes ou fruits qui redevenaient instantanément frais par simple adjonction d'eau – en échange d'un espace publicitaire et de la bienveillance des Sweringen. « Vous, les Sweringen, êtes tenus en haute estime dans cette vallée. »

À première vue, la proposition paraissait raisonnable. Les légumes et fruits séchés étaient faciles à empaqueter et à charger sur les chevaux. Ils seraient aussi plus légers à transporter que les produits en boîte pleins d'eau. Quant à l'espace publicitaire, Thomas supposait que Burton avait dans sa mallette des panneaux en métal qu'il espérait clouer sur des poteaux de clôture.

« Ça me paraît raisonnable », dit Thomas.

Ben Burton entra donc dans la maison du ranch des Sweringen. Il suivit Thomas dans la salle à manger, une grande pièce au plafond haut dont les fenêtres, au-delà de l'enchevêtrement de géraniums en fleur, donnaient sur le pic Gunsight. On n'utilisait pas la salle à manger pour les repas, car tout le monde allait manger dans la cuisine extérieure, sauf à l'occasion des fêtes où la famille se réunissait au grand complet, avec les cousins et tout le monde.

« Vous pouvez ouvrir votre mallette là, sur la table », dit Thomas.

Ce fut seulement lorsque Burton eut ouvert sa petite valise que Thomas comprit de quoi il retournait. Pas de panneaux en métal à l'intérieur. À part les sachets d'échantillons de tel ou tel produit, elle ne contenait que des feuilles de papier bien pliées, du genre de ceux qu'on assemble pour couvrir une surface importante.

« Attendez une seconde, jeune homme, dit Thomas. Ne vous emballez pas.

— Pardon, monsieur Sweringen ?

— Est-ce que ce serait par hasard la grange que vous auriez en tête ? »

Burton eut un regard tout à fait innocent. Il fit un petit mouvement de tête. « Eh bien, oui, monsieur. Quand je suis arrivé dans cette région, il n'y a pas dix jours, j'ai remarqué la grange – elle en impose, cette belle et vaste grange. Je crois que je n'en ai jamais vu d'aussi belle, pas même dans l'Iowa où on considère les granges comme des œuvres d'art. Votre grange donne un aspect majestueux à toute la vallée.

— Jeune homme, dit Thomas, je ne sais pas ce que vous avez entendu raconter sur les Sweringen à Salmon. Sans doute pas grand-chose si on ne vous a pas dit que ma femme écorcherait vif tout individu qui mettrait une affiche sur cette grange. »

Burton baissa légèrement la tête, comme il avait l'habitude de le faire. « Quand même, monsieur, dit-il, je ne crois pas qu'elle ferait ça. Nous avons eu une bonne conversation dans le train, elle et moi. Une conversation formidable.

— Vous lui avez parlé dans le train ?

— Oui, monsieur. On a parlé et parlé. Votre femme, votre fille et moi. On a parlé du monde entier, et on a parlé des mains des gens. Et je peux vous dire que j'ai été impressionné. Elle a dit une chose à laquelle je crois : on peut faire ce qu'on veut de soi-même. Une excellente philosophie.

— Ça lui ressemble assez.

— Et ne croyez-vous pas qu'elle voulait dire par là qu'on est obligé de se vendre, de vendre aux autres ce qu'on croit être ? Oh, quelle belle conversation ! Et puis je dois vous dire, monsieur, que je n'avais jamais vu de plus adorable jeune fille que la vôtre, de toute ma vie. Et même si je ne suis pas vieux, monsieur – j'ai eu vingt-deux ans en mars –, j'ai beaucoup voyagé, du fait de circonstances dont j'espère pouvoir vous parler.

— Monsieur Burton, dit Thomas, en parlant avec autant de douceur qu'il le pouvait mais en l'appelant tout de même "monsieur Burton" pour le préparer au coup à venir, j'ai moi-même été jeune et, autant que je me souvienne, les jeunes gens foncent tête baissée là où même les anges n'oseraient pas mettre les pieds[1]. Je suis désolé, mais il vaudrait mieux pour vous que vous tiriez un trait sur cette affaire...

— Papa ? »

Elle était là, debout. Pendant toutes les dernières années de sa vie – et elles furent nombreuses, très nombreuses –, Thomas Sweringen n'oublia jamais Beth se dressant pour la première fois dans cette pièce devant les deux hommes qu'elle aimait, et sa beauté, l'amour qu'il y avait dans ses yeux gris, auraient suffi à faire pleurer un homme.

« Papa. Il m'a parlé d'un bon nombre de ces circonstances et des endroits où il est allé. S'il te plaît, laisse-le poser l'affiche sur la grange. »

Thomas Sweringen ne lui avait jamais rien refusé, même si pour cela il devait se faire écorcher vif. De toute façon, c'était sa grange à lui aussi.

---

1. D'après le mot du poète Alexander Pope (1688-1744) : « Les fous se lancent là où même les anges n'osent mettre les pieds. » *(N.d.T.)*

10

Le train de l'Union Pacific en provenance de Salt Lake arriva à Beech, dans le Montana, à six heures du matin. Le wagon-restaurant n'était pas encore ouvert, et Emma Sweringen savourait d'avance la tasse de café qu'elle y prendrait – sachant qu'elle ne pourrait pas trouver de bon café à l'hôtel de Beech car l'eau, comme le reste du village, sentait le soufre. L'alcali remontait par le sol et se solidifiait pour former une croûte dure. Rien ne poussait. Le village n'était rien. Un magasin faisant à la fois épicerie et bonneterie : des aliments en boîte, des salopettes, des robes d'intérieur, des articles en toile de Vichy. Deux saloons qui, pensait Emma, marchaient bien quand les propriétaires de ranch amenaient leur bétail à l'automne ; les parcs à bestiaux étaient nichés au bord d'un ruisseau puant qui les traversait pour abreuver le bétail. Les collines autour de l'agglomération étaient nues et raides. Des chevaux sauvages erraient sur les pentes, à moitié morts de faim. Le vent ne se calmait jamais et gémissait comme un être vivant.

Rien d'intéressant dans le village, à part une plaque de granit poli qui ressemblait à une pierre tombale et qui signalait aux étrangers que Lewis et Clark étaient passés ici lors de leur expédition vers la côte du

Pacifique, guidés par une Indienne, Sacajawea, qui avait reconnu en cet endroit le pays qu'elle avait quitté enfant. Plutôt émouvant. Emma Sweringen savait quel plaisir on éprouvait à reconnaître sa terre.

Il ne faisait pas encore tout à fait jour ; une lampe électrique brillait à l'étage de la gare de l'Union Pacific, peinte en jaune. Quand Emma descendit du train avec plusieurs autres personnes, elle entendit le teuf-teuf de la génératrice à essence qui fournissait l'électricité pour la lumière, et ce son était empreint d'une étrange solitude. Au premier étage du magasin, on voyait la lueur plus faible d'une lampe à kérosène. L'hôtel était plongé dans l'obscurité, mais maintenant que le train était en gare, il allait s'éclairer.

Le vent continuait à souffler. Le train de la G & P attendait de l'autre côté du village et le phare de la locomotive trouait l'aube de son rayon brillant. Les lumières des aiguillages clignotaient. Emma éprouva une affection soudaine pour le petit train, ne pouvant s'empêcher de le considérer comme sien, ou en tout cas comme faisant partie de sa vie, sentant qu'il jouait un rôle dans son existence et qu'il en serait toujours ainsi.

Oui, à présent, les lampes de l'hôtel étaient allumées. Au-dessus de l'entrée, Mme Forest avait fait fixer une ramure d'élan décolorée. Emma s'efforçait toujours d'être gentille avec Mme Forest, qui vivait là avec son jeune fils. Dieu seul savait ce qu'il était advenu de M. Forest. Mme Forest était une femme qui s'excusait sans cesse, et elle avait l'habitude de poser sa main contre sa joue à l'emplacement d'une horrible cicatrice qui lui descendait jusqu'à la gorge comme si elle s'était renversé de l'acide dessus.

Plusieurs commis voyageurs bien habillés étaient attablés dans la petite salle à manger. Sur chaque table se trouvait un pot à confiture contenant désormais des fleurs en papier qui apportaient une touche de gaieté. Un des voyageurs de commerce avait tellement sommeil qu'il tenait sa tasse à deux mains. Emma les connaîtrait tous avant la fin de la journée ; ce seraient ses compagnons de voyage dans le train de la G & P.

Mme Forest entra, venant de la cuisine, et lui demanda comment elle allait.

« C'est gentil à vous, madame Forest, lui répondit Emma. Je vais on ne peut mieux, et j'espère que vous aussi. Bon, mais parlez-moi de votre garçon. »

Mme Forest le fit aussitôt. « Il est de nouveau en classe et il travaille bien mieux. Il a été tellement malade, l'an dernier. Le vent, ici, vous transperce.

— En effet.

— Et puis, il est beaucoup plus actif, maintenant. M. Bradley, du magasin, est très gentil avec les enfants depuis que ses garçons à lui sont partis. M. Bradley lui a appris à pêcher. Je crois que c'est bien pour un garçon d'aller à la pêche. Pas vous, madame ?

— C'est ce qu'il y a de mieux pour un jeune homme. Ça lui apprend à être seul, la valeur de la solitude. C'est fou ce qu'on peut réfléchir, quand on est tout seul, madame Forest. »

Ses propres pensées se reportaient sur le hasard terrible de la naissance. Le fils de Mme Forest, pour réussir, devrait s'affranchir de ses antécédents, de son père disparu, du drame qui avait abouti à cette vilaine cicatrice sur le cou de Mme Forest. Il lui faudrait s'affranchir de l'hôtel – comment appeler cette pauvre petite pension pour gens de passage ? –, il lui faudrait tout simplement s'enfuir de Beech, Montana. Elle espérait de tout son cœur que son combat et l'adversité feraient de lui le genre d'homme dont on entendrait parler un jour.

Tom-Dick, en revanche, n'avait qu'à accepter son milieu, rester là où il était, améliorer et développer ce qu'il possédait déjà. Tout cela semblait d'une injustice affreuse ! Bon, elle, en tout cas, garderait un œil sur le petit Forest ; le moment viendrait sans doute où elle pourrait lui être utile. Elle le ferait tout simplement parce que la mère de ce garçon et elle avaient quelque chose en commun.

Des fils.

Tout simplement quelque chose en commun ? Si avoir toutes les deux un fils n'était pas avoir quelque chose en commun, alors elle ne savait pas ce qui l'était.

« Madame Forest, dit-elle, attendez une seconde que j'ouvre mon sac. » Elle se mit à genoux devant tous ces représentants somnolents, ouvrit son sac et se mit à farfouiller à l'intérieur. Elle n'était pas douée pour faire ses bagages. Elle finit cependant par extraire le paquet de mouches Royal Coachman. « Je les ai prises pour mon garçon à moi, mais je sais qu'il serait content de les partager avec le vôtre.

— Oh, madame Sweringen ! » s'exclama Mme Forest en remettant sa main droite sur sa cicatrice. Mme Forest refusa qu'elle paie sa tasse de café, et Emma Sweringen n'insista pas.

Quelques minutes avant sept heures, elle s'avança jusqu'au petit train, marchant sous ce vent qui ne cessait jamais, suivie par les commis voyageurs avec leurs mallettes d'échantillons.

Le petit train monta en faisant teuf-teuf vers la ligne de partage des eaux ; c'était là-haut que commençait le tunnel. Il ralentit et s'arrêta à Brewer, dans le Montana, pour embarquer de l'eau – une simple cuve en bois qui ressemblait à une énorme bouilloire sur pattes avec un bec pivotant. La gare consistait en un wagon de marchandises vert foncé débarrassé de ses roues. Le soleil était haut, à présent, et il brillait avec force sur la grande maison en rondins du ranch Brewer à quatre ou cinq cents mètres de là, de l'autre côté de la vallée. Jusqu'à ce qu'on s'en approche, la maison pouvait donner l'illusion d'être un pavillon avec juste un demi-étage au-dessus du rez-de-chaussée. On disait qu'elle avait seize pièces. Dans cette vallée, les Brewer passaient pour des gens particuliers ; ils étaient venus de Boston avec beaucoup d'argent à peu près au moment où Emma était arrivée sans rien d'autre que sa solide valise. On racontait que M. Brewer portait toujours un costume, qu'il ne montait pas à cheval mais inspectait ses propriétés depuis le siège d'un boghei tiré par des trotteurs de race Orloff. D'autres disaient que Mme Brewer s'habillait pour dîner – ce que tous les autres, ici, appelaient souper. On rapportait qu'ils utilisaient des rince-doigts. Leur grange était très différente de celle d'Emma : longue, basse, faite de rondins dont les creux et les bosses auraient dissuadé quiconque d'y peindre des publicités.

Toutefois, M. Brewer n'était pas le Roi du Bœuf du Montana, alors qu'elle était la Reine du Mouton de l'Idaho. Il y avait beaucoup de gens comme lui ; elle était unique. Elle considéra avec détachement la maison de seize pièces et les éventuels rince-doigts.

Il y avait trois fils Brewer. Seul l'un d'entre eux était marié.

Maintenant, le train passait dans le tunnel. Ce n'était pas un tunnel assez long pour que le conducteur prenne la peine d'allumer les plafonniers, mais les voix se taisaient et les bouches ne parlaient plus avant qu'on ressorte de l'autre côté, dans un autre État. Cette brève obscurité qui lui donnait l'impression de sortir d'une maison où on étouffe un peu pour se retrouver en pleine nuit sous les étoiles était depuis longtemps pour Emma un sujet de réflexion quand elle rentrait dans sa vallée. Enfermée dans ce tunnel perché dans les hauteurs entre le Montana et l'Idaho, elle se sentait humble et elle remerciait sa bonne étoile que les choses aient tourné comme elles l'avaient fait.

Ici, maintenant, en pleine lumière, c'était l'Idaho, le pays des montagnes qui brillent.

Elle aimait parler à des hommes ; elle fut heureuse d'avoir une discussion politique avec deux des voyageurs de commerce qui, tous les deux, s'exprimaient avec une aisance peu commune et se trouvaient bien d'être républicains. Elle n'arrivait pas à parler politique avec Thomas ; il restait obstinément démocrate, en faveur du droit des États, alors que tous ceux qui avaient un peu de jugeote voyaient bien que le pouvoir devait être centralisé. Il était pour des lois extravagantes censées aider ceux qui étaient incapables de s'aider eux-mêmes. Sa politique venait du cœur, et non de la tête. Il était pour un abaissement des droits de douane, ce qui signifierait immédiatement la concurrence avec le bœuf argentin et la laine australienne. Il était pour le bimétallisme, ce qui voulait dire l'abandon de l'étalon-or : ce serait la panique, la ruine du pays et la canaille dans la rue. Il avait voté trois fois pour William Jennings Bryan[1], tout comme Nora. Les trois fois, Bryan avait été battu, et ils s'étaient mis tous les deux à errer comme des âmes en peine. Bryan n'était qu'un charlatan qui se servait de sa belle voix pour attendrir ceux qui en avaient envie.

Tu ne crucifieras point l'humanité sur une croix en or !

Non, mais, il devait se prendre pour Dieu. Il faut se méfier de gens comme lui.

« Avez-vous jamais songé à vous présenter aux élections législatives ? lui demanda un des représentants.

---

1. William Jennings Bryan (1860-1925), partisan en 1896 de l'étalon-argent contre l'étalon-or. Candidat démocrate aux élections présidentielles américaines de 1896, 1900 et 1908. *(N.d.T.)*

— Je ne suis pas sûre que le monde soit prêt pour quelque chose d'aussi radical, répondit-elle.

— N'oubliez pas qu'il y a Jeanette Rankin[1] juste là, dans le Montana, et dans le Wyoming il y a une autre femme. Je peux vous dire, madame, que le jour n'est pas loin où les femmes seront considérées pratiquement comme les égales des hommes.

— Vous ne croyez quand même pas ça, dit-elle en souriant.

— Si, absolument. Prenez bien note de ce que j'ai dit. »

Ces paroles la firent songer un peu à la députation. Et après la députation ?

Le train roulait à présent sur un passage qu'elle avait concédé à la compagnie ferroviaire à l'intérieur de ses propriétés. Elle était prête à parier qu'elle était la seule femme aux États-Unis voyageant dans le train d'une compagnie qui payait à peine plus d'impôts qu'elle, et ce train traversait ses terres pendant une bonne vingtaine de minutes. Croyez-moi, c'était une sensation qui faisait du bien, et le vieux White avait la tête sur les épaules.

De l'autre côté du pré, il y avait sa solide maison en grès ; ils devaient guetter son arrivée. Elle se demanda à quoi ils s'étaient occupés.

Et puis apparut sa grande grange blanche.

« Quelque chose qui ne va pas, madame Sweringen ? » demanda le voyageur de commerce.

Elle ne fut pas étonnée de voir que c'était Tom-Dick, et pas Thomas, qui était venu la chercher à la voie ferrée avec le boghei. Thomas évitait les situations

---

1. Jeanette Rankin (1880-1973), féministe et pacifiste convaincue, a été la première femme élue au Congrès des États-Unis en 1916. *(N.d.T.)*

délicates jusqu'au dernier moment, comme si le temps allait les faire évoluer et qu'il pourrait y faire face une fois qu'elles auraient changé.

Elle avait encore les yeux étrécis, mais sa colère avait commencé à se calmer. Les lettres des mots EVER-FRESH PRODUCTS mesuraient bien trente centimètres de haut ; les fenêtres de sa grange avaient été adroitement utilisées pour les barres de la lettre E, et chaque lettre était noire, totalement noire. La légende, noire contre le blanc impeccable de la grange, était aussi criarde qu'une affiche de cirque et aussi affreuse qu'un faire-part d'enterrement. Eh bien, en effet, quelqu'un allait se faire enterrer.

Tom-Dick prit le sac de sa mère et le posa soigneusement à l'arrière du boghei. « Je suis content que tu sois rentrée, Mama.

— Tu m'as manqué, Tom-Dick. Où sont Beth et ton père ?

— Ils sont partis de bonne heure à cheval le long du ruisseau pour s'occuper du bétail.

— Ça ne m'étonne pas », dit-elle.

Elle voyait tout cela d'ici. Avec Beth, le jeune Burton s'était servi de sa belle mine. Avec Thomas, il s'était servi de sa jeunesse. Thomas avait un faible pour les jeunes ; c'était exaspérant de le voir continuer à penser comme un jeune homme et même à ressembler à un jeune homme. En plus, Thomas avait dû se laisser fléchir par les voyages de Burton en Sibérie et son passage dans un cirque ; il avait vu en ces absurdités un déracinement qui avait dû lui plaire, il en avait probablement déduit que Burton n'avait pas de chez soi et avait besoin d'amis. Thomas était parfait pour faire entrer chez lui des inconnus, leur ouvrir son portefeuille et leur tendre la main. Étonnant qu'il ne se la soit pas fait mordre plus souvent.

Tom-Dick la conduisit jusqu'aux marches de l'entrée et porta son sac à l'intérieur. Aucun signe des filles, mais elle connaissait les petits bruits de la maison, les pas feutrés, les parquets qui craquaient, les portes qui s'ouvraient ; elles étaient à l'étage et elles attendaient.

Elle s'assit à la table de la salle à manger où s'empilaient les journaux qui marquaient les jours de son absence – et parmi eux le *Salt Lake Tribune*. C'était un spectacle déprimant, comme de vieilles lettres qu'on a écrites sans jamais en rédiger l'adresse ni les envoyer.

Au bout de quelques instants, Roberta, qui était descendue sur la pointe des pieds, apparut dans l'entrée. « Oh, Mama ! cria-t-elle d'une voix plutôt faible. Tu es rentrée ! » Roberta eut un rire gêné. Puis les trois filles – Maude et Polly ayant rejoint Roberta –, au lieu de se mettre autour de leur mère pour leurs cadeaux comme des agneaux qui mendient leur nourriture, fuirent devant elle comme des cailles. Emma savait qu'elles avaient pris position dans le bouquet de grands arbres près de la maison. Là, elles étaient prêtes à voir ou à entendre ce qui allait se passer et qui leur serait interprété par une Roberta assez âgée pour commencer à comprendre des situations encore mystérieuses pour les cadettes.

Elle prit un des journaux et se prépara à attendre. Quand Thomas et Beth auraient trouvé le courage de l'affronter, elle serait là, prête à être affrontée.

Moins d'une heure plus tard, le bruit strident du triangle retentissait dans la cuisine pour appeler les employés au repas de midi. Les chiens se mirent à aboyer ; Emma entendit, à travers la porte du dortoir, les éclaboussures d'eau giclant des cuvettes. Les hommes bavardaient et sifflotaient. Ils savaient qu'elle était rentrée ; ils prendraient donc place à table et ils attendraient quelques minutes qu'elle vienne les rejoindre avant de se pencher sur leur nourriture : du mouton, des haricots bouillis, des feuilles de betterave également bouillies, des fruits au sirop et du gâteau. Les employés se méfient autant que les enfants des menus qui changent.

Le jeune Burton allait passer la nuit au Shenon House de Salmon ; il ne pouvait aller nulle part ailleurs. Mme Cook, de l'Irvinton Rooms, ne prenait plus de voyageurs de commerce parce qu'ils volaient le savon et les serviettes et qu'il leur arrivait de changer les meubles de place. Il revenait à Thomas de téléphoner à Burton, car c'était lui qui avait autorisé la profanation de la grange d'Emma. C'était à Thomas de s'assurer que l'affiche serait bien arrachée, et à Burton de se charger de l'arracher – beau costume d'été ou non. Il n'y avait absolument aucune raison pour que Thomas ou l'un des hommes du ranch répare les dégâts causés par Burton. Dans les années à venir, quand Burton y repenserait, il la remercierait de la leçon qu'elle lui avait donnée, à savoir qu'on ne doit pas porter atteinte à la propriété d'autrui. Il avait quand même bien dû comprendre pourquoi la grange d'Emma était si immaculée alors que toutes les autres granges de la vallée étaient un affreux patchwork de publicités et de slogans. Il était incroyable que Thomas n'eût pas averti Burton de ce qu'elle pensait de ce genre de choses. Car, tout le reste mis à part, Burton n'était pas idiot, et quand elle l'avait rencontré elle lui avait fait sentir la force de sa personnalité.

Lorsque Beth et Thomas rentreraient, ils prendraient tout leur temps pour ôter la selle de leurs chevaux. Ils gagneraient la maison d'un pas lent et s'arrêteraient comme ils le faisaient souvent pour jeter un coup d'œil sur leurs montagnes magiques – ils étaient tous les deux des païens dans l'âme. Elle n'avait pas vu Thomas à l'église depuis le jour où elle l'avait épousé ; et comme il avait paru mal à l'aise dans son unique costume tout neuf ! On aurait dit qu'il allait s'emballer et filer au moindre bruit imprévu...

... et quand enfin il n'y aurait plus aucune raison au monde pour eux de ne pas rentrer dans la maison et de ne pas faire face à Emma – elle qui s'était passée de déjeuner à cause d'eux, qui était fatiguée de son voyage, qu'on avait laissée attendre des heures à une table où elle lisait des journaux défraîchis –, quand ils auraient gravi les marches de la véranda de derrière, qu'ils auraient traversé la cuisine et l'office, qu'ils auraient dépassé le seau d'eau et la louche pour entrer dans la salle à manger, ils la trouveraient là, regardant le journal devant elle. Elle lèverait les yeux et ordonnerait à Beth de monter, *puis elle s'expliquerait sur-le-champ avec Thomas* !

Le temps passait.

Les filles, fatiguées de se cacher parmi les arbres, étaient descendues jusqu'à la cuisine extérieure pour manger. À présent, elles se donnaient mutuellement la chasse dans les hautes herbes du jardin devant la maison, comme de jeunes créatures déchaînées. Roberta, qui se prenait pourtant pour une jeune dame, se lançait dans tous les sens comme une pouliche. Elles finirent par entrer pour recevoir leurs cadeaux ; elles les acceptèrent et, sans les ouvrir, elles remontèrent. Elles savaient que ce n'était pas le moment de pousser des cris. Mais pour le cadeau destiné à Beth, cette robe de chambre extravagante, c'était fichu. Il se passerait des jours, voire des semaines, avant que n'arrive le moment propice pour même en parler. Emma le rangea dans la bibliothèque.

Elle n'aimait pas non plus être obligée de dire deux mots à Thomas. Comme il s'opposait rarement à elle, les choses se passaient sans heurts ; au bout de vingt ans, il avait compris qu'elle avait généralement raison. Quand elle se trompait, il ne l'embêtait pas en le lui rappelant. C'était seulement quand le marchand de paratonnerres était passé qu'il s'était farouchement opposé à ce qu'on en mette sur la maison, car il estimait qu'ils attiraient la foudre plus qu'ils ne la canalisaient.

« Tu n'as qu'à en mettre sur la grange, avait-il dit à Emma. Et quand il y aura des tempêtes, tu pourras y aller pour t'abriter. » Et donc, lorsque des orages pleins d'électricité descendaient à grand fracas de Hayden Creek et que, comme de monstrueuses araignées, les éclairs quadrillaient la vallée tandis que l'odeur d'ozone emplissait l'air, Emma allait dans la grange attendre que ça passe – une drôle de situation pour la Reine du Mouton de l'Idaho, mais au fil du temps elle parvint à rire.

« C'était comment, là-dedans ? lui demandait-il après coup. Humide ? »

Les chiens s'étaient mis à aboyer. Elle se leva, fit quelques pas et regarda dehors à travers les géraniums sur le rebord de la fenêtre. Ils étaient devenus si grands et si fournis que le regard avait du mal à les contourner. Emma soignait un de ces géraniums depuis près de vingt ans ; sa croissance, et l'ombre verte et humide qu'il jetait étaient tellement associées dans la vie satisfaisante qu'Emma menait avec Thomas et les enfants qu'elle en était venue à le considérer comme un talisman. De même, Thomas avait pris comme porte-bonheur une petite agate polie qu'il avait trouvée et mise dans une poche de son pantalon la première fois qu'ils étaient allés se promener ensemble.

Là, à mi-chemin entre la maison et la grange, Beth et Thomas cajolaient les chiens qui bondissaient, essayaient de s'attraper la queue et rampaient. Beth et Thomas retardaient l'échéance. Et puis leurs pas se firent entendre sur les marches de la véranda de derrière. Emma s'assit aussitôt et fixa le journal ; il est plus sage de se montrer très occupé. Car alors on a l'avantage. Celui qui s'approche de vous est inoccupé : il se sent donc non seulement comme quelqu'un qui dérange, mais il est aussi en situation d'infériorité.

« Emma ! lança Thomas comme s'il ne s'attendait pas à la voir.

— Mama ! » cria Beth.

Emma leva les yeux. « Beth, monte dans ta chambre tout de suite. »

Que se passait-il ? Beth, en effet, hésitait.

« Ça ira, Beth, dit alors Thomas. Tu peux monter. » Leurs regards se rencontrèrent.

Beth sortit de la pièce.

Emma attendit assez longtemps, pour que Beth fût à l'étage, dans sa chambre, qu'elle eût fermé la porte et qu'elle se fût assise au bord du lit, un pied sous les fesses. Ils le faisaient tous. Thomas, les filles, même Tom-Dick. Quand ils s'asseyaient, ils glissaient une jambe et un pied sous leurs fesses.

Mais Thomas fut le premier à parler. « Emma. Tu as tort de faire l'autoritaire. C'est une femme adulte.

— Je ne veux pas discuter de ma façon d'élever ma fille. Après le souper, tu téléphoneras au jeune Burton pour qu'il vienne arracher cette affiche. »

Thomas se tourna vers le râtelier à fusils. Dessus, il entendait le tic-tac d'une des nombreuses pendules dont il s'occupait. Il était cinq heures de l'après-midi, soit quatre heures trop tôt pour la remonter, mais il le fit quand même. Lorsqu'il eut terminé, il referma avec une certaine force la petite porte en verre. « Emma, je ne le ferai pas.

— Comment ? Tu ne le feras pas ? Oui, je comprends pourquoi tu ne veux pas. Tu n'as jamais aimé imposer de discipline à quiconque et tu n'as jamais été capable de dire non.

— Je dis non, maintenant.

— Il me semble que si cette affiche est là, c'est autant ton fait que le sien. Puisque tu ne veux pas lui téléphoner, je vais m'en charger. Mais je peux te dire que je serai bien plus dure que toi.

— Pourquoi veux-tu être dure envers lui ?

— Parce que c'est un opportuniste.

— Pourquoi un jeune homme ne profiterait-il pas d'une opportunité ?

— Tu ne comprends pas le mot "opportuniste". Le problème n'est pas qu'un jeune homme profite d'une opportunité. Un opportuniste profite de *toi*. Écoute-moi, Thomas, je peux sentir un opportuniste de loin. Il fonctionne aux dépens d'autrui.

— Aux dépens d'autrui ? Mais cette affiche ne nous coûte rien. Et on en tire quelque chose. Il nous donne deux caisses de ses produits Everfresh.

— Jamais de la vie. Je ne veux rien lui devoir. Vas-tu lui téléphoner, ou bien le ferai-je, moi ? » Elle agita ses grandes mains devant elle en éventail, comme si elle allait se lever et téléphoner dans la bibliothèque.

Thomas parla d'une voix calme. « À ta place, je ne lui téléphonerais pas. Pas avant d'avoir parlé à Beth.

— Qu'est-ce que cela signifie, monsieur ?

— Beth te le dira mieux que moi. »

Emma vécut jusqu'à l'âge de quatre-vingt-cinq ans, et pendant toutes ces années il y a peut-être une douzaine de moments qui se détachent comme des poteaux indicateurs où la route se divise, tourne ou s'arrête. Sa visite à Beth à l'étage en est un. Elle monta et dépassa la tête d'élan sur le premier palier – elle vous heurtait si vous ne pensiez pas à vous baisser. Emma se rappellerait l'instant où elle posa le pied sur la quatorzième marche qui craquait toujours ; elle n'oublierait jamais la faible lumière du nord qui entrait par la fenêtre au sommet de l'escalier ; en toute saison, cette lumière évoquait l'hiver. Il faisait froid, au premier étage. Oui, presque toujours, parce que, même en plein été, quelque chose d'hivernal perdurait. Elle fit une pause près de la fenêtre et, fatiguée d'avoir gravi les marches, s'appuya un instant contre le rebord. Elle regarda le pic Gunsight de l'autre côté de la vallée. À travers la grande encoche d'où le pic tirait son nom[1], Dieu en personne aurait pu prendre les folies de la race humaine dans Sa ligne de mire. Oui, il faisait froid. L'escalier, comme les murs et les parquets, avait tellement absorbé d'automnes, d'hivers et de débuts de printemps qu'il restait peu de place pour l'été, qui de toute façon était court. Et l'on n'utilisait jamais les poêles à l'étage parce que Thomas craignait un incendie. L'étage avait son propre climat.

Sa propre atmosphère, aussi, qui avait quelque chose d'un secret, mais pas tout à fait. D'une intimité ? Tant que les enfants avaient été petits, Emma était montée tous les soirs dans chacune des chambres et, après avoir passé quelques instants sur chaque lit, elle avait souhaité bonne nuit à chacun de ses enfants en l'embrassant. Quand ils furent plus grands, elle respecta leurs portes fermées ; pas besoin de les verrouiller. Toutes les clés, à l'exception de celle de la chambre de Roberta, avaient d'ailleurs disparu. Roberta fermait sa chambre à clé quand elle écrivait son journal. Ce journal avait lui aussi une clé. Il était déjà venu à l'idée d'Emma que si elle voulait vraiment connaître ses enfants, elle devrait jeter un coup d'œil dans ce journal. Elle fut plus d'une fois sur le

---

1. *Gunsight* signifie « cran de mire ». *(N.d.T.)*

point d'exiger de le voir, mais elle savait que cela provoquerait une crise de colère, des éclairs dans les yeux de sa fille et une indignation tellement semblables à ceux qui s'emparaient d'elle avant qu'elle n'ait appris à les maîtriser qu'elle hésita. Lorsque, quelques années auparavant, assise sur le bord du lit de Roberta, elle avait lancé qu'il était temps de se mettre à penser au collège Sainte-Margaret, Roberta avait sauté hors du lit. « Non ! Je me jetterai par la fenêtre ! J'irai pas ! Je suis pas aussi jolie que Beth ! » Du coup, Roberta était restée avec Nora et elle était allée au lycée de Salmon.

Maintenant, Emma ne se sentait la bienvenue que dans la chambre de Tom-Dick. Quand elle y entrait, le soir, il lui faisait de la place sur le lit. Une fois qu'elle était assise, la première chose qu'il faisait, c'était de lui prendre la main et de la poser à plat sur son front comme si elle devait sentir s'il avait de la fièvre – mais en réalité c'était pour se sentir aimé. Alors Tom-Dick souriait.

« Salut, Mama », disait-il. Ensuite, elle lui fredonnait une petite chanson.

« Mon garçon. » Comme elle avait le cœur qui se gonflait, comme elle remerciait Dieu pour cet enfant ! Elle le voyait à vingt ans, puis à trente, puis à quarante, assis bien droit sur sa selle, seigneur et maître de tout ce qu'embrassait son regard. C'était en lui qu'elle vivait. C'était à cause de lui qu'elle ne regrettait pas le passage des ans – elle s'en réjouissait. Ce serait lui qui, le dernier, se trouverait à son chevet quand elle mourrait, lui qui réconforterait et soutiendrait les autres.

« Tu veux voir mes œufs d'oiseau, Mama ? » Il les gardait dans une boîte en bois qui avait contenu de la morue salée et qui était à présent pleine de sciure. Il disait, comme récitant un poème :

« *Rouge-gorge, merle bleu, bécassine.*
Merle noir, tétras, corneille,
Pie, moineau, pinson.

Et elle terminait :

Voilà tous les œufs
Que j'ai à la maison !

Quelle paire de fous ils faisaient !

Contre un mur, il avait sa vieille caisse de jouets remplie des choses qu'il avait aimées les huit premières années de sa vie. Il ne l'ouvrait plus jamais, mais un jour il en soulèverait le couvercle sous les yeux pleins de curiosité de son propre fils. Dressé dans un angle se trouvait son fusil à air comprimé. C'était avec ce fusil qu'il avait appris à tirer, comme tout homme se doit de le faire – de la même façon qu'il doit apprendre que la mort est présente dans le Grand Dessein. Une des étapes importantes de cet apprentissage avait été le moment où sa mère lui avait offert sa première carabine, la 22 long rifle posée contre le mur, huilée, astiquée, prête.

Oui, il faisait froid en haut. Les filles cadettes étaient dans la chambre de Roberta, fermée. Derrière cette porte, un silence très vivant s'était installé. Les filles avaient entendu l'avertissement de la quatorzième marche. Roberta devait être penchée en avant, un doigt lui barrant verticalement les lèvres, les yeux brillant d'espièglerie.

Emma continua le long du couloir et s'arrêta devant la porte de Beth.

Et elle hésita. Cette porte était devenue un mur, et Beth, de l'autre côté, une étrangère. Était-ce à cause de ce qu'elle – Emma – avait été à l'âge de vingt et un ans ou à cause de ce que Beth était devenue au même âge ? Elle ne le savait pas. Quoi qu'il en soit...

Elle frappa.

« Entre. »

Debout près de la fenêtre, Beth regardait vers la vallée. Son profil, dans la lumière pâle et fraîche de ce terrible après-midi, était aussi parfait que celui de Miss Liberté[1] sur la pièce en argent de un dollar.

« Beth, ton père m'a suggéré de te parler.

— Oui. Il m'avait dit que je le saurais quand ça arriverait. Je le sais, je lui ai dit.

— Tu lui as dit quoi ?

— Que je suis amoureuse.

— De ce jeune homme ?

— De Ben Burton. »

L'amour, cette émotion plus forte que la cupidité. Au nom de l'amour, un homme abandonnera femme et enfant. Au nom de l'amour, une femme acceptera d'avoir faim, de mendier dans la rue, de faire le trottoir. Bien sûr. L'amour. Un prétexte de violence, d'égoïsme, de cruauté. Les hommes commettent des meurtres au nom de l'amour. Emma parla en pesant ses mots, d'un ton égal. Elle aurait voulu que ses paroles soient les maillons d'une chaîne qui aurait attaché Beth.

« Beth, sais-tu ce qu'est l'amour ?

— Jusque-là, je ne le savais pas. Toute ma vie on m'a dit que j'étais belle. Si j'ai la beauté, je peux te dire que ce n'est pas grand-chose. Ça veut seulement dire que tu peux me vendre au plus offrant.

— Que c'est laid de dire ça.

---

1. La pièce de un dollar gravée dès 1878 par Morgan représente la Liberté assise, vue de profil gauche. Une institutrice du nom d'Anna Willes Williams a servi de modèle. *(N.d.T.)*

— Il le fallait. J'étais sur le point d'être vendue. Je n'aurais jamais su ce qu'est l'amour. On ne m'aurait jamais permis de le savoir. Et si plus tard j'avais rencontré quelqu'un et qu'à ce moment-là je l'aie su, je n'aurais rien pu y faire. Parce que j'ai un bon fonds, Mama. Ou je le crois. Je ne voudrais faire de mal à personne.
— Je t'en prie, Beth.
— Je vais te dire ce qu'est l'amour. C'est vouloir toucher. Pouvoir toucher. Toute ma vie. »

Alors, la Reine du Mouton de l'Idaho invoqua le mythe, la légende et l'expérience comme si elle puisait dans divers sacs pour produire toute une série de notions : l'honneur, le respect, l'amitié, la dignité, la sécurité, l'avenir, la famille, la responsabilité, l'éducation, le devoir. Les maniant comme des cubes dans un jeu de construction, elle commença à édifier mentalement un raisonnement qui réfutait ce que Beth pensait être l'amour.

« Bon, écoute, Beth... »

Selon une histoire qui court dans la famille – histoire sans doute lancée par Roberta –, Emma aurait, au moins une fois, enfermé Beth à clé dans sa chambre. Mais elle n'était sûrement pas assez bête pour faire une chose pareille.

TROIS

11

Je l'ai déjà dit, je m'appelle Tom Burton.

À part la beauté de ce matin de printemps sur la côte du Maine, il y a quelques années – beauté à peine gâtée, peut-être, par le comportement inhabituel d'un goéland marin –, je ne me rappelle rien d'extraordinaire concernant ses premières heures, sinon le fait que ma femme avait mentionné ma mère. Mais elle en parlait souvent. Ma mère avait été disponible lors de la naissance de chacun de nos trois enfants. Elle avait tenu à être là pour faire la vaisselle, nettoyer les sols à la brosse et me dire que j'avais une chance inouïe. Elle a été tout aussi ravie d'être grand-mère que je l'ai été d'être père – chaque fois. Nous sommes tous des fanatiques de la famille.

Ma mère considérait ma femme comme la personne qui m'avait sauvé non seulement d'une mormone qui paradait à cheval dans des rodéos et mettait des bas résille et des boucles d'oreilles avant midi, mais aussi d'une fille qui faisait la cuisine pour nous dans le Montana et montait également beaucoup à cheval, mais pas dans des rodéos. Ma mère s'inquiétait parce que j'étais un rêveur qui avait quitté le ranch et sa sécurité avec le projet d'écrire des livres. Ma mère ne connaissait personne qui écrivît des livres, et même si son père (mon grand-père) était un peu un rêveur, il n'avait en tout cas jamais quitté le ranch de l'Idaho, pour la bonne raison que sa femme, la Reine du Mouton, ne l'aurait jamais toléré. Elle ne tolérait pas grand-chose.

Ma mère a tricoté des barboteuses pour nos deux petits garçons. Une activité aussi domestique que le tricot est bien la dernière chose à laquelle on associerait spontanément ma mère, mais c'est ainsi. Elle soutenait également que pour frotter un plancher il fallait le faire à genoux. Et c'est encore de cette façon que je m'y prends.

Ce matin-là, sur la côte du Maine, le forsythia déclinait et le lilas s'épanouissait. Chaque année, nos amis craignent que les lilas ne soient pas éclos pour le jour du Souvenir et ne puissent venir compléter les fleurs artificielles qui me semblent pourtant fournir un meilleur argument en faveur de la vie éternelle que des fleurs vivantes.

On était à marée montante. Une bise aigre arrivait de l'océan en sifflant, et nous nous sommes mis, ma femme et moi, à parler d'oiseaux – auxquels je ne connais pas grand-chose, même avec le guide Peterson entre les mains. Tant d'entre eux se ressemblent, à part les corbeaux, les merles, les rouges-gorges et les mouettes. Les autres ne restent pas assez longtemps pour que je les identifie, mais j'étais content de voir que les oiseaux étaient de retour, et j'ai parlé des mésanges parce que je les connaissais.

Ma femme lisait. Elle lit sans arrêt. Elle avait lu *Guerre et Paix* après son accouchement de notre premier garçon, car à cette époque on gardait les femmes au lit pendant dix jours ; elle avait recommencé après l'accouchement de notre deuxième, mais déjà les hôpitaux estimaient qu'il était absurde d'être alité aussi longtemps. Au moment de la naissance de notre fille, les hôpitaux avaient tellement réduit la période de repos que ma femme eut à peine le temps de finir *La Maison d'Âpre-Vent,* de Dickens. Pendant la Grande Dépression, elle et ses parents connurent la pauvreté parce que son père était professeur de littérature anglaise. Pendant leurs loisirs, ils faisaient du caramel, qu'ils mangeaient, et ils lisaient : tous les romans de Dostoïevski et *Autant en emporte le vent.*

Scarlet O'Hara n'était pas belle...

« Les mésanges ? a dit ma femme. Elles ont été là tout l'hiver.

— En fait, je pensais plutôt à des moqueurs-chats. Et puis à tous ces viréos.

— Ils sont revenus depuis quelque temps.

— Les moqueurs-chats n'arrêtent pas de voleter autour du merisier de Virginie, ai-je dit.

— Ils y font leur nid. Un jour où ta mère et moi étions allées cueillir des merises de Virginie dans les collines où quelqu'un avait vu un ours – tu sais, l'année où nous étions dans le ranch, dans le Montana, et où les gens devaient colorer la margarine dans de drôles de sacs en plastique[1] ; c'était assez obscène, sauf que nous, bien sûr, nous ne le faisions pas parce que nous avions du beurre, au ranch. Ta mère est la plus belle femme que j'aie jamais vue, la plus belle personne, en fait.

— Elle savait s'habiller.

— Et marcher. Pour une femme petite, elle paraissait si grande... Et tous les chapeaux qu'elle avait. Je n'ai jamais compris comment nouer un foulard. Nous avions de longues conversations.

---

1. Dans les années 1940, à cause de la concurrence entre margarine et beurre, les fabricants de margarine n'avaient pas le droit de colorer leur produit en jaune. Ils vendaient donc une tablette de colorant que le client pouvait mélanger à la margarine. *(N.d.T.)*

— Je m'en souviens.

— Nous parlions souvent de toi. Elle avait peur qu'il ne t'arrive quelque chose de terrible.

— Il se peut que ça m'arrive.

— Du coup, elle a été contente quand les gens du cinéma t'ont donné cinquante mille dollars – c'est le genre de choses qu'on comprend, là-bas.

— Ces merises sont amères, j'ai dit.

— Mais pas leur confiture, ni leur sirop. Est-ce que tu peux encore t'imaginer manger comme on le faisait là-bas dans le ranch, et à six heures du matin, en plus ? De grosses crêpes, des œufs sur le plat, du jambon et des pommes de terre ? Quand j'étais enceinte, j'avais la nausée dès que le cuisinier mettait ces énormes rôtis à saisir.

— Les rôtis ont une qualité fondamentale, ai-je dit. Quelque chose d'élémentaire et de cruel. Les rôtis nous rappellent qu'aucune vache ne s'en tire indemne. »

Le courrier arrivait à Georgetown, dans le Maine, à dix heures du matin, dans un pick-up. Dès dix heures et quart, il était trié, sauf pendant la période de Noël quand survient un déluge de cartes qui nous donnent un sentiment de culpabilité et nous laissent perplexes vis-à-vis de nos amis juifs. L'affaire du Christ est un point sensible. Cependant, s'il n'y avait pas eu de crucifixion, il n'y aurait pas de résurrection. Au volant de ma Volvo, j'ai traversé les bois pour me rendre au bureau de poste où j'ai ouvert la boîte 263 en composant CHF. À l'intérieur, je suis tombé sur un appel à l'aide émanant d'aveugles qui m'avaient expédié une cravate pour laquelle ils comptaient que je leur donnerais cinq dollars. Les aveugles envoient de très jolies cravates, et très souvent, mais en tant que romancier, je n'en ai pas grand usage. Que faire ? Je sors rarement, et quand ça m'arrive, c'est pour aller déjeuner au Ritz de Boston. Le repas est payé par mon éditeur de chez Little, Brown, et je suppose qu'il est remboursé. Même des éditeurs qui se débrouillent bien ne peuvent pas déjeuner fréquemment au Ritz à leurs propres frais ; les martinis et les canapés qu'on y sert nécessitent de belles sommes d'argent. Mon éditeur est un pote formidable. Rares sont les gens qui ont de l'humour. Ses ancêtres sont arrivés ici sur le *Mayflower*, et il en reste quelque chose qui se reflète dans ses chaussures : elles brillent parfaitement et ne sont jamais neuves. Je me suis demandé à plusieurs reprises qui les portait avant lui. J'ai cru comprendre que l'empereur François-Joseph employait des gens pour lui assouplir ses culottes de cuir. Parfois, les cravates des aveugles ne sont pas très bien ; elles ont un lustre gênant.

J'ai trouvé aussi une demande d'argent de la part d'un prêtre du Montana qui dirige une école pour jeunes Indiens. Il signe « Votre Mendiant » – très efficace. Dans la documentation jointe se trouvait la photo d'une petite fille très maigre avec des yeux démesurés. Ai-je donc hérité du souci de ma mère pour les Indiens ? Et en a-t-elle hérité de son père, Thomas Sweringen ? À chaque Noël, elle expédie des caisses de nourriture aux Indiens. Ils venaient souvent au ranch, et elle leur donnait des quartiers de bœuf et des sacs de farine. Les squaws entraient et prenaient un café avec elle dans le séjour où elles fumaient et parlaient le soshone. « *Zant-nea-chihoungen* » signifie « je t'aime ». Elle leur achetait des gants et des mocassins au double du prix que leur en proposaient les magasins, et elle les distribuait à ses amis. Un soir, elle a mis une paire de mocassins très ornés, brodés de perles, pour un cocktail organisé à New York par un de ses amis fort chics qui connaissait

Edda Mussolini et qui a fini par se suicider à Capri. L'argent ne résout pas les problèmes. Quand je me suis marié, cette femme si belle m'a donné un pyjama en soie blanche, cinq cents dollars et une mandoline.

Dans mon courrier se trouvait aussi une épreuve de la jaquette de mon nouveau roman. Elle montrait un beau visage, très semblable à celui de l'homme qui faisait la publicité des cols de chemise Arrow autour de l'année 1912, mais pas aussi beau que celui de mon père. Mon père, en effet, ressemblait beaucoup au héros de mon roman. Quelque part dans la maison, j'avais plusieurs portraits photographiques de lui datant de l'époque où il avait voulu tenter sa chance dans le cinéma. Les ombres forcées soulignent ses pommettes et son nez à la John Barrymore. Il tient ses gants avec désinvolture et son regard se pose à mi-distance, là où se trouvent peut-être la gloire et l'argent. Pourquoi n'a-t-il pas réussi alors que Rod La Roque et Richard Barthelme y sont arrivés ? C'est une chose que je ne comprendrai jamais. À l'époque, il ne pouvait pas y avoir une présence plus figée que la leur devant la caméra. Et pour ce qui était de la beauté physique, il devait former avec ma mère, pendant les brèves années où ils furent ensemble, un couple impressionnant.

Il a fini, à Los Angeles, rédacteur de revues professionnelles pour des syndicats de peintres et de charpentiers. J'ai été déçu quand, jeune garçon, j'ai découvert ce qu'était une revue professionnelle.

Et puis j'ai trouvé une pub de la société Kozak pour un chiffon de nettoyage traité de telle façon qu'on peut enlever la boue et la saleté collées à sa voiture sans la rayer. Mais ce qu'il y a d'extraordinaire, c'est que ce chiffon tient ses promesses. Le fabricant serait bien avisé de rendre son produit disponible chez les détaillants au lieu de nous obliger à le commander. La vie est devenue si compliquée que personne n'a le temps de s'asseoir et de passer des commandes. Nous n'avons pas non plus le temps d'identifier, de mettre dans une boîte, d'emballer, de ficeler, de rédiger l'adresse et de poster les imperméables, les chapeaux, les lunettes et les boucles d'oreilles dépareillées qu'ont oubliés nos invités. Une de mes amies aujourd'hui morte d'alcoolisme disait clairement à ses invités qu'elle n'avait aucune intention de réexpédier par la poste quoi que ce soit à qui que ce soit, qu'elle ne pouvait tout simplement pas le faire et ne le ferait donc pas. Elle avait un placard réservé aux objets qu'ils oubliaient : gants, chapeaux, raquettes de tennis, masques de Halloween et même une queue-de-pie. Elle s'intéressait aux troupes de théâtre locales et jouait le rôle de celle qui dit, dans *The Philadelphia Story*[1] :

Bonjour, maman. Bonjour, papa. Les arums sont de nouveau en fleur...

... Quand j'ai fait sa connaissance à l'université, elle ne buvait pas du tout. Boire n'est pas la solution non plus, pas plus que de multiplier les mariages. J'ai écrit sur elle un roman publié en 1970.

Dans ce courrier, la dernière lettre était une surprise : elle venait de ma plus jeune tante, Pauline. L'adresse de l'expéditeur était simplement « Polly, Salmon, Idaho ». Tout le monde connaissait Polly, à Salmon. Dans la famille, elle et Bill (son mari) étaient encore appelés « les gosses » parce que le père de Pauline (mon grand-père Thomas) avait vécu jusqu'à cent ans et que ma grand-tante Nora (la sœur de ce Thomas) était encore en vie à cent deux ans. Tante Nora

---

1. Comédie de Philip Barry adaptée en 1940 au cinéma sous ce nom (en français, le titre devient *Indiscrétions*) par George Cukor, avec Katharine Hepburn et Cary Grant. *(N.d.T.)*

luttait contre le temps en essayant de terminer l'ouvrage qu'elle écrivait : l'« Histoire des débuts du comté de Lemhi ». Elle y raconte comment son père a trouvé de l'or, elle parle aussi de la chaîne en or qu'il a forgée durant les hivers où, l'eau ayant gelé, la rampe de lavage était arrêtée. Cette chaîne mesurait quatre pieds de long. La dernière fois que j'ai vu Tante Nora, elle avait cent un ans. Ses cheveux noirs avaient à peine commencé à virer au gris, mais elle était joliment maquillée, avec un peu de rouge à joues. Elle avait mis des perles et des boucles d'oreilles. Elle m'a dit en aparté : « Tu sais, Tom, je suis très vieille. »

Nous nous aimons tous. Ma tante Maude, celle du milieu, m'a dit un jour : « Tu sais, Tom, nous nous sommes toujours aimés entre nous davantage que nous n'avons aimé les autres. » Ce n'est pas que nous nous croyons meilleurs que quiconque, mais nous sommes d'une compagnie plus agréable, du moins les uns pour les autres. Nous aimons nous amuser.

Je me suis toujours senti particulièrement proche de Polly et de Bill, son mari, parce qu'ils ont à peine quinze ans de plus que moi. Ils m'ont traité comme si j'avais leur âge. Ils aiment faire des pique-niques dans la cour derrière leur maison, la nuit, sous la lumière de torches façon Tonga – c'est-à-dire des bidons de kérosène montés sur des piques fichées dans la pelouse et dont les mèches fument à qui mieux mieux – et au son de vieux soixante-dix-huit tours dont la musique se déverse par les portes ouvertes du garage.

J'ai trouvé une poupée d'un million de dollars
Dans une boutique de tout à cent sous.

Sur un coup de tête, pour s'amuser, ils ont un jour décidé d'aller en voiture à Las Vegas. Ils ont téléphoné aux autres membres de la famille en leur demandant de se joindre à eux, de partir vers le sud en un convoi qui traverserait les Cratères de la Lune [1], s'arrêterait de temps à autre pour boire et laisser les retardataires arriver, puis passerait dans le Nevada, avec tous ces bons hôtels où l'on joue et où l'on rencontre plein de gens intéressants.

Polly a fait ses études supérieures à William and Mary, en Virginie, où elle a été recalée en grec. Elle est rentrée dans l'Idaho par le train de la Milwaukee Railroad venant de Chicago, et elle était vêtue d'un ensemble dont les plis et le drapé étaient inspirés par l'ouverture de la tombe de Toutankhamon ; elle tenait aussi une longue badine grise. Je me souviens d'elle quelques années plus tard en train de conduire le roadster marron de son fiancé – un Chrysler de 1960 –, assise sur la capote pliée et tenant le volant avec ses pieds. Le soleil venait juste de se lever. C'est bien d'avoir ce souvenir-là de sa tante. Il y avait eu, la veille au soir, une fête que ma mère avait donnée dans le ranch du Montana – la maison de mon beau-père. On avait engagé une femme pour jouer *Marcheta* et *Tea for Two* sur le Steinway de ma mère, et une des invitées, dont on disait qu'elle serait devenue professionnelle si elle ne s'était pas mariée, avait chanté *La Vie d'une rose*, chanson qui me reste, à la manière de certains couchers de soleil ou de l'odeur des armoises après la pluie. Ce soir-là, les noceurs avaient ajouté du Silver Spray à leur gin ; je n'ai jamais rencontré ensuite une seule personne qui ait entendu parler du Silver Spray. Puis le soleil s'est levé et voilà ma tante qui s'est mise à conduire la Chrysler avec ses pieds – bon sang, il y a déjà presque cinquante ans.

---

1. Région désertique du sud de l'Idaho encombrée de coulées de lave. *(N.d.T.)*

Elle n'avait jamais eu la veine épistolaire. Et alors ? Tante Nora était-elle morte ? Très peu vraisemblable. Quelqu'un avait-il divorcé ? Il y avait eu un bon nombre de divorces, dans la famille. Si quelqu'un se sentait un peu trop individualiste et insistait pour rester à l'écart de la famille, son conjoint divorçait, en général sans bruit, en général sans grande hostilité. Il aurait dû savoir où il mettait les pieds. Un homme avait été contraint au divorce parce que, ainsi que le remarqua ma mère, il n'emmenait pas sa femme au restaurant manger un steak. Il était renfermé et jaloux, toujours sur le qui-vive. D'autres y avaient été obligés parce qu'ils n'étaient pas amusants : la pêche les barbait, ou le camping, les hôtels et les chevaux. D'autres encore renâclaient devant ce qu'ils interprétaient comme notre culte des ancêtres. Notre attitude nous semblait pourtant naturelle, à nous. Nous estimions que nos ancêtres méritaient un culte. Nous tenions aux objets qu'ils avaient possédés – barattes en bois, bougeoirs, balances pour peser l'or, bibles, armes à feu, lunettes, miroirs, cafetières, vaisselle, registres, cartes de la Saint-Valentin et marque-pages – et nous les exposions. Ma tante Polly rassemblait parfois des restes de vieilles chandelles et les refaisait fondre dans le moule à bougie. Quant à moi, un Noël, j'ai volé l'unique portrait photographique de mon arrière-grand-père. Il est là, près de moi, dans une caisse. Mon arrière-grand-père y porte la chaîne en or qu'il avait fabriquée.

Tous les ans, nous organisions un pique-nique – où nous pouvions être cinquante – à l'endroit même où George Sweringen avait découvert de l'or. Nous mangions ce qu'il avait mangé : des haricots, du bacon, de la truite grillée sur le feu et des tartes aux pommes séchées. Nous avions l'impression de pouvoir les toucher rien qu'en tendant le bras, lui et sa femme

Lizzie qui avait si souvent chanté des cantiques. Nous étions fiers d'eux et nous avions le sentiment qu'ils seraient fiers de nous. Ils nous auraient aimés plus qu'ils n'auraient aimé quiconque.

Ma mère a divorcé d'avec mon père en 1917. J'avais alors deux ans. J'avais entendu observer qu'il « ne valait rien ». « Ne rien valoir » était une expression qui revenait souvent sur les lèvres, dans ma famille. Appliquée aux femmes, elle signifiait que celles-ci couchaient à droite, à gauche. Appliquée aux hommes, elle signifiait soit qu'ils couchaient à droite, à gauche, soit qu'ils buvaient trop, soit qu'ils ne connaissaient pas la valeur de un dollar, qu'ils ne subvenaient pas bien aux besoins de leur famille, qu'ils étaient cruels ou indifférents ou égoïstes, ou qu'ils étaient mal intégrés. Chacune de ces fautes risquait d'ouvrir la voie à toutes les autres. Dans mon enfance, je ne me suis guère attardé sur le sens de « ne rien valoir », car en tant que fils je voulais croire que mon père était meilleur, pouvoir interpréter comme je le voulais les portraits photographiques ou les simples clichés où on le voit avec sa belle voiture.

Cher Tom,
Le papier à lettres sur lequel écrivait ma tante Polly était passé de mode depuis longtemps. Il avait pour en-tête THÉÂTRE STATE. Au-dessous, on pouvait lire : *Là où il y a toujours un bon spectacle.* Dans ce théâtre, bien avant que ma tante et mon oncle ne l'aient repris (ce fut une de leurs nombreuses entreprises), j'avais applaudi Tom Mix et Yakima Canute[1]. Dans

---

1. Tom Mix, le cow-boy de cinéma le plus adulé à l'époque des films muets. Yakima Canute, cascadeur célèbre de Hollywood. (*N.d.T.*)

l'obscurité de cette salle, Dracula m'avait fait une peur horrible. Lorsque la télévision a introduit les ombres mouvantes à l'intérieur des maisons et sabordé le cinéma, ma tante et mon oncle ont fait enlever les fauteuils, installer des éclairages tamisés, et ils ont transformé la salle en un bar qui deviendrait bientôt un bar-club. La musique du juke-box – dont l'écran en plastique était éclairé par un jeu de lumières évanescentes assez semblable à une aurore boréale – avait un ton très nettement western, car l'Ouest d'antan et le Cow-Boy hantaient toujours Salmon. Même les employés des stations-service portaient des bottes western à hauts talons, comme si seul un concours de circonstances défavorables les avait conduits là, à regarder les grands espaces herbeux sur l'autre rive de la Salmon au lieu de les parcourir à cheval.

Le THÉÂTRE STATE était devenu le BAR-CLUB STATE. Le sol qui s'inclinait vers ce qui avait jadis été la scène donnait aux clients étrangers la sensation qu'ils avaient bu plus que d'habitude ou qu'ils se trouvaient sur un bateau.

La petite ville de Salmon, qui comptait à peine deux mille habitants, faisait vivre huit autres bars et clubs, des établissements destinés aux éleveurs, aux cowboys et aux bergers qui venaient du haut ou du bas de la vallée avec leurs bottes, leur Stetson et leur fidèle chien qui abandonnait la chaleur ou la fraîcheur du dehors pour les suivre à l'intérieur.

Le problème se posa de ce qu'on allait faire de tout ce papier à lettres – problème qui n'en fut pas vraiment un. Ma tante Polly s'en servit, tout simplement, et ce fut une manière agréable de se dire que rien n'avait tellement changé. Elle gardait les nombreuses boîtes de papier dans le garage à côté d'un aspirateur professionnel utilisé autrefois pour ôter le pop-corn et les papiers de chewing-gum dans les allées du THÉÂTRE

STATE, mais aussi à côté d'un fœtus conservé dans de l'alcool. Le fœtus avait appartenu – si le mot « appartenu » convient – au beau-père de Polly, le deuxième médecin à s'installer dans le comté de Lemhi. Le premier avait été le mari de ma grand-tante Nora, et nous l'appelions Oncle Docteur. Oncle Docteur était mort plutôt jeune, peu de temps après avoir acheté une Ford modèle T, mis son boghei au rancart et son attelage à paître dans les prés. Mais Tante Nora continua à préparer, à l'aide d'un pilon et d'un mortier, certaines capsules médicinales qu'elle faisait passer à des amis et à des parents qui avaient compté sur leur pouvoir magique à l'époque où son mari vivait encore, et même bien avant. Elle trouvait absurde que ce qu'elle faisait pût être illégal et ne s'en inquiétait donc pas.

Parfois, quand ils buvaient, ma tante Polly et son mari parlaient de se débarrasser du fœtus, mais la question se posait alors de savoir si, en cas d'enterrement, il faudrait organiser une cérémonie. Peut-être suffirait-il de le porter à la décharge, puisqu'il ne possédait pas de nom susceptible de faire honneur à une stèle funéraire. À moins qu'il n'existât une difficulté légale, quelque règlement dans les textes, à Boise.

Et là, dans le garage, se trouvait le vieux phonographe Victrola, avec des piles de disques et des bandes perforées supplémentaires pour le piano mécanique de la maison. Entre autres, la chanson *That Old Gang of Mine*.

Et *Valencia*. L'Espagne était très prisée, dans les années 20 – roses, romances et castagnettes à tout-va. On entendait quelqu'un chanter qu'il était résolu à épouser la belle de Barcelone. Dans son Hispano-Suiza, Alphonse XIII fonçait vers Cannes.

Quelqu'un se rappela une bande perforée dont on était sûr qu'elle raviverait certaines nostalgies – elle devait être dans le garage – et, le verre à la main, les hôtes et leurs invités se baladèrent sur la pelouse où ils tombèrent sur un bon nombre d'objets fascinants. Un ukulélé déformé suscita une longue évocation de Whispering Smith à l'époque où il chantait *Gimme a Little Kiss*. Il y eut aussi un appareil acoustique dont se servait jadis un des Sweringen – il gênait toute la famille en demandant à des inconnus s'ils croyaient en Jésus et en se collant à eux pour entendre leur réponse. Cet appareil ressemblait à un gros intestin.

Et toujours ils étaient arrêtés dans leur élan par le fœtus dans ses limbes alcooliques.

Dans sa lettre, ma tante Polly me priait d'excuser ses gribouillages. Sa machine à écrire, m'écrivait-elle, était cassée et le réparateur était subitement parti s'établir à Idaho Falls où sa fille, d'après ce que pensait ma tante, lui causait quelques ennuis. Quoi qu'il en soit, un avocat de Seattle lui avait téléphoné. Ils étaient tout juste de retour de Las Vegas et ils avaient à peine eu le temps de rentrer dans la maison lorsque le téléphone avait sonné – c'était cet avocat. Il avait appelé plusieurs fois, avait-il dit. Il avait expliqué qu'une de ses clientes prétendait être la fille d'Elizabeth Sweringen et de Ben Burton. Le lendemain, c'était une lettre écrite par la femme en personne qui était arrivée.

Je suis resté là presque en état de choc au milieu du bureau de poste, puis j'ai étonné la receveuse en éclatant de rire. Quelle ironie du sort, me suis-je dit : ce coup de téléphone absurde d'un avocat et la lettre de cette femme absurde arrivent pratiquement le jour du dixième anniversaire de la mort de ma mère.

12

La dernière fois que j'avais vu ma mère, à peine six mois avant son décès, ce n'était pas l'éventualité de sa mort qui m'inquiétait – nous vivons tous jusqu'à des âges très avancés. C'était le fait qu'elle buvait. J'ai du mal à le dire, parce que nul n'admet volontiers qu'un de ses proches a un problème d'alcoolisme. Il est douloureux – c'est en partie une question de honte, mais aussi d'inquiétude et d'impuissance – de voir une personne que nous aimons s'exposer au jugement de ceux dont jadis elle estimait les opinions sans intérêt et de constater qu'elle se trouve à présent plus ou moins à leur merci. Tous ceux dont le père, la mère, le conjoint ou l'enfant est alcoolique sauront de quoi je parle. Nous nous demandons jusqu'à quel point nous sommes responsables de leur problème.

Quelques années auparavant, mon beau-père avait pris sa retraite et quitté son ranch du Montana, situé tout juste à quatre-vingts kilomètres (en passant par la ligne de partage des eaux) du ranch de ma grand-mère dans l'Idaho. Avec ma mère, il était allé s'installer à Missoula, dans le Montana. C'est une petite ville, mais elle est grande pour le Montana et elle possède un certain style parce que c'est là qu'est située l'université. On peut tout aussi bien rencontrer, se promenant dans les rues ensoleillées, un professeur en veste de tweed Harris avec des pièces cousues sur les coudes qu'un cow-boy ou un berger venu des collines ou des vallées avoisinantes. On y lit des livres, et même on en écrit.

Ils prirent un appartement au dernier étage de l'immeuble Wilma – le gratte-ciel près du pont. Avec ses huit étages, il ne grattait pas beaucoup de ciel, mais c'était une bonne adresse. Il abritait la Boutique de Mode de Mme King où il y avait de jolies petites chaises, et des miroirs qui reflétaient le visage des acheteuses éventuelles. Parfois, Mme King en personne servait du café à celles qui n'étaient pas pressées de se décider. Et les femmes n'avaient même pas besoin de quitter le bâtiment pour se faire coiffer ou se faire soigner les dents, car Mlle Rose était là, prête à intervenir avec ses peignes et ses bigoudis, tandis qu'à l'étage au-dessus le docteur Murphy attendait avec ses fraises et ses foulоirs. Il était si cher que se mettre sur son fauteuil était devenu à la mode. Les cinémas du rez-de-chaussée permettaient de se distraire du monde réel. Un jour, Barbara Stanwyck y vint avec son mari du moment. Ils apparurent tous les deux dans une revue de music-hall du nom de *Tattle Tales*. Mlle Stanwyck accorda un entretien à un reporter du journal de l'université qui la trouva « charmante ».

Ce problème de ma mère m'avait échappé. Maintenant, je me disais que je ne pouvais pas lui en parler parce que, en fait, je ne l'avais pas vue boire. Je n'en constatais que le résultat, les tentatives vagues, quoique calculées, pour estimer la distance entre deux meubles – elle touchait le premier comme si cela lui donnait assez de courage pour aller jusqu'au second. Je ne reconnaissais pratiquement rien dans l'appartement ; presque tout était neuf et cher. Les objets anciens avaient été laissés dans le ranch, à ma

184

demi-sœur et à son mari. Je me suis demandé si ces objets anciens auraient été mieux à même d'insuffler du courage à ma mère. Mais je ne le pense pas.

Je ne crois pas que je lui aurais parlé même si je l'avais vue se verser du whisky, car je connaissais assez d'alcooliques pour savoir qu'ils nient tout simplement ce que vous avez vu de vos yeux. Et alors, que leur dit-on ? Que ce ne sont pas seulement des ivrognes mais aussi des menteurs ? Non. On a du chagrin. Je pense qu'elle savait que je savais, car dans ses yeux gris-bleu apparaissait quelque chose de contrit là où jadis se logeait la fierté qui allait avec son allure superbe, avec cette façon de se déplacer dans une pièce qui avait tant impressionné ma femme.

Le fait qu'elle eût ce problème m'intriguait. Personne d'autre dans la famille ne l'avait, et je voyais mon beau-père l'observer avec une certaine froideur dont je craignais qu'elle n'éclate sous forme de fureur. Devant la colère de son mari, elle serait tout à fait sans défense. Devant sa colère, elle se contenterait de secouer la tête et d'esquisser ce sourire timide dont elle espérait la protection. Mon beau-père en colère ? Ça lui arrivait rarement. Autant que je sache, il n'avait jamais rien fait de mal dans sa vie, sinon de mettre les gens mal à l'aise. On avait dit de son père, dont la ressemblance avec le dernier Kaiser était stupéfiante, que « personne ne l'aimait et tout le monde le respectait ». Un compliment aussi ambigu est un peu comme dire de quelqu'un qu'il a « mûri », ce qui signifie qu'il a toujours été un connard mais qu'à présent il l'est moins. Peut-être aurait-on pu affirmer la même chose de mon beau-père. Certes, tout le monde, moi y compris, le respectait. Peut-on faire autrement que respecter un homme qui paye ses factures sans attendre et a les moyens de le faire ? Un homme qu'on n'a jamais vu sans sa chemise ni ses chaussures, qui refuse de discuter la personnalité de quiconque et ne se laisse pas aller à des bavardages sans intérêt ? Quand j'étais enfant, j'étais sûr qu'il aurait fait un bon président des États-Unis, qu'il n'aurait eu aucun problème pour s'occuper du désarmement et de la menace japonaise dans le Pacifique. Il aurait mis en chantier d'autres croiseurs que le *Lexington* et le *Saratoga*. Il avait tous les atouts en main, tel un homme qui n'est pas connu pour avoir péché ou s'être égaré comme le reste d'entre nous, qui n'a jamais nourri de désirs coupables, qui n'a jamais joué en misant sur l'avenir et ne s'est jamais réveillé plein d'appréhension à cause d'une gueule de bois, un homme qu'on n'a jamais vu pleurer. Je l'avais admiré autant que je l'avais craint et – sans aucunement lui en demander l'autorisation – j'avais commencé, quand j'étais enfant, à m'approprier son nom de famille, au lieu de garder celui de mon père. J'avais essayé d'adopter sa manière rapide et précise de former les lettres en écrivant. Je décèle encore quelque chose de lui dans ma signature.

J'avais l'impression de pouvoir compter sur lui alors que je ne pouvais pas compter sur mon père.

J'ai vu mon père quand j'avais cinq ans, une autre fois quand j'avais douze ans, et je ne l'ai plus revu avant d'avoir trente ans et deux fils. Quand j'ai atteint l'âge de dix-huit ans, je me suis senti comme un spectre sous le couvert brumeux du nom que j'avais emprunté, et je me suis dit que me trouver avec mon père me donnerait peut-être une identité, que ma présence pourrait même être un plaisir pour lui.

Je lui ai téléphoné en Californie. À cette époque, la notion de longue distance était impressionnante. Les mots « un appel longue distance » étaient tout aussi saisissants que « ici la Western Union ».

Sa voix, dans cet appel de longue distance, était agréable, modulée avec soin comme s'il parlait sur une scène, mais elle était aussi très réservée. À la fin, il m'a dit avec gentillesse que le « Trésor », comme il l'appelait, ne lui permettait pas ma visite. J'ai alors su qu'il était pauvre, en plus d'être égoïste, et qu'il avait si peu de fierté qu'il admettait sa pauvreté. Du côté de ma mère, être pauvre était synonyme d'être immoral. On sait bien avec quelle facilité les pauvres versent dans le péché.

Je sais maintenant que mon père vivait alors avec une femme qui est ensuite devenue l'une de mes multiples belles-mères.

Je crois à présent que ma mère avait épousé mon beau-père pour me donner cette sécurité que je pensais trouver auprès de mon père. Sinon, pourquoi se serait-elle mariée avec un homme d'une rectitude aussi effrayante ?

À une époque, ma mère savait très bien boire. Quand j'étais enfant, je trouvais fabuleuse sa façon de boire et de fumer, et cette opinion me venait sans doute d'images de femmes qui lui ressemblaient beaucoup dans *Vogue* ou dans *Harper's Bazaar* et *Country Life*. Des femmes habillées *pour le sport*[1] ; un airedale tire sur la laisse qu'elles tiennent. C'était l'époque du whisky « mis en bouteilles et vieilli en entrepôt sous surveillance gouvernementale », des cocktails à la fleur d'oranger et des cigarettes Fatima – « Quelle fantastique différence pour à peine quelques *cents* de plus ! » J'ai une photo de ma mère lors d'un voyage où elle avait campé le long de la Salmon. Ma mère a été la première femme à franchir les rapides de cette rivière qu'on appelle la rivière Sans Retour. Elle a une bouteille de whisky à côté d'elle. Elle est adorable, même

---

1. En français dans le texte. *(N.d.T.)*

en culotte de cheval et bottes à lacets. Non, je ne pouvais pas comprendre ce qui lui était arrivé. Et je craignais que, dès que j'aurais quitté l'immeuble Wilma pour reprendre l'avion vers l'Est, mon beau-père ne lui parle ; et alors la messe serait dite.

À part ce qu'il lui restait de beauté, elle n'avait aucune carte en main.

Six mois plus tard, elle subit une opération, puis une autre. Quelque chose s'était mal passé lors de la première. Ma mère était allongée dans son lit d'hôpital, les bras meurtris par les aiguilles. Un horrible tuyau dans son nez exquis lui envoyait de l'oxygène. Dommage que de telles indignités ne puissent être épargnées aux gens très beaux. Une bulle dans une jauge graduée de un à dix indiquait la quantité d'oxygène dont elle avait besoin pour rester en vie – certains jours plus, d'autres moins. Chaque soir, dans l'appartement de l'immeuble Wilma, mon beau-père, l'une de mes tantes et parfois toutes, quelquefois aussi mon grand-père, alors âgé de quatre-vingt-douze ans, et moi, nous levions nos verres pour porter un toast. Mon beau-père disait : « Eh bien, à la santé de Beth. » Derrière son calme, je sentais le désespoir. Je pouvais l'imaginer comme un enfant impassible mais effrayé. Quelle que fût la raison pour laquelle ma mère s'était mariée avec lui, je savais à présent qu'il l'avait épousée parce qu'il l'aimait et qu'il avait besoin d'elle. J'ai été étonné de découvrir que j'avais de l'affection pour lui. Nous aurions pu être amis, et je comprenais ce que ma présence pouvait avoir eu de douloureux pendant toutes ces années, car je lui rappelais constamment qu'il n'avait pas été le premier mari de ma mère. Le beau-père, tout autant que le beau-fils, est le méchant de l'histoire...

Je n'ai pas dit beaucoup de prières en montant et en redescendant dans l'ascenseur stérile de l'hôpital ; je n'ai pas dit beaucoup de prières dans les longs couloirs bien propres où les portes s'ouvraient sur la souffrance et sur la mort. À cette époque, je croyais à moitié que Dieu pourrait sauver une femme dont la mort, à soixante-sept ans, ne profiterait à personne. Je le croyais plus qu'à moitié. Quelques années auparavant, j'avais écrit un roman sur Dieu, et sur un miracle qui se produisait dans une église de Boston où se rassemblaient – et où se rassemblent toujours – un mélange hétéroclite de professeurs de Harvard, de Noirs, de patriciens, d'anciens alcooliques, de miséreux, de millionnaires et de taulards, d'artistes peintres et d'écrivains. Un livre sentimental qui a fait pleurer ses lecteurs – un millier d'entre eux m'ont écrit, dont deux amiraux et un sénateur. Ce livre est mon plus mauvais, mais c'est celui qui a rapporté le plus d'argent parce que les gens ont besoin de croire aux miracles. Qu'est-ce qui pourrait les sauver, sinon un miracle ? Existe-t-il une autre solution ? L'amour ? Il se peut que vous ayez vu mon livre à la télévision, mais qui aujourd'hui se souvient de l'ancien Studio One ? *Où sont les neiges d'antan*[1] *?*

J'étais épiscopalien parce que tous les membres de ma famille l'étaient. Ils disaient qu'ils aimaient le cérémonial épiscopalien, mais à part ma tante Roberta et sa fille Janet, qui chantaient volontiers toutes les deux dans la chorale, ils furent peu, dans ma famille, à venir ne serait-ce que quelques fois dans la petite église en pierre de Salmon où ma mère avait épousé mon père et où j'avais été baptisé. Vous comprenez, les offices commençaient à onze heures, et c'était un peu tôt le dimanche pour ceux de ma famille qui habitaient Salmon. Ils aimaient tous dormir, faire la grasse matinée, n'ayant jamais perdu en grandissant leur faculté

---

1. En français dans le texte. *(N.d.T.)*

juvénile de rester tard au lit. Ils croyaient que si tous les membres de la famille vivaient si longtemps, c'était en partie parce qu'ils dormaient beaucoup. Et en partie parce qu'ils ne se faisaient pas de souci. Se faire du souci revenait à perdre son temps : donc, ils s'en abstenaient.

Mais comme elle était fille d'un capitaine de la guerre de Sécession qui était devenu directeur de prison, ma grand-mère, la Reine du Mouton, avait appris que plus on se lève tôt le matin, mieux cela vaut pour tout le monde. Thomas Edison n'avait pas besoin de plus de deux heures de sommeil, et voyez ce qu'il était devenu ! Dormir au-delà de six heures du matin était une honte, sauf bien sûr dans le cas de Thomas Sweringen, qui n'était pas constitué comme les autres hommes.

Mais on ne pouvait pas demander à la Reine du Mouton d'effectuer les cinquante kilomètres séparant le ranch de l'église de Salmon, et cela, même après l'invention de l'automobile. Chaque année, par conséquent, le pasteur de l'église se débrouillait pour venir de Salmon jusqu'au ranch, et cela, même avant l'invention de l'automobile. Là, on l'invitait à bénir d'une prière le mouton bouilli, les petits haricots blancs également bouillis et les tiges de betterave, au grand embarras des aides du ranch, qui étaient si loin de Dieu que la simple évocation de Son nom leur était douloureuse, leur rappelant leur vie mal employée, leurs beuveries, leurs relations avec les putes, leur mère au cœur brisé, et le père avec lequel ils étaient brouillés. Pendant cette prière, mon grand-père gardait son regard à mi-distance. Il était très attaché à la bible de son père, reliée en peau de daim – mais pas parce qu'il aurait pu y trouver quelque inspiration, non, parce qu'elle avait appartenu à son père qui l'avait signée, et au père de son père qui l'avait signée, et au père de cet aïeul qui l'avait signée aussi.

L'évêque de l'Idaho, également, s'arrêtait au ranch lors de sa visite annuelle à la paroisse, et il n'oubliait pas d'apporter de vieux vêtements parce qu'il savait qu'il serait invité à marcher dans les champs givrés pour aller voir les moutons. Il savait que seule la compagnie ferroviaire payait davantage d'impôts que ma grand-mère, et il est vrai que la Reine du Mouton avait donné à l'église de Salmon un vitrail représentant le Christ en berger de Ses ouailles. L'évêque savait fort bien que la philosophie de ma grand-mère était résumée dans le poème « Invictus » de Henley[1] :

Merci aux dieux quels qu'ils soient
De m'avoir fait une âme invincible.

Il arrivait parfois à ma grand-mère de réciter le poème tout entier d'une voix calme et sépulcrale – elle avait été instruite dans l'art de l'élocution. Au moment où elle disait : « Ma tête est ensanglantée mais ne s'est pas courbée », elle penchait légèrement sa propre tête et la redressait d'un coup sec. Cette philosophie avait dû frapper l'évêque comme bizarrement peu chrétienne, avec ses dieux multiples et son autodétermination, mais puisqu'il y était convié par une dame qui estimait avoir une âme invincible, il ne lui restait rien d'autre à faire que sortir pour aller voir les moutons.

Je me rends compte à présent que je ne croyais ni en Dieu ni en l'Église, mais en la famille et en ses traditions ; j'espère transmettre cette foi à mes fils et à

---

1. William Ernest Henley (1849-1903), poète populaire anglais. *(N.d.T.)*

ma fille, car je ne sais pas en quoi on peut croire d'autre qu'en la Famille.

J'ai donc récité mes petites prières pour ma mère dans les couloirs de l'hôpital, j'ai surveillé la bulle dans la jauge à oxygène, et puis ma mère est morte, elle qui se déplaçait six mois auparavant de chaise en chaise, elle qui, en 1908, avait été présentée à la Cour à Ottawa. Elle est morte à l'aube, ma mère si belle. Dehors, en face de l'hôpital, une enseigne au néon continuait à clignoter : BOUFFE BOUFFE BOUFFE.

Les funérailles ont eu lieu dans la petite église en pierre de Salmon.

Le mot « femme » peut avoir d'étranges résonances. Opposé au mot « homme », il dénote simplement le sexe : on imagine une jupe plutôt qu'un pantalon, des feuilletons télévisés plutôt que du base-ball, des bijoux plutôt que des outils à moteur. Mais le mot « femme » utilisé tout seul peut se révéler menaçant. Ce n'est pas un hasard si la sorcellerie est surtout attribuée à des sorcières. On entend moins parler de mauvais beaux-pères que de marâtres.

C'est la « femme » Martin qui, ayant fait une chute lors d'un vide-greniers, s'est paraît-il blessée à la hanche et, portant l'affaire devant la justice, a bloqué la vente des biens. Son avocat demande cent mille dollars – la valeur totale de la propriété. C'est la « femme » Bernard qui apporte un témoignage à charge et puis disparaît. C'est encore elle qui a fricoté avec M. Dupont et l'a poussé à laisser sans ressources sa femme et ses enfants. C'est elle qui attend le bon moment pour sortir de l'ombre et semer la zizanie, c'est elle qui surgit avec son chapeau et sa voilette au moment où vous pensiez que tout était arrangé et où vous vous permettiez de sourire. Elle frappe à la porte et prend le téléphone. Elle a la patience du chasseur à l'affût et il se peut qu'elle soit folle.

Et maintenant nous avions la femme Nofzinger.

« Je me flatte de connaître assez bien ta mère, m'a déclaré ma femme. Je crois qu'elle m'aimait et me faisait suffisamment confiance – elle me l'aurait dit, si une telle chose lui était arrivée. Nous étions assez proches pour cela, quand nous montions sur la colline et qu'après avoir fait un feu nous restions assises à parler. »

Ma tante Polly m'a écrit qu'elle était d'avis que cette femme devait bien savoir qu'il n'y avait rien de vrai dans ce qu'elle croyait ou prétendait croire, et que je devrais lui écrire.

J'allais en effet le faire, et tout de suite.

Chère Madame Nofzinger. Chère, bien sûr !

J'ai écrit à cette femme que je n'avais aucune idée de l'endroit où elle avait pêché le nom de ma mère, qu'en tant que romancier j'étais tout à fait apte à juger les caractères et que je savais donc que rien dans la vie de ma mère ni dans ses actions ou ses tendances ne pouvait raisonnablement porter à croire qu'elle avait eu un autre enfant que moi et ma demi-sœur, issue d'un remariage. J'ai ajouté que l'amour que ma mère nous portait, à ma demi-sœur et moi, n'était sans doute pas plus grand que celui qu'elle aurait eu pour un autre enfant – pourquoi l'aurait-il été ? Aucune situation concevable, ai-je écrit, n'aurait jamais pu la pousser à nous abandonner, ni à abandonner un enfant antérieur, encore moins une petite fille.

« Vous me demandez de croire que ma mère était dénaturée, ai-je poursuivi. Mais c'était quelqu'un de dévoué, de fidèle. Je crois qu'elle n'a jamais – jamais – fait passer ses intérêts avant ceux des autres. »

J'ai ensuite écrit à cette femme qu'un secret aussi explosif n'aurait pu être gardé pendant cinquante ans, qu'en un demi-siècle il serait revenu à la surface, qu'une personne au courant aurait fini par parler sous le coup de la colère, de l'ivresse, du dépit ou du désespoir. J'ai déclaré que, ma mère étant morte, rien de ce qui pouvait être dévoilé sur elle ne pouvait plus lui nuire et que par conséquent, si un tel secret existait, il aurait déjà été éventé. Ma mère était morte, aucun chantage ne pouvait l'atteindre.

Au moment où j'ai écrit le mot « chantage », la pensée m'est venue que c'était précisément ce que cherchait à faire cette femme : du chantage. Si cette Amy Nofzinger était innocente, c'était une accusation terrible, mais j'ai conservé le mot. J'ai signé au-dessous de « Avec mes salutations distinguées », la plus froide des formules de politesse. Puis j'ai collé l'enveloppe avec ma salive. L'affaire était *close*.

« Il se peut que cette femme soit folle, a observé ma femme. Désespérée. Une personne qui essaye de retrouver des parents qui l'ont abandonnée doit savoir à quels dangers elle s'expose.

— Je veux oublier tout ça, ai-je dit. Et je crois que ce serait une bonne journée pour un pique-nique. »

Et donc, dans notre panier de pique-nique en osier, nous avons mis des tranches de viande froide, des biscuits et du fromage, des fruits et du vin rouge, et nous avons emporté le tout au-delà des rochers jusqu'à l'océan pour écouter ce que les flots avaient à nous dire. Ce qu'ils avaient à nous dire, c'était que rien ne change jamais et que tout passe. Voilà ce que tout le monde vient entendre au bord de la mer.

La femme avait écrit à ma tante Polly qu'elle était née en 1912 et que ses parents, d'après les registres de la ville de Seattle, vivaient ensemble maritalement cette année-là.

Les fantasmes romancés envahissaient ensuite son histoire. Elle avait dû lire les œuvres des frères Grimm. C'était absurde : elle prétendait avoir été abandonnée sur le pas d'une porte. Si cela n'avait pas été aussi absurde, ç'aurait été pitoyable. Le pas de la porte en question avait été indiqué par sa mère adoptive – pour qu'elle se sente moins abandonnée que devant une porte prise au hasard ou sur un banc de la gare centrale. Car, voyez-vous, c'était sa vraie mère qui avait choisi cette porte.

Bon. Une cousine adoptive qui travaillait comme élève infirmière à l'hôpital (quelle coïncidence !) avait reconnu en elle le bébé de l'hôpital, celui de la femme très belle qui arpentait les couloirs et gardait sur sa table de chevet la photo d'un homme lui aussi très beau. Comme les nouveau-nés se ressemblent beaucoup, je ne pouvais pas accorder de crédit au témoignage de cette cousine adoptive. S'il n'y avait pas eu de bracelet portant leur nom, j'aurais été incapable – c'est vrai – de distinguer n'importe lequel de mes enfants des autres bébés de la maternité, même si à l'époque je prétendais le contraire. Tout cela n'était que du romantisme échevelé : la belle héroïne, le bel amant, la photo sur la table, l'enfant illégitime. S'il y avait une once de vérité dans cette histoire, c'était que la femme que mon père épousa plus tard n'était pas celle qui s'était arrangée pour que sa petite fille soit déposée sur un seuil à l'âge de deux semaines.

« C'est juste une histoire, a déclaré ma femme. Tu disais toi-même que tu allais l'oublier. Le monde est plein de fous. Tu te souviens de ce truc qu'on a lu, ce pasteur qui déclarait qu'il allait marcher sur l'eau ?

— Mais c'était dans le Sud, ai-je dit.

— Et la femme dans le New Hampshire qui prétendait que des extraterrestres lui avaient fait subir un examen médical complet ?

— Les gens boivent trop, dans le New Hampshire. Il me semble qu'ils ont la consommation d'alcool par habitant la plus élevée des États-Unis.

— Eh bien, pourquoi est-ce que tu n'écrirais pas à ton père pour lui demander ce qu'il sait de tout ça ? »

13

Quand j'étais jeune garçon, j'étais fasciné par les voitures et je désirais ardemment posséder un jour une Rolls Royce. En fin de compte j'en ai eu une, d'occasion. Je l'ai achetée à Long Island, en 1950, à quelqu'un qui collectionnait toutes les automobiles de légende – Rolls, Isotta-Fraschini, Hispano-Suiza, Invicta, Lagonda et Bugatti – en attendant des excentriques de mon acabit. La mienne était la Rolls Royce en démonstration à l'Exposition universelle de New York, le modèle « Sedanca de ville » d'un noir de jais, dont le prix sur l'étiquette était de trente-six mille dollars en 1939. Elle a figuré dans un roman que j'ai écrit sur un homme ruiné en quête de perfection.

Quand j'étais jeune garçon, je pouvais reconnaître de loin, sur la route, chaque marque de voiture bien avant que le véhicule n'arrive au ranch où je vivais avec ma mère et mon beau-père. Je connaissais par cœur les silhouettes anguleuses de l'Essex et de la Hudson, le profil effilé de l'Auburn, le radiateur en forme de collier de la Franklin – et je savais que ce radiateur était un faux, puisque la Franklin était refroidie à l'air. Les insignes sur les calandres de presque toutes les marques m'émerveillaient autant qu'un blason. La Packard et la Pierce-Arrow étaient manifestement si majestueuses et si chères que leur fabricant ne voyait pas la nécessité de leur apposer le moindre insigne pour les identifier. Je reconnaissais la Packard à son radiateur et la Pierce à ses phares enfoncés dans les ailes – ce n'était pas très difficile, je l'admets. J'admirais un jeune éleveur, grand et élancé, qui roulait en Stutz et qui s'est retrouvé sans le sou quelques années plus tard au cours de la Grande Dépression. Je crois que mon beau-père, en homme raisonnable, aurait pu le prévoir, et que c'étaient de jeunes éleveurs grands et élancés au volant de Stutz qui, pour ainsi dire, avaient été à l'origine de la Grande Dépression.

Je n'imaginais pas ma grand-mère, la Reine du Mouton, au volant d'une autre voiture que sa vieille Dodge grise. Elle avait beau être impressionnante, c'était après tout une femme. Une femme n'était pas censée ressentir la même chose qu'un homme à l'égard d'un moteur à combustion ni se soucier d'empattement ou de couple moteur. Ce qui l'intéressait, c'était d'aller d'un endroit à un autre, et le véhicule dans lequel elle y allait n'avait pas grande importance. En revanche, l'attitude de mon beau-père, qui aurait pu se payer n'importe quelle voiture et qui roulait seulement en Hudson me laissait perplexe.

J'estimais que ma mère, étant donné sa façon de marcher et de s'habiller, méritait un moyen de transport plus élégant, car je pensais que les voitures étaient le reflet de leur propriétaire, et une Hudson ne constituait pas un reflet flatteur. Une Hudson n'avait rien de marquant, et ce qu'on pouvait en dire de mieux, c'était que des contrebandiers s'en servaient pour faire passer de l'alcool en provenance du Canada. Je pensais alors que si mon beau-père avait une Hudson, c'était imputable à son manque d'imagination. Je sais à présent qu'il se sentait si éloigné des jeunes propriétaires de ranch grands et élancés qu'il n'avait aucun besoin de leurs marques de prestige et qu'il les considérait comme des « ballots », un terme qu'il appliquait parfois à ceux qui foncent n'importe comment dans la vie.

Quant à mon père, je le connaissais à peine, sauf par des lettres et par les photos sur lesquelles il posait, photos que ma mère gardait secrètement dans le tiroir du bas de sa coiffeuse – meuble si féminin qu'il n'y avait aucun risque que mon beau-père s'en approche. Il n'aurait jamais imaginé que quiconque veuille lui cacher la moindre chose.

Quand j'ai eu douze ans, vers la fin de l'été, mon père m'a écrit sur du papier épais, de sa calligraphie si distinguée, et il m'a dit qu'il passerait me rendre visite, qu'il viendrait en voiture de Californie et qu'il roulait en Roamer. Le mot « Roamer » a provoqué en moi un élan de fierté, car je savais que la Roamer était une voiture « assemblée », que le moteur était un Duesenberg et la calandre une réplique exacte de celle de la Rolls Royce. Comme j'ai été fier de mon père ! – si tant est qu'on puisse être fier d'une abstraction.

Quels courants d'émotion ont dû traverser cette vaste maison en rondins à mesure qu'approchait l'heure de son arrivée. Mon beau-père n'avait jamais rencontré mon père et ne le souhaitait pas. Ma mère était sur le point de revoir l'homme dont elle gardait des photos dans un tiroir. Une fois de plus, elle se trouverait face à celui qu'elle avait épousé malgré les objections de sa mère.

Je la revois, debout devant la cheminée, dans cette maison en rondins, avec le feu qui brûlait derrière elle. L'été avait été frais et le vent descendait en sifflant de Black Canyon. Elle fumait une cigarette. Je revois mon beau-père assis, les jambes croisées, en train de lire le *Saturday Evening Post*, revue dont il partageait les opinions. Il le lisait parce qu'on était dimanche et que sa présence n'était exigée nulle part ailleurs. Dehors, dans le dortoir qui jouxtait la longue grange basse, les aides du ranch lavaient leurs vêtements, se rasaient, soignaient les gueules de bois qu'ils avaient rapportées de la ville la nuit précédente, et lisaient des magazines, *Western Story* ou *Captain Billy's Whiz Bang*[1]. Ils aimaient les plaisanteries sur les latrines ; ils riaient des histoires mettant en scène le voyageur de commerce et la fille du fermier.

Je guettais le nuage de poussière, un peu plus bas sur la route, au sommet d'une montée, car c'était à cet endroit qu'on apercevait d'abord toute voiture qui arrivait, là que surgissait chaque matin celle qui faisait office de diligence – la première avait été une Lozier, la suivante une Cadillac –, avec à son bord un ou deux passagers et le courrier du comté de Lemhi qu'elle portait de l'autre côté de la montagne. Car à présent le petit train ne passait plus qu'une fois par semaine.

Et soudain le voilà, le nuage de poussière semblable à de la fumée au sommet de la pente, et mon père qui en émergeait dans sa Roamer. Quelques instants plus tard, la Roamer roulait majestueusement dans l'allée et s'arrêtait.

Mon père portait une casquette en tweed comme j'en avais remarqué sur des Anglais au cinéma, et un pull sans manches rouge tomate. Je n'avais encore jamais vu une telle couleur sur un homme. Depuis la voiture, il nous a adressé, à nous qui étions debout dans la véranda, un superbe sourire. Il a sauté hors de la Roamer sans prendre la peine d'ouvrir la portière et a gravi les marches en bondissant. Douglas Fairbanks n'aurait pu faire mieux. Il a tendu vigoureusement la main à mon beau-père, comme en signe de victoire.

---

1. Magazine d'humour populaire, en vogue dans les années 20 et 30. *(N.d.T.)*

Et puis : « Tom, Tom, a-t-il murmuré, ça fait si longtemps. »

Si longtemps ? Six ans s'étaient écoulés depuis que ma mère s'était remariée, et on m'avait laissé à Seattle avec la mère de mon père pendant que ma mère partait pour sa lune de miel. Là, un beau matin, mon père avait surgi et il m'avait stupéfait en s'accroupissant devant moi avec, sur la lèvre supérieure, de la crème à raser soigneusement mise de façon à imiter une moustache. Il prononçait maintenant les *i* et les *ey* en les étirant. Quelque part en chemin, il était devenu anglophile, peut-être à cause de Shakespeare qu'il évoquait souvent dans ses lettres, à propos de ses activités théâtrales amateur. Avec lui, on ne prenait pas de l'âge ; non, « les ombres s'allongeaient ». Pour lui, on n'était pas heureux ou malheureux ; non, on planait sur « les hauteurs de l'Olympe » ou l'on sombrait dans « les profondeurs du Styx ».

Maintenant, sous la véranda, il avait posé sa main sur mon épaule. « Et Beth, ma chère Beth. » Il a fait un pas en arrière pour contempler ma mère, comme s'il s'agissait d'un tableau à regarder sous la bonne perspective. Il a lentement secoué la tête en s'émerveillant devant elle. « Et Charlie, Charlie. »

Nous sommes entrés, après quelques tergiversations sur qui devait ouvrir la porte et qui devait entrer en premier.

« Assieds-toi donc, Ben », a lancé ma mère – chose que les femmes disent depuis la nuit des temps, moins en signe de bienvenue que pour dissiper une gêne. On s'occupe plus facilement des gens assis : ils ont renoncé à une dangereuse mobilité. Nous nous sommes donc maladroitement dispersés en direction des fauteuils et du canapé au dossier orné d'une couverture navajo. Cette couverture faisait partie d'un ensemble décoratif qui comprenait des tapis de sol à motifs semblables (un rappel de l'Ouest de base qui avait été assez éclectique pour accueillir des thèmes indiens à la fois du Nord et du Sud) ainsi que la tête empaillée d'un cerf aux yeux de velours et celle d'un bison austère, victimes l'un comme l'autre de la soif de sang et de la ruse des hommes. Comme nous n'avions pas préparé cette scène et que la manière dont les gens se disposent les uns par rapport aux autres tend à revêtir une grande importance, décider qui allait s'asseoir en premier et à quel endroit est devenu un problème aigu. Car savoir quand, où et dans quoi s'asseoir semble une préoccupation ancestrale et explique le protocole des grands piqueniques ou celui des cérémonies d'État, voire des wagons-lits.

Ma mère a tranché la question en s'asseyant la première dans un fauteuil qui paraissait avoir été conçu par un fabricant de raquettes de neige, avec son bois verni et ses lanières de cuir brut. Puis mon père, en tant qu'invité, a pris place sur le canapé, après avoir un instant hésité, comme s'il avait l'intention de jouer les hôtes. Je me suis assis à son côté, lui sachant gré de ne pas avoir commis la gaffe de s'installer dans le fauteuil réglable au dossier ajusté à la silhouette de mon beau-père, fauteuil qui avait été expédié depuis Boston.

Ce qui était manifeste dans cette pièce, c'était l'absence du frère de mon beau-père qui, avec grossièreté, était resté dans sa chambre du rez-de-chaussée, à l'arrière de la maison. Il était allongé (je le savais), les mains croisées sous sa nuque, sur le lit en laiton dont le jumeau avait été abandonné par mon beau-père lorsqu'il avait épousé ma mère. Allongé là, il contemplait les imperfections du plafond en plâtre.

« Bien », a dit mon beau-père, debout près du fauteuil réglable. Il commençait souvent ses phrases par

« bien », comme s'il annonçait qu'il allait parler. « Bien, que diriez-vous d'un verre ? »

Mon père a eu un sourire chaleureux. « Permettez-moi d'accepter, Charles, a-t-il dit d'une façon un peu plus protocolaire. Une petite libation semble tout à fait indiquée. » Il a croisé ses longues jambes avec naturel, et ce geste a attiré mon attention sur ses chaussures bicolores à bouts fleuris. Comme cet impossible pull rouge tomate, elles étaient en harmonie avec les improbables orangeraies californiennes et les horizons en trompe l'œil des studios de cinéma. Elles avaient quelque chose d'énorme et d'offensant, dans ce pays d'armoises et de réel qu'était le sud-ouest du Montana.

On estimait à cette époque que servir des boissons alcoolisées ou découper le rôti étaient des prérogatives d'homme, et mon beau-père accomplissait ces deux tâches avec le dévouement et la dignité d'un prêtre. Il est donc passé dans la salle à manger, où il a pris des verres dans le placard à vaisselle d'angle. C'était là qu'il conservait, à l'abri des regards, l'unique médicament (autant que je sache) disponible dans le ranch : une petite bouteille d'huile d'eucalyptus censée guérir les rhumes. On ne voyait pas les maladies d'un bon œil, pas même les rhumes qui n'épargnaient pourtant pas la famille de mon beau-père. On les considérait comme des faiblesses de même nature que la dépendance à l'égard du sexe ou de la religion – et si on y cédait, on devait le faire en secret. Il a placé les verres sur un plateau qu'il a posé sur le buffet. Puis il s'est accroupi devant cet énorme meuble en acajou qui semblait lui-même accroupi. Sa position jurait un peu avec son air digne. Derrière une porte se trouvait le bourbon, destiné aux invités et aux maquignons qui, dans leurs grosses voitures, venaient marchander le prix du bétail. Personne ne s'imaginait que quelqu'un

– sinon une femme ou un étranger – pût souhaiter boire autre chose que du bourbon et y ajouter autre chose que de l'eau.

« Merci, Charlie », a dit mon père d'un ton de nouveau décontracté. Il regardait le verre et le breuvage d'un air approbateur.

« De rien », a dit mon beau-père. Il a tendu un verre à ma mère.

« Eh bien, buvons », a dit mon père. Il a levé son verre en souriant, comme à un souvenir. Puis il a redressé le menton – on aurait dit qu'il le pointait vers l'avenir. « Buvons à autrefois et à demain. »

Ma mère et mon beau-père ont levé leur verre, mais nettement moins haut, car ils hésitaient plutôt à s'engager, autant pour ce qui concernait le passé que l'avenir. Ma mère a alors jeté un regard circulaire dans la pièce. Ses yeux ont nécessairement fini par se poser sur le pull rouge tomate de mon père. Ce vêtement criait pour se faire remarquer, comme des armoiries ou un gilet de plumes. Ma mère s'est éclairci la gorge – c'était une de ses habitudes. Puis elle a dit : « Quelle belle couleur pour un pull. »

Mon père a baissé les yeux sur le devant de son pull, comme s'il était étonné par l'attention qu'il provoquait. « Tu l'aimes bien, Beth ?

— Oui, beaucoup, même.

— Et vous, Charlie ? » a demandé mon père.

Je crois que mon beau-père était abasourdi de voir quelqu'un s'enquérir de son opinion sur un vêtement, quel qu'il fût, à plus forte raison quand c'était l'homme dont sa femme avait divorcé qui le portait et quand ledit vêtement était d'une couleur aussi choquante.

— Oui, c'est un sacré pull », a-t-il dit.

Soudain mon père s'est mis debout, et il était grand. D'un geste saisissant, il s'est dépouillé de son pull et l'a jeté à mon beau-père qui s'est retrouvé avec le vêtement sur les genoux comme s'il tricotait. Il lui couvrait les mains. En les dégageant, il a fait bouger le pull à la manière d'un être vivant, d'une sangsue qui se collait à lui. Je crois que de toute sa vie il n'avait jamais songé à mettre le vêtement d'un autre – pas même en cas d'urgence, pas même après que le vêtement eut été lavé. Autant attendre de lui qu'il prît le nom d'un autre, de la même façon que j'avais emprunté le sien. Mais maintenant, avec mon père dans cette pièce, je me sentais de nouveau pleinement un Burton. La superbe voiture grise de mon père attendait dehors, en face de la haute colline aux armoises qui cachait encore le soleil bien après que le reste du monde eut été baigné de lumière – cette superbe voiture, instrument de ma fierté, cette machine dont les lignes fluides invitaient à l'envol immédiat.

Ma mère a détourné ses yeux du pull qui déteignait sur l'air autour de lui, le troublait. « Combien de temps peux-tu rester, Ben ?

— Pas plus d'une heure, malheureusement », a dit mon père.

J'ai perçu le soulagement qui gagnait ma mère. « Pas plus d'une heure ? »

Mon père a gloussé. « Non, je me disais que Tom et moi pourrions aller de l'autre côté de la montagne rendre visite à ses grands-parents. Au fait, Beth, comment vont Thomas et Emma ?

— Ils vont bien tous les deux, a répondu ma mère. Est-ce qu'ils t'attendent ? »

Mon père a gloussé encore une fois. « Je me suis dit que ça pourrait être amusant de leur faire une surprise. »

J'avais perçu une légère anxiété dans la voix de ma mère. Je savais que dès que nous serions partis pour l'Idaho elle se précipiterait sur le téléphone. Car cette surprise risquait de ne pas être très drôle pour ma grand-mère. Je ne l'avais jamais entendue mentionner mon père.

« Bon, voilà », a dit mon père lorsqu'une heure se fut écoulée. Il s'est levé lentement, comme à contrecœur.

La conversation de mon beau-père reposait en grande partie sur la météo. Il voyait ce qui s'annonçait dans la forme des nuages, le changement d'orientation des vents, l'odeur d'humidité. On le considérait comme une sorte de prophète ; les éleveurs du coin l'appelaient parfois au téléphone pour lui demander son avis : devraient-ils prévoir d'aller camper ? Feraient-ils bien de commencer les foins, pouvaient-ils s'aventurer en ville en voiture ?

« On dirait qu'il va pleuvoir », a-t-il déclaré cette fois. Puis, se tournant vers mon père : « Je suppose que vous avez emporté des chaînes. » J'avais l'impression qu'il évitait délibérément d'appeler mon père soit Ben, soit Burton.

« Des chaînes, oui, a dit mon père en ouvrant les mains et en les tendant avec nonchalance vers la voiture, de l'autre côté de la fenêtre. « Mais nous n'en aurons pas besoin. Cette machine-là a quatre vitesses avant. À bas régime, elle mord vraiment la route, elle arrache. »

Quatre vitesses avant ! Mon cœur a bondi. Qui d'autre que mon père aurait eu une voiture à quatre vitesses avant ? Et qui d'autre dirait « bas régime » au lieu de « première » ?

« C'est une bonne idée, de prendre des chaînes, a dit ma mère en serrant brièvement ses épaules de ses bras, comme si elle avait froid. Charlie conduit formidablement bien, superbement. Je déteste les routes glissantes. Je préfère descendre et aller à pied. On peut sortir si facilement de la route, quand ça glisse. » Elle était très habile avec les chevaux mais n'avait jamais apprivoisé l'automobile ; quand elle conduisait, elle fronçait les sourcils et semblait tendre l'oreille, à l'affût d'un problème.

« Bon, Beth, a dit mon père. Ne te mets pas martel en tête – ta si jolie tête. Mais si tu pouvais aller chercher quelques-unes des affaires de Tom. » Elle s'est levée, et mon beau-père a fait de même. « Je ramènerai Tom dans quelques jours, après notre voyage sentimental. J'ai très envie de revoir ces vieilles montagnes, là-bas, les pics de ma jeunesse, pour ainsi dire. Et puis, il faudra que je retourne au pays du soleil, en Californie. On a toujours des affaires qui nous appellent. Toujours, n'est-ce pas, Charles ?

— Toujours, toujours », a répondu mon beau-père en allant jusqu'au baromètre fixé contre le mur à côté de la peau d'un loup blanc qu'il avait lui-même abattu. La peau était suspendue la tête en bas. La tête même reposait sur une étagère triangulaire fabriquée spécialement à cet usage. La gueule était ouverte, les dents intactes ; on avait posé à l'intérieur une langue en plâtre rouge. Mon beau-père a tapoté le baromètre. « Ça baisse », a-t-il annoncé.

Mon père a déclaré : « Nous serons bien de l'autre côté de la montagne avant que ça baisse davantage, pas vrai, Tom ? »

Je me rappelle le visage de ma mère au moment où nous avons quitté l'allée. Elle était debout dans la véranda, les bras autour de ses épaules comme les femmes qui ont froid ou se font du souci. On les voit dans cette position quand leur mari est en train de changer un pneu ou d'allumer un feu qui risque de s'échapper et de tout enflammer. Ma mère était évidemment déchirée entre son soulagement de voir mon père s'en aller et son inquiétude à mon égard.

Déjà, de gros nuages noirs montaient rapidement derrière Black Canyon. Puis des éclairs ont commencé à frapper par endroits les collines en contrebas. Le tonnerre résonnait dans toute la vallée. Mon beau-père ne s'était pas contenté de prédire la pluie ; j'avais le sentiment qu'il l'avait provoquée. Les premières grosses gouttes se sont écrasées sur la poussière juste devant nous – chacune comme une minuscule explosion.

Mon père a ralenti, puis il a arrêté la Roamer. « Je crois qu'il vaut mieux que nous remontions la capote, Tom. » J'avais tellement désiré entendre mon père articuler mon nom. « Passe de l'autre côté. »

Il venait de mettre ce trench-coat qui, avec tous ces rabats et toutes ces boucles, distinguait les officiers anglais lors de la Première Guerre mondiale, un vêtement qui exprimait le brio et l'insouciance, le costume de ceux pour qui la mort même n'est qu'une peccadille. Le vent s'était levé et les rabats du trench-coat voletaient et claquaient. C'est avec difficulté que mon père a réussi à ôter l'enveloppe de toile qui couvrait la capote pliée. Pendant qu'il tirait par saccades sur la structure de la capote en forme de A, je me suis soudain rendu compte qu'il ne s'était encore jamais attaqué à ce problème. Ses mains longues et fines, dont on aurait pu dire par gentillesse qu'elles ressemblaient à celles d'un chirurgien, étaient très maladroites avec ce mécanisme pourtant simple. Son visage a grimacé de douleur quand il s'est pincé un doigt. Conscient de mon inquiétude, il a dit avec un large sourire : « Ce n'est rien. »

Sous la capote pliée se trouvaient les panneaux destinés à protéger les côtés. Percés d'œillets cerclés de métal, un peu comme des boutonnières, ils s'accrochaient aux tenons de la capote. Mon père avait du mal à faire tourner ces tenons pour fixer les panneaux, et j'ai bien compris qu'il n'avait jamais encore relevé cette capote ni posé les panneaux et que, par conséquent, cette voiture n'était à lui que depuis très peu de temps. Comme la Roamer avait au moins trois ans, elle était de deuxième, voire de troisième main. Il n'avait jamais dit qu'elle ne l'était pas. Ni qu'elle l'était. Il nous avait laissés croire ce que nous voulions.

Au bout des quinze minutes qu'il lui a fallu pour relever la capote et fixer les panneaux latéraux, nous étions trempés.

Alors, pour la première fois de ma vie, j'ai posé une question à mon père : « Est-ce que nous ne devrions pas mettre les chaînes ? »

Je savais comment m'y prendre avec les chaînes. On les étalait à plat devant les roues de derrière, on faisait avancer la voiture dessus, on relevait la partie arrière sur la roue et on les attachait avec deux méchants raccords qui étaient terribles à manipuler quand on avait les mains froides. Ils se débrouillaient toujours pour être tordus.

« Bien vu, Tom », a dit mon père, s'adressant à moi d'homme à homme. Il est allé derrière la voiture et il a ouvert le coffre, qui donnait sur le strapontin. À cette époque, c'était là que se trouvaient les outils, le cric et les chaînes de neige.

Le hic, c'était qu'il n'y avait pas de chaînes.

« Mais c'est fou ! a dit mon père. C'est complètement fou ! » Il était là, debout, la pluie dégoulinant sur son beau visage. Pendant un moment, son regard est resté vide, et un deuxième spasme douloureux lui a tordu la bouche. Le vent soulevait les basques de son trench-coat, et la visière de sa casquette anglaise ramollissait. « J'étais sûr qu'elles étaient là, a-t-il dit. Bon, on va être obligés d'essayer comme ça. »

La maison du ranch était à peine hors de notre vue, de l'autre côté de la colline, lorsque la Roamer a glissé de tout son long dans le fossé. Mon père s'est mordu la lèvre inférieure et, pendant quelques instants, il a braqué dans tous les sens tandis que le véhicule s'enfonçait dans l'argile huileuse qui emplissait ce qui restait de sculptures sur les pneus, les rendant inefficaces.

Il s'est alors penché en avant d'un air fatigué, il a coupé le contact et est demeuré assis à contempler ses mains. Ce silence lancinant était ponctué par la pluie sur la capote.

J'ai dit : « Je vais chercher Charlie. »

Le compte à rebours a commencé. J'ai cru qu'il allait me laisser faire. Mon père le protecteur. « Non, a-t-il dit enfin. Ça ne colle pas. Je vais y aller. »

J'ai passé plus d'une heure sur le siège désormais en pente de la Roamer déchue à regarder une ancienne carte routière de cet État de Californie où poussent les oranges et où Jackie Coogan jouait dans des films, déjà riche et célèbre alors qu'il avait exactement mon âge. Oui, à cette époque, comme mon père avant moi, je souhaitais devenir une star de cinéma. J'étais aussi fou de théâtre, mais je n'avais pas la beauté physique de mon père ou de ma mère. Je ne désirais peut-être qu'une vie totalement différente. Et là, assis sur ce siège en pente, avec la pluie qui se déchaînait contre la capote, je ne savais ni ce que j'étais ni qui j'étais, je ne savais même pas quel était mon nom, mais ce que je voyais avec une clarté effrayante, c'était la scène qui se déroulait dans la maison du ranch : mon père qui gravissait les marches tout autrement que la première fois, où il avait bondi dessus comme un pur-sang plein de fougue. À présent, il espérait qu'on ne le verrait pas approcher.

Puis il allait raconter qu'il s'était passé quelque chose avec les chaînes, qu'on les avait volées en Californie, dans un endroit où il s'était arrêté et où il avait remarqué un homme à l'air suspect. Il pourrait ajouter une petite histoire sur cet endroit.

Alors mon beau-père prendrait son vieux chapeau bosselé – le Stetson qu'il gardait à portée de main sur l'étagère à livres avec ses gants et ses jumelles. Il songerait qu'il avait cru être débarrassé de mon père et de moi, et puis voilà que mon père serait là avec son chapeau – ou plutôt sa casquette – à la main, en train de demander un attelage pour sortir cette foutue bagnole du fossé.

Et ma mère se rappellerait les anciens échecs, les chambres louées, l'eau et l'électricité coupées, les vieilles erreurs de jugement, les voisins intéressés. Un vase avec des fleurs qui se fanent.

Enfin, dans le rétroviseur, j'ai vu quelque agitation, deux chevaux bais, sans doute Dolly et Molly, attelés à un chariot – rien de plus qu'un axe monté sur roues et un seul siège, celui d'une vieille faucheuse Deering. Sur le siège sévère et minimal était assis mon beau-père, aussi serein que César sous cette pluie battante, tandis qu'à côté du chariot mon père marchait péniblement dans ses richelieus à bouts fleuris (mais si loin des fleurs), avec sa casquette imbécile et son trench-coat ridicule.

Il s'est vite écarté, mettant ses pieds mal assurés dans la boue pendant que mon beau-père accrochait avec adresse la grosse chaîne au pare-chocs arrière de la Roamer qui n'en pouvait mais. La Roamer si bien nommée[1].

J'ai moins entendu que vu mon beau-père parler, et mon père a aussitôt fait oui de la tête ; il s'est glissé derrière le volant de la voiture, et il a posé ses longues mains fines sur ce volant inutile. Dolly et Molly se sont mis à tirer et à déraper, et à la fin la voiture a bougé

---

1. *Roamer* signifie « vagabonde », « errante ». *(N.d.T.)*

lentement comme une bête qu'on réveille. Elle a grimpé hors du fossé et, en silence, mon père et moi avons été remorqués en marche arrière jusqu'au ranch où ma mère attendait avec son bandeau brillant autour de son front et ses bijoux sur les doigts, des saphirs et des diamants.

Le lendemain matin, après un petit déjeuner lourd de pensées où nous (surtout mon père) avons parlé par monosyllabes, mon père et moi avons pris le train de la G & P à travers la montagne jusqu'au ranch des Sweringen. Là, la Reine du Mouton... attendait.

Non, en toute conscience, je ne pouvais pas écrire à mon père pour lui parler d'une femme qui se prétendait sa fille. À mon âge, je savais trop ce qu'était une humiliation et, de toute façon, je n'avais aucune raison de croire qu'il dirait la vérité. Quel que soit le rôle qu'il avait joué dans cette histoire, il laisserait les autres à leurs suppositions, comme il l'avait fait avec nous pour la Roamer, et même pour ce qui était de son activité précise « au pays du soleil ».

14

Dans notre boîte, j'ai trouvé une lettre du Club du livre m'avertissant que, sauf si j'envoyais une carte pour refuser, j'allais recevoir un roman écrit par un policier. Si les policiers patrouillaient davantage et écrivaient moins, me suis-je alors dit, les villes seraient plus sûres. On ne peut plus traverser les faubourgs de Boston sans appréhension ; c'est seulement quand on arrive aux Jardins publics qu'on ose se mettre à marcher sans regarder derrière soi.

Il y avait aussi une lettre de mon fils aîné ; mes fils, comme ceux de bien d'autres hommes, n'ont pas eu la vie facile ces dernières années. Et comme les fils de bien d'autres hommes, ce sont de jeunes gens talentueux et doux qui ont étudié les lettres et qui sont totalement étrangers à l'univers du commerce. J'ai peur de leur avoir transmis un certain mépris du monde des affaires, de leur avoir fait voir ceux qui s'y consacrent comme des requins et les hommes politiques comme des parasites, ce que sont aussi les gens riches par héritage. Quoi qu'il en soit, ces requins et ces parasites font partie de la majorité et se renvoient mutuellement l'ascenseur ; il faut donc savoir les manipuler. Je n'ai pas appris à mes fils à manipuler parce que c'est quelque chose que je ne sais pas faire.

Mes fils ont parfois besoin d'aide, et je suis heureux de la leur fournir, puisque je ne leur ai pas appris à être agressifs. Il m'est arrivé d'avoir besoin d'aide.

Mon voisin, un peintre portraitiste, a laissé entendre que je m'y suis mal pris et que lui, qui se considère comme malin et sensé, s'est mieux débrouillé. Il pense que ce serait bien pour mes fils si de temps à autre je leur refusais mon aide. Je le ferais volontiers si je n'avais pas peur que sans elle ils ne soient obligés de se passer de quelque chose dont ils ont besoin. À mon sens, les pères ont le devoir d'aider leurs enfants. Ils me semblent faits pour cela.

« Très bien », a dit mon voisin.

Et puis, tout à fait par hasard, j'ai appris qu'il avait acheté dernièrement une ferme pour sa fille et pour son gendre parce qu'ils ne pouvaient vivre comme ils le souhaitaient que dans une ferme. Ils voulaient tuer leurs propres poulets et faire cuire leur pain. Sans une ferme à eux, il était impossible que cela soit aussi réel qu'ils le désiraient.

Donc, un courrier d'un de mes fils.

Et je n'ai pas été étonné de trouver une lettre de la plus âgée de mes tantes, Roberta, car c'est elle qui m'écrit le plus souvent depuis la mort de ma mère – c'est elle qui s'est chargée de moi.

> Cher Tom,
>
> Polly m'a écrit ce matin pour me parler de cette femme, et c'est la chose la plus folle que j'aie entendue de toute ma vie ! Je veux dire que j'ai reçu la lettre ce matin après avoir pris mon café. Je ne vaux pas grand-chose tant que je ne l'ai pas pris. On le porte dans la chambre, au Holiday Inn. En tout cas c'est comme ça à Phoenix.
>
> Qui que soit cette Nofzinger (ou quels que soient les autres noms qu'elle se donne), tu peux

parier ta chemise que c'est une histoire d'argent. C'est comme ça qu'ils font, ces gens !

Il y a une chose que je peux te dire : ce n'est pas la fille de Beth ! Tu sais parfaitement que ta mère n'aurait jamais fait une chose pareille, se mettre avec un homme avant d'être mariée, parce que aucune de nous ne l'aurait fait, et surtout pas Beth, de par sa nature. J'ai toujours été plus proche d'elle que quiconque à cause de nos âges. De toute façon, Mama me l'aurait dit si une chose de ce genre s'était produite. Or, elle ne l'a jamais fait. Tu peux t'imaginer Mama !

Je ne crois pas que Polly ait été dupe, mais si c'est le cas, c'est parce qu'elle a tendance à voir le meilleur côté des gens, comme à l'époque où les cuisiniers volaient les jumelles de Papa sur le râtelier à fusils. Je pense que cette femme a peut-être appris que Mama était la Reine du Mouton ; elle s'est dit qu'elle allait en tirer de l'argent. Mais un bon avocat lui remettrait les pieds sur terre ! Le nôtre, à Salmon, est très bon. Il est vieux – il a été député – et il est drôle. Beth l'aimait bien.

Si cette femme est la femme de quelqu'un, c'est celle de Ben. Tu es assez âgé maintenant pour savoir que si Beth a divorcé d'avec ton père, c'est parce qu'elle a appris qu'il y avait une autre femme. Elle est allée voir et elle a trouvé des vêtements de Ben dans le placard de l'autre femme.

J'ai toujours été heureuse que nous soyons si unis, dans notre famille.

Au fait. Mary Hester Collins a donné une belle petite soirée pour moi juste après mon arrivée. Tu te souviens de Mary Hester, n'est-ce pas, Tom ? Elle jouait si bien du piano, mais pas comme Beth. Ils ont une maison adorable, ici, sur deux niveaux, juste à l'extérieur de Phoenix, avec une piscine. Elle dit que c'est le filtre, le plus embêtant. On s'est assis autour de la piscine pour prendre un verre. Ils avaient mis un animal à flotter sur l'eau pour un de leurs petits-enfants. Ensuite on est rentrés.

Ensuite, Gene, son mari, est arrivé avec des amis à lui et ils sont restés là à dire des plaisanteries et à bavarder. Ils étaient partis dans le désert pendant plusieurs jours dans une jeep pour faire je ne sais quoi – ils vont absolument partout. Je suppose qu'il tire bien. Ta mère l'aimait bien, mais je n'ai jamais apprécié sa façon de faire des blagues aux gens.

Bon, Mary Hester a acheté un canapé en daim bleu cobalt chez Altman, où ta mère avait trouvé sa méridienne aux roses, et elle a pris une moquette citron à longs poils. Je lui ai demandé comment elle faisait, et elle m'a dit qu'il y a un peigne qu'on adapte au bout de l'aspirateur et ça marche. Le jaune est tellement peu pratique, avec les hommes et leurs chaussures. Elle emploie une jolie petite Mexicaine, et heureusement, parce que son séjour est à peu près de la taille de notre ancien enclos pour les chevaux. Quand notre vieux Billy est mort, il avait plus de trente-six ans et on avait été obligés à la fin de lui limer les dents, mais Mama l'adorait.

Mary Hester a été ravie quand Gene lui a donné une Cadillac pour son anniversaire, mais elle dit que le capot est si long qu'elle ne voit pas tellement la route. Tu te souviens comme elle est petite, alors que son père est si grand ? J'aimerais bien pouvoir m'en acheter une neuve. J'ai été désolée de les voir quitter Salmon, mais il a une maladie des poumons.

Je voudrais faire quelques c⋯
malgré la chaleur, insupportable ! Évi⋯
y a des Mexicains partout et même des g⋯
couleur. Il paraît que la chaleur ne les gêne p⋯
tellement. Je suppose que c'est pour cela qu'ils
sont là. Quand je vais faire des courses, je pense
à ta mère parce qu'elle avait du goût. Je veux un
tailleur en lin couleur framboise que je porterai
avec la chaîne en or de mon grand-père, celle
qu'il a faite à l'époque où il extrayait de l'or, pendant l'hiver où il ne pouvait pas travailler. C'est
mon année, pour la chaîne. L'an prochain, c'est le
tour de Maude.

Pauvre Beth chérie – elle nous aura quittés
depuis dix ans le 4. C'est drôle que ce soit juste
maintenant que cette femme ait écrit. Parfois je
pourrais me mettre à pleurer. Tu te souviens,
quand nous sommes sortis de l'église et que nous
avons entendu les oies sauvages qui passaient audessus de nous avec ce cri solitaire ? Et puis dans
le cimetière, comme les abeilles étaient surprises
de trouver toutes ces fleurs si tôt ? Je t'embrasse,
Tom.

Roberta

« Tes tantes sont heureuses de vivre dans leurs petits
accommodements avec la réalité, a déclaré ma femme.
Mais il serait bizarre que cette femme ait inventé une
telle histoire de A à Z. Et elle a engagé un avocat. Ils
ne sont pas bon marché, ces temps-ci.

— Il se peut qu'elle ait emprunté de l'argent en
pensant qu'au bout du compte, ça lui rapporterait, ai-je répondu. À moins que ce ne soit l'avocat, qui le
pense. Il est peut-être dans le coup, lui aussi. »

15

Je suis allé au lycée de Grayling, dans le Montana, à soixante-dix kilomètres au nord du ranch. Sur une pelouse bordant la gare de l'Union Pacific se détachait le mot GRAYLING en pierres passées à la chaux – ainsi les voyageurs distraits pouvaient-ils savoir où ils se trouvaient.

J'avais pris pension dans une famille du nom de Moon. M. et Mme Moon étaient tous les deux petits et actifs. Ils possédaient le même charme que certains de ces arbres qu'on empêche de grandir. M. Moon était maigre et il avait appris, en se penchant vers l'horizon et en allongeant le pas, à aller à la même allure que les gens ordinaires.

Mme Moon était rondelette. On pouvait se la représenter jeune fille. M. Moon s'occupait de construction et d'emprunts ; les après-midi où son travail tournait au ralenti, quand il n'y avait ni projet de construction ni emprunt à négocier, il jouait au rami avec des copains de taille standard au bistro Chez Jerry, où l'on pouvait se procurer de l'alcool si Jerry vous connaissait. L'ambiance y était bonne.

Mme Moon avait été très près, jadis, d'épouser un homme devenu un producteur de cinéma célèbre. Elle disait souvent qu'elle regrettait de ne pas avoir pu lire l'avenir ; elle n'avait jamais imaginé que cet homme pût devenir quelqu'un comme ça, et pourtant ç'avait été le cas.

Le logement des Moon – il changeait tous les ans, les Moon emménageant dans des maisons de plus en plus grandes parce qu'ils n'avaient jamais assez de placards – sentait l'antiseptique, la Listérine. M. Moon n'était jamais aussi heureux que quand, à l'aide d'une pièce de vingt-cinq *cents,* il arrivait à persuader la plus jeune de ses filles (il l'appelait Bug) de lui mettre une serviette autour de son petit cou et d'appliquer avec soin ce liquide antiseptique sur son crâne dégarni, qu'elle grattait ensuite avec un peigne aux dents fines.

Mme Moon garnissait des coussins de canapé et les décorait avec un curieux tissu qui changeait de couleur selon l'angle sous lequel on le regardait. Elle offrait ces coussins à Noël, ainsi que des bouchées meringuées qu'elle confectionnait elle-même. Elle faisait de la gelée de jus de tomate épicé qu'elle parsemait de tomates crues censées réjouir les intestins. Le dimanche, elle servait du rôti de porc avec de la compote de pommes et, tandis que le soleil descendait de l'autre côté de la maison, elle se livrait à des commentaires sur la maladie et la mort, fléaux aussi attristants que répandus. Elle avait en tête une liste de personnes qui se sentiraient réconfortées par une petite visite. Une fois la vaisselle terminée, non sans disputes – il y avait deux enfants plus âgés que Bug –, Mme Moon s'asseyait au piano droit et chantait du Carrie Jacobs Bond. *À l'aube* et *La Fin d'une journée parfaite* me viennent à l'esprit. Elle entretenait avec Jésus-Christ une relation quasi incestueuse que M. Moon n'avait aucun espoir de partager. Le visage émacié et déçu du Christ était pendu à plusieurs cloisons des chambres des Moon. Ce que Son regard nous rappelait implicitement, c'était que même les meilleurs d'entre nous ne seront finalement pas à la hauteur.

Parfois, les Moon grimpaient dans leur Chevrolet beige, chacun par sa portière, et ils se rendaient dans les collines avoisinantes pour pique-niquer. Un jour, de parfaits étrangers venus de Californie s'étaient joints à eux. Ils avaient échangé leurs noms, mais rien de plus.

Les Moon ne m'ont pas posé de questions sur ce qui m'avait poussé à m'approprier à tort le nom de mon beau-père. Ils gardaient une distance respectueuse, sinon à mon endroit, du moins à celui de ma mère, qui était après tout la femme d'un éleveur à la fois riche et issu d'une bonne famille de l'Est. Les Brewer avaient combattu dans la guerre d'Indépendance. Ils comptaient parmi les membres de leur famille le propriétaire des terres où se situait le barrage qui, en cédant, avait provoqué l'inondation de Johnstown en 1889 – désastre qui avait noyé des centaines de gens et en avait laissé des centaines d'autres sans abri et la tête pleine de drôles de pensées. Les Brewer se sentaient plus à l'aise chez un autre de leurs parents, le créateur des soupes Campbell.

C'était dans les salles et les couloirs du lycée que je craignais d'être un jour démasqué, de voir ma couverture percée à jour, de me trouver publiquement ramené à ce que j'étais : un Burton. Comme je connaissais l'insensibilité des jeunes et leur horreur des imposteurs, je me méfiais.

Cherche-toi un piège à rat
Plus gros que pour un chat !
Cannibale, cannibale, pam pam pa !
Lycée Grayling, on vaincra !

J'ai appris la dactylographie au deuxième étage, sous les avant-toits et sous la tutelle de Mlle Metlen, une femme de bonne volonté qui se mettait tout près de moi pour contrôler la façon dont je plaçais mes doigts. Là-haut, j'ai appris que l'Underwood Standard était la meilleure des machines à écrire et que celui qui comptait s'en servir avait intérêt à monter avant l'heure, sinon il serait coincé avec une Woodstock ou une Remington. Je tapai « sur, jus, rue », et plus tard : « Les habitudes ne sont d'abord que des fils d'araignée ; à la fin, ce sont des câbles. »

Mlle Schoenborn m'apprenait qu'il existe deux formes pour l'imparfait du subjonctif en espagnol ; l'une est utilisée en Espagne, l'autre en Amérique du Sud : *ara* et *ase*. Je lisais *El Sombrero de Tres Picos*. Je me souviens que Mlle Schoenborn portait des chaussures habillées, à lacets, très différentes de celles de ma mère. Je gagnais des points supplémentaires en apprenant par cœur des *Fables* de La Fontaine.

La cigale, ayant chanté tout l'été...

J'ai appris qu'en anglais le gérondif demande l'adjectif possessif et que le sujet de l'infinitif est au cas objet. C'était avec Mlle Kirkpatrick.

M. Ogren mettait des costumes marron et gardait dans sa pochette un peigne noir avec lequel, dans des moments d'inattention, il ratissait ses cheveux en épis. Il m'a appris que l'eau régale attaque l'or et que l'acide nitrique appliqué avec prudence enlève les verrues. Je suis émerveillé quand je repense à l'excellence des enseignants dans cette petite ville et dans cette petite école au pied d'une haute colline où l'on voyait parfois, à mi-pente, paître des chevaux sauvages. Je tiens à dire ici combien j'apprécie ce qu'ils ont fait pour moi.

Mon partenaire de laboratoire était un garçon du nom de Bobby Kerwin. Il avait pour tante une petite créature affairée qui donnait l'impression d'être bossue et qui avait loué dans l'hôtel de la ville une sorte de réduit où elle dactylographiait des lettres pour les voyageurs de commerce. Bobby était pâle et mince, il ne s'intéressait absolument pas aux activités sportives et pendant les récréations il avalait des cachets d'aspirine. Il avait certainement été un enfant maladif et on avait craint pour sa vie. Comme beaucoup de ces personnes souffreteuses apparemment douées de perceptions refusées aux bien portants, Bobby reniflait nos fautes et nos faiblesses plus facilement qu'il ne respirait. Il savait qui avait lâché du gaz qui sentait les œufs pourris dans la salle d'étude. Il savait qui, dans l'équipe de football américain, gardait des préservatifs dans son portefeuille, et avec quelles filles il s'en servait. La connaissance très étendue qu'avait Bobby de nos menus larcins et autres écarts de conduite était, disait-on, exploitée par le principal. On voyait souvent Bobby entrer et sortir du bureau de ce monsieur qui affichait sa préférence nationale par un drapeau américain qui pendait mollement à une hampe dans un coin, tandis qu'un buste de César proclamait ses goûts littéraires.

Il était impossible de punir Bobby Kerwin. Qui, parmi les coupables appréhendés, aurait osé porter la main sur un garçon qui avait l'aspect et la démarche d'un spectre ? On ne pouvait faire davantage qu'espérer voir la nature suivre son cours.

Rien dans mes actes n'aurait pu offenser Bobby. Loin de là. Je le laissais copier les réponses sur mon cahier, car il n'avait de don ni pour les mathématiques ni pour les sciences, bien qu'il en eût un pour la musique. Il n'avait pas assez de souffle pour les cors, ni même pour les instruments à vent plus aigus, mais ses prouesses au violon s'étaient révélées précocement, comme il arrive souvent chez ceux qui sont condamnés par le destin.

Le laboratoire puait le formol. Un peu plus tôt dans la journée, cette salle était le théâtre d'un dépeçage sélectif de poissons-chats et de roussettes par ceux qui pouvaient encaisser ce genre de choses, et c'était dans ce liquide à l'odeur tenace que de pauvres corps étaient conservés et commercialisés. M. Ogren, l'air très professionnel dans le tablier gris et froissé qui, espérait-il, le protégerait d'éventuelles giclées d'acide corrosif, arpentait les allées entre des établis recouverts de plaques d'ardoise et munis d'éviers et de robinets. Ses yeux, rendus plus perçants par d'épaisses lunettes, étaient aux aguets pour surprendre les tire-au-flanc et les tricheurs.

Mon cahier était ouvert ; je procédais à l'expérience du jour, consistant à passer un par un divers métaux sur la pâle flamme d'un bec Bunsen. Quelques-uns (j'oublie lesquels) teintaient celle-ci en vert, d'autres en orange, d'autres encore en jaune, en rouge ou en bleu. Je notais ces couleurs en face du métal concerné. La finalité d'un tel savoir, pour l'élève moyen du lycée Grayling, demeurait assez nébuleuse.

Le cahier de Bobby était également ouvert. De temps à autre, il feuilletait le mien pour revenir à une page antérieure où il mémorisait ce qu'il voyait avant de l'inscrire à son tour. Il se peut que ce soit sa frustration, son incapacité à calculer l'expansion d'un gaz ou à résoudre une équation qui l'ait incité à parler. Il se peut aussi que ce soit seulement le besoin qu'a l'homme de blesser celui qui l'a aidé. Les paroles de Bobby se sont pressées contre mon oreille à la manière d'un petit courant d'air glacé.

« Tu t'appelles pas Brewer », a-t-il chuchoté.

Le monde tel que je souhaitais qu'il fût s'est mis à glisser sous mes pieds. Je suis resté debout à fixer la flamme pâle et très concrète du bec Bunsen. Derrière elle, je voyais mon père dans son trench-coat dont les pans battaient l'air, mon père en train d'avancer avec peine et de déraper dans la boue à côté de Charlie Brewer, tout là-haut sur son siège.

La lettre que j'ai écrite à cette Nofzinger et dans laquelle je niais que ma mère pût être aussi la sienne a croisé la première qu'elle m'eût adressée directement. Amy Nofzinger y disait qu'elle pensait être ma sœur ; elle me racontait un peu de sa vie et elle avait joint des photos. Avoir entendu parler d'elle était une chose, recevoir quelque chose d'elle en était une autre. Car il y avait là son écriture, une calligraphie lisible et même belle. Il m'a paru évident qu'à un moment de sa vie, sans doute vers l'âge de quatorze ans, elle avait décidé de se singulariser par son stylo – un Parker, un Waterman ? Cet effort de créativité n'était pas surprenant de la part d'une fille qui, par ailleurs, ignorait qui elle était. Je me suis demandé quels arts ou quels passe-temps elle avait plus tard cultivés pour mieux se donner une identité : la musique, la peinture ? Ou bien se contentait-elle d'une réputation de bonne cuisinière, voire tout simplement de gentillesse ?

À peine deux semaines auparavant, cette femme n'était qu'une idée lourde de menaces. Maintenant, par sa signature et par les photos que j'avais près de moi, elle était une réalité. Elle était devenue un peu une personne, et du coup moins troublante, car l'objet qui jette une ombre est moins menaçant que l'ombre même.

Quatre photos. D'abord un portrait conventionnel réalisé lors de la remise des diplômes à l'université de

Washington. Amy a les cheveux partagés au milieu par une raie tracée avec beaucoup de maîtrise et d'attention ; elle est très soignée, elle porte un foulard de soie noué avec chic. Elle a permis au photographe (ou à son talentueux assistant) de retoucher son chemisier (il tombe par-dessus la ceinture), son foulard et son visage avec juste assez de couleur pour donner un effet de réalité. Il est difficile de savoir si le photographe a ainsi révélé le teint véritable d'Amy, car la couleur est un peu passée. Il se peut que le coloriste se soit simplement emparé du pot de peinture marqué de l'étiquette CHAIR et contenant le genre de teinte qu'on trouve aussi dans les grandes boîtes de crayons pastel qu'adorent les petits enfants. C'est une teinte de peau plus proche de celle qu'imagine un entrepreneur de pompes funèbres que de celle conçue par Dieu. Il n'y avait en revanche aucun doute sur la couleur des yeux ; l'artiste les avait retouchés avec du marron. L'innocence du regard d'Amy et la sérénité de sa bouche m'ont porté à croire que les cours de botanique, de biologie et de chimie qu'elle avait suivis ne lui avaient pas fait perdre courage et ne l'avaient pas rendue cynique. J'ai éprouvé la conviction curieuse qu'on pouvait lui faire confiance.

Les trois autres photos étaient plus décontractées. D'abord un cliché pris le jour même de ce mariage qui devait être si bref et sans enfants – pour reprendre les mots qu'elle avait employés dans sa lettre. Elle porte une jolie robe tout ornée de rubans et un petit chapeau agrémenté de fausses fleurs avec une voilette rudimentaire. C'est le genre de chapeau que ma mère aurait envoyé balader sans hésitation. Amy Nofzinger me donne ici l'impression de jouer « à s'habiller » : dès qu'elle aura mis ces vêtements de côté, elle sera une tout autre personne. Sa tenue m'indique que son mariage n'a pas été d'une grande solennité, qu'il a été prononcé devant un fonctionnaire pressé de retourner à d'autres tâches plus productives. Il me semble que son sourire éclatant était forcé.

Au dos d'un troisième cliché, on lit les mots *Mon Amour*. La photo montre l'océan Pacifique. Aux pieds d'Amy on voit du bois flotté ; l'ombre noire d'un arbre occupe le premier plan. Amy est en pantalon et en vieille veste écossaise. Elle paraît davantage chez elle là que lorsqu'elle se tenait à côté des imposantes roses trémières de la photo de mariage. Ce cliché de bord de mer représente la version adulte d'une autre photo prise quand Amy avait sept ans. Sur celui-ci elle a de hautes bottes neuves et, assise sur un rocher, elle a les yeux fixés dessus, pas sur la mer. Je me suis rappelé que ce genre de bottes possède une poche sur le côté où l'on met le canif qui sert à nettoyer le poisson et à tailler des sifflets dans des branches de saule. J'ai espéré que ce n'était pas à l'âge de sept ans qu'elle avait découvert qu'elle était une enfant abandonnée. Même les gamins ordinaires, flanqués de leurs parents et étouffés par leurs grands-parents, ont bien assez d'embêtements et de peurs, à cet âge, avec les instituteurs qui les punissent, les camarades de classe qui les brutalisent et les monstres patients qui les attendent dès que la lumière s'éteint.

Même si ce n'était pas à sept ans, cette femme aussi avait connu un moment où son regard s'était arrêté sur quelque chose – sans doute pas un bec Bunsen –, un moment où le monde tel qu'elle l'imaginait s'était dérobé sous ses petits pieds. Contrairement à moi, cependant, elle n'avait pas eu la possibilité de regarder au-delà pour apercevoir des parents réels (même séparés). Elle n'avait pas pu convoquer la formidable présence de la Reine du Mouton de l'Idaho et de son gentil mari qui ne disait jamais non à un petit-enfant. Sur quoi avait-elle donc fixé son regard, au moment où elle avait découvert son abandon ? Une chaise ? Un poêle ? Qu'est-ce qui avait symbolisé ce cauchemar, si fréquent chez les enfants, selon lequel leurs parents ne sont pas vraiment leurs parents – cauchemar devenu pour elle réalité ?

Le fait de savoir qu'elle n'était personne, qu'elle n'avait pas plus de substance qu'une ombre (l'ombre de quoi ?), avait dû colorer ensuite tous les aspects de sa vie. Elle avait dû se demander si les autres enfants *savaient*. S'ils avaient été mis au courant par leurs parents, lesquels, tout naturellement, prennent plaisir à révéler ce genre de choses sous couvert de compassion.

« Tu vois, ma chérie, Amy est adoptée.

— Ça veut dire quoi, maman ?

— Ça veut dire qu'elle n'a pas de vrais parents. Pas comme toi, qui as papa et moi. Donc, il ne faut pas que tu oublies d'être spécialement gentille avec elle. »

De la pitié. Mais les enfants ne connaissent ni la pitié ni la compassion. Ce ne sont pas des sentiments enfantins. Dans leur esprit, ils se traduisent par la persécution.

Amy avait dû se demander si c'était pour cette raison qu'elle était la dernière choisie lors des jeux – les autres enfants craignant peut-être que la pauvreté de sa parenté ne déteigne sur eux. Plus tard, elle avait dû se demander si elle n'avait pas baissé dans l'estime de ses amis du fait qu'elle n'osait pas montrer son extrait d'acte de naissance. Ils devaient se poser des questions sur son silence quand ils abordaient le sujet des réunions de famille, de Noël et du premier de l'an dont tout le monde sort épuisé – et pourtant personne ne voudrait que cela se fasse autrement. Ou quand ils parlaient de tantes gentiment idiotes qu'ils adoraient et qu'ils ne voulaient pas exclure – c'étaient quand même leurs tantes –, voire de cousins excentriques qui avaient été happés par des religions bizarres, quand ils n'étaient pas devenus nudistes.

Toute sa vie, elle se demanderait si elle avait été à la hauteur du petit garçon qui avait été tué. Un garçon qu'elle avait remplacé, plus ou moins, non parce qu'elle avait eu besoin des McKinney, mais parce que eux avaient eu besoin d'elle – parce que avec elle ils se sentiraient moins seuls et qu'elle donnerait un sens à leur vie.

Elle avait donc ouvert l'enveloppe. Mieux vaut connaître ses parents, même si ce sont des voleurs, des ivrognes ou des salopards.

Mon père à moi avait les yeux marron.

J'ai eu du mal à écrire à Amy. De quelle manière commencer ? Lui écrire, c'était comme m'adresser à quelqu'un qui se saurait atteint d'une maladie mortelle en phase terminale. Tel un de ces malades, elle se situait sur un autre plan, elle avait un système de références particulier. Pour ce genre de personne, le soleil donne une lumière particulière ; une porte fermée ne veut pas dire la même chose que pour les autres.

En ce moment même, elle était peut-être en train de se bâtir toute une famille à partir de l'idée que j'étais son frère. Du genre : « Ma tante Maude. Ma tante Roberta. Polly, c'est Pauline. Elles m'écrivent fréquemment. Vous savez, nous sommes une très grande famille, très unie. J'ai un frère, il s'appelle Tom. »

Il n'était pas impossible qu'elle soit la fille de mon père, mais j'étais troublé par son entêtement de mule à affirmer que ma mère était aussi la sienne. Elle devait bien savoir que ma mère n'aurait jamais abandonné un enfant – mais *d'où* elle aurait tiré ce savoir, j'étais incapable de le dire.

Les liens du sang, cependant, ont une grande force même quand ce ne sont que des moitiés de lien.

Même à contrecœur, je ne pouvais m'empêcher de la ressentir comme une vraie parente. Mais j'éprouvais la même chose aussi pour l'autre personne dont nul n'avait voulu : la pauvre femme qui avait arpenté les couloirs de l'hôpital. Elle avait dû si souvent penser à sa fille ! Et n'avait-elle pas aussi souvent souhaité que quelqu'un se sentît assez concerné pour la rechercher comme Amy m'avait recherché ?

« Bon, que vas-tu faire ? » m'a demandé ma femme.

J'étais debout près de mon bureau, douloureusement conscient de ce passé pas très lointain où ce problème ne me concernait en *rien*. Où il n'y avait rien, et donc rien à faire. Mon point de vue avait également changé. J'avais peut-être une demi-sœur, avec cette Amy. Je serais peut-être obligé de définir mes obligations envers elle.

« Je vais lui écrire de nouveau. Si ça peut lui faire plaisir, je ne peux pas l'empêcher de croire que mon père est aussi le sien. C'est peut-être vrai. J'en crois bien mon père capable. Mes tantes aussi l'en estiment tout à fait capable, et elles l'ont mieux connu que moi.

— Suppose qu'elle veuille te rencontrer ?

— Oui, bon, pourquoi pas ?

— Tu sais, Tom », a-t-elle dit alors. Et quand elle prononce « Tom » de cette façon, je sais qu'il y a quelque chose qui la travaille et qu'elle va le dire. « Tu sais, Tom, elle te ressemble quand même un peu. Je voudrais bien qu'on la voie entièrement de profil, sur ces photos. Tu as un nez qui n'est pas vraiment comme celui des autres.

— Merci bien. » Quand ma demi-sœur, Bella Brewer, avait six ans et qu'elle voulait embêter le garçon de onze ans que j'étais, elle me traitait de « vieux nez carré ». Je lui répondais qu'elle avait des cheveux comme des crins de balai.

Comme elle n'avait pas de vraie famille, Amy Nofzinger n'avait pas encombré sa maison d'objets et de bric-à-brac familial, car, lorsqu'on en hérite d'une famille qui n'est pas la sienne, ces choses ne font que rappeler quelque chose de désagréable et n'ont qu'une valeur marchande.

En revanche, ce bureau où la lettre d'Amy se trouvait posée à côté de la machine à écrire, ce bureau près duquel je m'étais tenu pendant tant de jours calmes et ordonnés avant que j'eusse même entendu parler d'Amy Nofzinger, c'était là que j'avais écrit mes six derniers romans. Il avait été fabriqué dans un ancien piano droit ayant appartenu à ma grand-tante Nora. Mon arrière-grand-mère l'avait fait transporter au fin fond de l'Ouest et je l'avais fait rapporter jusqu'à la côte Est. Je possède aussi la guitare Washburn sur laquelle tante Nora grattait jadis des fandangos pleins d'entrain. Plus tard, j'ai chanté à la guitare des chansons d'amour, de mort, de deuil et de désespoir que j'avais apprises sur les disques que les cow-boys et les aides du ranch passaient dans le dortoir, des chansons qui résument assez bien ce que sont certaines vies et qu'on appelle aujourd'hui du *country western.*

Devant moi, sur ce bureau, se trouve une boîte chinoise en cuir laqué couverte de dames chinoises semblables à des spectres : elles franchissent des ponts en arc et jettent un coup d'œil aux saules derrière elles. Cette boîte appartenait à ma mère, qui aimait les chinoiseries, et contient des centaines de clichés de tous les membres de la famille. C'est là que se trouve l'unique photo de George Sweringen, mon arrière-grand-père. Je l'ai volée dans l'album de famille un jour de Noël. Je m'étais persuadé que j'avais le droit de l'avoir parce que j'étais le petit-fils le plus âgé, mais je craignais mes tantes – depuis, elles m'ont pardonné. Un de ces jours, je vais trier toutes ces photos et les dater. Il y en a tant avec des bébés qui se ressemblent que je vais avoir du mal à savoir qui est qui.

De chaque côté du bureau sont campées deux statuettes de bronze de trente centimètres de haut. L'une représente un petit garçon en hauts-de-chausses avec une ardoise à la main ; l'autre montre une petite fille en train de lire. Ce sont des cadeaux que Thomas Sweringen et la Reine du Mouton ont reçus en 1889, pour leur mariage. À ma gauche, j'ai pendu au mur un tapis d'Orient offert à Thomas Sweringen par Alexander Pantages[1], celui qui a fait pour la côte Ouest l'équivalent du Keith-Orpheum pour la côte Est.

Le canard en étain serti de jade et de cornaline a été offert à ma mère par le deuxième mari d'une fille de la famille Hershey qui avait hérité de l'argent du chocolat. Mon gendre le tient à l'œil parce qu'il aime les objets chinois, lui aussi. C'est lui, cependant, qui m'a donné la carafe en cristal ainsi que le pilon et le mortier en bronze dont je me sers pour broyer les graines de cumin que j'aime mettre dans la purée de pommes de terre. Il m'a aussi offert le petit lion de bronze serti de turquoises.

Sur un mur au-dessus de la cheminée se trouvent des tableaux peints par mon fils aîné. C'est lui qui m'a donné l'édition de 1870 en deux volumes du *Dictionnaire encyclopédique* de Zell. Au moment où ce dictionnaire a été mis sous presse, Napoléon III venait de déclarer la guerre à la Prusse. J'y tiens, parce que c'est un cadeau de mon fils et parce qu'il est paru à la date même où George Sweringen découvrait de l'or à Jeff Davis Gulch.

---

1. Alexander Pantages (1876-1936) a créé une chaîne de théâtres populaires. Le Keith-Orpheum avait la même fonction pour les vaudevilles. *(N.d.T.)*

La mosaïque de pierres colorées qui dessinent des branches de pied-d'alouette m'a été donnée par mon plus jeune fils. Il l'a achetée à Vienne où il passait un an à l'université pour sa troisième année d'études. Ma fille m'a offert le bouquetin en bronze recouvert de scènes assyriennes. Mon cousin germain m'a donné la lithographie de Toulouse-Lautrec *Mademoiselle Marcelle Lander dansant le boléro*. À ma gauche est accroché un portrait de ma fille à douze ans, tandis qu'à ma droite se trouve un paysage de Californie : de petits arbres minces sous un ciel menaçant. Il a été offert à ma mère par un peintre suisse qui était censé devenir célèbre une fois mort mais ne l'est jamais devenu. On se souvient de lui – quand on s'en souvient – parce qu'il est resté debout toute la nuit où Lindbergh a effectué son vol au-dessus de l'Atlantique et il a peint son avion, *The Spirit of Saint Louis*, en train de voler dangereusement bas au-dessus d'une mer démontée. Il a appelé son tableau *Nous, à l'aube,* et cette toile est, paraît-il, exposée aujourd'hui au Smithsonian. Il y a des gens qui s'en souviennent pour l'avoir vue sur la couverture de l'ancien *Literary Digest*.

Dans la cheminée il y a des chenets que j'ai fait copier à un prix bien au-dessus de mes moyens, à partir d'originaux qui se trouvent dans le ranch des Sweringen. Et ainsi de suite. Rien n'a de grande valeur, mais tout est inestimable. Cette pièce ressemble au Magasin d'antiquités de Charles Dickens, mais ces antiquités consistent en curiosités qui me sont chères, et quand je m'assois là le soir, un verre à la main, et que la chaîne hi-fi déverse du Schumann et du Chopin (que ma mère savait si bien jouer), je sais exactement ce que nous étions et ce que je suis. Je crois qu'un homme doté d'une telle famille est pratiquement invulnérable.

Dans un faux livre creux que j'ai devant moi et qui a sans doute été fait pour cacher de l'alcool ou de l'argent, je garde certaines lettres et des bibelots. Comme il est relié en cuir, qu'il a pour titre *L'Histoire ecclésiastique* et comme date MCCCXXII, il est vraisemblable qu'un maraudeur expérimenté en ferait son premier butin. Mais il n'y trouverait pas grand-chose de valeur (pour lui). Il y a à l'intérieur une photo de ma grand-mère maîtrisant un mouton. La bête n'a aucune chance de gagner. À cette époque, c'est une jeune femme, et le soleil tombe de telle manière que l'ombre de mon grand-père se reconnaît distinctement à l'arrière-plan. Et voilà aussi un chèque de ma grand-mère censé payer une douzaine d'exemplaires de mon premier roman. Je ne l'ai jamais encaissé parce que la signature officielle de ma grand-mère sur un chèque avait plus de valeur pour moi que de l'argent, même à cette époque où une note de dentiste constituait une catastrophe. Me tombe ensuite entre les doigts une photo de ma mère le jour de la remise des diplômes au collège Sainte-Margaret ; de profil, elle a un nez parfait. Puis viennent des cartes pour la fête des Pères. Quel idiot sentimental je fais.

Je passais toutes ces choses en revue – encore une fois ! – tout en me demandant ce que j'allais écrire à Amy Nofzinger. Ce que je voulais lui dire, sans paraître réticent ou hypocrite, c'était que je pouvais l'accepter en tant que demi-sœur, mais pas plus.

Et puis j'ai eu dans les mains un mot que m'avait envoyé ma tante Roberta pour mon cinquantième anniversaire. Je l'avais déjà souvent lu. Cette fois, je pense que j'y ai été poussé par une de ces forces auxquelles on affirme ne pas croire – mais auxquelles on croit. Il était rédigé sur du papier à lettres orné d'un dessin au crayon représentant la petite église en pierre. Ce dessin, exécuté par un paroissien doué, était imprimé et réimprimé sur ce papier à lettres proposé tous les ans lors des ventes de charité organisées par l'église. Celle où mon père et ma mère se sont mariés ; celle où j'ai été baptisé ; celle où a débuté la cérémonie d'enterrement de ma mère. L'église représentait tout cela, et bien plus encore pour ma tante, qui avait chanté dans sa chorale et qui, depuis les fenêtres de sa maison, en voyait le toit à gâble.

L'écriture de ma tante Roberta avait toujours été pratiquement illisible, chaque mot étant une approximation précipitée, souvent dépourvue de voyelles, de ce qu'elle pensait. Le texte haletait, parsemé de tirets – signes d'irritation parce que son stylo n'avançait pas à l'allure de ses idées. La feuille de papier avait commencé à se déchirer le long du pli.

> Cher Tom,
> Je n'oublierai jamais ce matin, il y a cinquante ans, à moins que ce ne soit cinquante et un, où j'ai téléphoné à l'hôpital de Salt Lake et on m'a dit que tu étais arrivé. Alors je me suis tournée vers quelqu'un et j'ai dit : « Je suis oncle, pas tante. » Bon, voilà cinquante dollars pour toi et Betty : payez-vous un verre et un bon steak.
> Polly a un problème avec son œil.
> Elle ne veut pas s'en occuper, mais elle a peur. Ça me met dans tous mes états, quand quelque chose nous arrive, parce que nous n'y sommes pas habitués. Voici une photo de l'église Saint-James, ici à Salmon. Les pasteurs changent tout le temps, sans doute parce que ça leur démange vite de partir d'ici. Il y a des années de cela, l'un d'eux est allé à Williamsburg, en Virginie, c'est pour cette raison que Polly est allée étudier à William and Mary : Mama trouvait que ce serait bien d'avoir notre propre pasteur sur place. Ici, à Sal-

mon, dans cette petite église de pierre, ton père et ta mère se sont mariés en 1911 et... »

La voix de ma femme dans la salle à manger a interrompu ma lecture : « Qu'est-ce que tu viens de dire ? » Là-dessus, elle est entrée.

« J'ai dit quelque chose ?

— Oui. Tu as dit un truc comme "ça alors !" et quelque chose sur 1911.

— C'est en 1911 qu'ils se sont mariés, pas en 1912 ! Mon père et ma mère. Ça rend tout à fait impossible que ma mère ait abandonné Amy, parce qu'ils étaient mariés avant sa naissance.

— Tu as donc cru que c'était possible ?

— Non, mais ça rend cette éventualité *totalement* impossible.

— Il se peut que ta tante se trompe de date.

— Peut-être. Mais on peut le savoir avec certitude. Je vais écrire à l'église et leur demander une photocopie du certificat de mariage.

— Tu crois qu'il y a une photocopieuse, à Salmon ?

— Il y en a sûrement une à la banque.

— Pourquoi ne pas téléphoner à l'église en demandant au pasteur de te rappeler ?

— Parce que je veux avoir le document en main. » On pouvait trouver cela irrationnel, mais j'avais la sensation qu'il fallait apaiser les dieux et les Parques, faute de quoi ce serait l'enfer. J'avais déjà connu ça. Je n'aurais pas su expliquer pourquoi je pensais que la date serait bien 1911 et pas 1912 si j'écrivais à l'église au lieu de téléphoner. Les dieux et les Parques s'offenseraient de la désinvolture d'un appel téléphonique, mais ils considéreraient peut-être avec bienveillance une lettre, plus solennelle – car ils sont solennels. La date de 1911 allait disculper ma mère.

Mais alors, la petite femme dans le couloir apparaissait sous un éclairage plus tragique encore : l'homme qu'elle aimait était déjà marié quand elle avait donné leur enfant en adoption. Elle ne pouvait pas espérer, après avoir consenti un sacrifice aussi atroce, qu'il reviendrait en arrière et l'épouserait. La photo de lui qu'elle exhibait ne pouvait, telle une icône, lui promettre quelque chose qu'après la mort.

J'ai rédigé le brouillon d'une lettre à Amy, avec l'intention de la recopier sur du bon papier au cas où elle voudrait la garder – ce qu'à sa place j'aurais fait. Je la posterais dès que j'aurais reçu les nouvelles de l'église de Salmon. J'écrivais qu'il était certainement vrai que mes parents vivaient ensemble maritalement en 1912, et cela pour la bonne raison qu'ils s'étaient mariés en 1911, l'année précédente. J'ajoutais que je comprenais son désir de croire qu'ils n'étaient pas mariés en 1911. Cela aurait en effet signifié qu'une femme mariée aurait abandonné sa fille, ce qui aurait été...

Je me suis arrêté juste avant d'écrire « monstrueux ». Mais j'avais beau construire ma lettre avec tout le soin possible, je ne pouvais pas épargner à Amy une réalité terrible : dans le pire des cas, sa mère n'avait pas voulu d'elle, et dans le meilleur, elle avait été trop démunie pour la garder.

« Si vous êtes ma demi-sœur, ai-je écrit, vous avez droit à mon soutien. D'une certaine façon, je souhaiterais que tout cela se soit passé autrement et que vous ayez pu être simplement ma sœur. Nous aurions partagé des secrets, des peines et des coups. Avec vous, je me serais moins souvent senti comme un fantôme. Nous aurions pu nous amuser, enfants... »

J'ai rédigé un courrier pour l'église et l'ai adressé au « Prêtre principal », sachant que même le plus émancipé des pasteurs souhaite secrètement se faire appeler prêtre, car il voit dans ce titre quelque chose qui lui donne plus de validité que dans celui de pasteur. Il faut honorer les dieux et les Parques.

Le soleil émergeait du golfe du Maine une heure plus tôt le matin ; les lilas contre notre maison avaient fleuri et s'étaient fanés presque sans que nous le remarquions. J'aurais dû couper les fleurs desséchées, mais j'ai oublié encore une fois. Il s'était à peine passé quarante jours depuis que ma tante Polly m'avait envoyé cette lettre où elle parlait de l'avocat de Seattle. J'éprouvais la sensation bizarre d'être soudain plus vieux, et je regardais souvent mes mains. Ce sont les mains qui vieillissent en premier.

Pendant cette parenthèse de quarante jours, une étrangère avait remis en question la droiture et la loyauté de ma mère. Je m'étais préparé à défendre celle-ci, et je l'avais fait aussi bien que je le pouvais. En même temps, j'étais prêt à accepter l'étrangère comme ma demi-sœur parce qu'elle me ressemblait un peu et parce que je savais quel genre d'homme était mon père. Il avait autant trahi sa maîtresse que sa femme. Sa queue lui importait plus que ses responsabilités. Le résultat en était Amy Nofzinger.

Que devrais-je éprouver pour la fille d'un homme à l'égard duquel je ne me sentais qu'un devoir atavique ? Ma mère avait divorcé de lui. Les souvenirs que j'ai conservés de lui sont liés surtout à cette épouvantable voiture, la Roamer, et à la promesse qu'il m'avait faite, pour la fin de mes études au lycée, d'une montre de gousset. Je n'ai jamais vu l'ombre de cette montre. C'est mon beau-père qui m'en a donné une. Mais je n'ai jamais eu le sentiment qu'elle m'appartenait. Je l'ai mise en gage à Portland, dans l'Oregon, un jour où j'étais fauché.

En l'espace de quarante jours, j'en étais venu à me sentir concerné par un être perdu et pitoyable, cette femme qui avait elle-même perdu celui qu'elle aimait, son enfant et sa réputation – du moins le genre de réputation qu'on honore dans la rue. Peut-être le moment était-il venu d'envoyer à Amy l'adresse de son père, de leur permettre de se rencontrer et de chercher ensemble la femme qui se promenait dans le couloir. Même Ben Burton ne pouvait pas être insensible au point d'avoir oublié celle qui pleurait sa petite fille perdue – et qui la pleurait surtout lors des anniversaires et à Noël, ces moments où nous avons tant envie de faire des cadeaux. Si Amy pouvait payer un avocat pour dénicher les Sweringen, elle pouvait se permettre d'en lancer un sur la piste d'une mère au destin tragique qui ne pouvait pas avoir disparu dans les rues humides de Seattle sans laisser de trace. Il y avait bien un bout de papier, une signature, une photo quelque part.

Le pasteur actuellement en exercice à l'église en pierre de Salmon avait fait précéder sa signature d'un « Bien à vous en Jésus-Christ » et joignait à sa lettre la photocopie de l'acte de mariage. Celui-ci consistait en une page découpée dans un registre ; elle portait le mot MARIAGES comme en-tête et était signée par Zachary Vincent qui, contre un modeste salaire et son hébergement au presbytère, avait été engagé pour s'acquitter de certaines tâches : chasser les démons, pardonner les péchés, rendre l'activité sexuelle licite, assister les fidèles dans leur départ vers l'Inconnu et, accessoirement, transformer le pain en chair et le vin en sang.

Au-dessus du nom du pasteur, la signature des principaux intéressés les montrait tels qu'en eux-mêmes. À la question écrite : « Célibataire ou veuf ? » Ben Burton s'était déclaré célibataire. Sa signature – j'ai eu le sentiment qu'il devait s'être beaucoup entraîné en secret pour la mettre au point – étalait une confiance simulée. Le jambage final du *n* de « Burton » remontait sur un quart de page.

À la question : « Célibataire ou veuve ? » Elizabeth Sweringen, ma mère, avait répondu « célibataire ». Elle avait la signature d'une personne à qui l'on a appris à écrire en italiques mais qui a personnalisé cette écriture en adoucissant les angles et en accentuant les traits descendants, de sorte qu'ils ancrent chaque mot à une idée commune – question de cohérence. Elle affirmait là aussi bien une volonté personnelle que le fait d'avoir reçu un enseignement privé.

Venaient ensuite les signatures des témoins. Le premier d'entre eux était le père de ma mère, Thomas H. Sweringen. Je ne me souvenais pas d'avoir déjà vu sa signature officielle, et j'ai été étonné de lui trouver tant d'aisance et d'autorité. Son instruction n'avait pas dépassé le lycée. Pour autant que je le sache, il n'écrivait jamais de lettres et ce n'était pas lui, mais sa femme, qui remplissait les chèques. Il y avait pourtant dans sa signature l'essence de ce qu'il était, une loyauté sans faille. Ensuite, c'était la signature de ma tante Roberta. Elle ressemblait beaucoup à celle de son père, avec la même loyauté mais aussi une sorte de précipitation. Quant à la signature de ma tante Maude, elle manquait de décision ; c'était celle d'une fille qui avait quitté l'enfance sans être encore une femme. Sur un document aussi solennel, une signature doit aussi être une déclaration. Maude avait fait sa déclaration en soulignant « Sweringen ».

La signature de la Reine du Mouton telle que je me la rappelle partait vers la droite avec la force d'une locomotive. Emma Russell Sweringen. Les *m* d'Emma se succédaient comme des vagues. Le *S* de Sweringen partait en haut et en arrière à la manière d'un coup de fouet dont le claquement continuait à parcourir toutes les autres lettres.

Je n'ai pas été étonné de voir que le document était daté de 1911 et pas de 1912. Ma tante m'avait déjà donné sa parole à ce sujet, et je n'avais pas écarté de mon esprit les dieux et les Parques. J'ai été surpris, en revanche, de voir que la signature de ma grand-mère n'y figurait pas.

Avait-elle été malade ? Sûrement pas. Elle se vantait de ne jamais avoir été malade ne serait-ce qu'une journée. Elle considérait la maladie comme une faiblesse qu'elle pouvait excuser chez les autres mais pas chez elle. Avait-elle dû se rendre à Salt Lake City ? Dans ce cas, le mariage aurait été reporté, car un tel événement ne pouvait pas avoir lieu sans Mama.

Mais il avait eu lieu. Sans Mama.

16

En prenant de l'âge, Emma et Thomas Sweringen eurent de plus en plus de mal à avoir l'œil sur tout ; de plus en plus de mal à monter à cheval et à en descendre. Quand ils allaient à pied, il leur semblait que les collines, et même les escaliers, étaient plus raides. Emma était encore plus lourde, incapable de refuser les sucres, les graisses et les féculents. Comme elle était d'une génération où il allait de soi que les femmes grossissent, cela n'avait pas d'importance ; ce qui en avait, c'était sa difficulté à tout surveiller. Arriva donc le moment où elle engagea d'abord un contremaître, puis un second pour prendre les choses en main – enfin, pas tout à fait, mais vous comprenez.

Il y avait même quelques petits avantages à se trouver à moitié à la retraite. Si l'on veut bien appeler les choses ainsi. Elle pouvait désormais, si elle en avait envie, se rendre régulièrement aux réunions des Eastern Stars[1] à Salmon. Consacrer du temps à des livres qui étaient restés longtemps, longtemps sans être lus. Tous les ans, en vieillissant, elle remontait d'une année de plus dans le passé, vers l'époque où ses

---

1. Société de femmes souvent associée aux francs-maçons. *(N.d.T.)*

enfants étaient jeunes, où elle aussi était jeune, l'époque où elle voyait Thomas dans des soirées dansantes et où elle désespérait de l'avoir un jour pour elle.

D'ailleurs, en ce temps-là, elle s'était même adonnée à quelques ouvrages d'agrément en pensant que c'était ce qu'une jeune femme devait faire, mais elle n'avait plus à présent les mains pour cela, ni les yeux – ils commençaient à lui causer des ennuis. Quand elle était jeune, le monde avait été différent. Certes, il l'était déjà du fait que tout se trouvait devant elle. Mais les arbres autour de la maison avaient grandi et jetaient une ombre beaucoup plus épaisse.

Et Thomas ? Oui, *Thomas*. Il avait le temps d'aller à ses réunions chez les francs-maçons à présent, mais il ne s'en souciait guère. Tant de ceux qu'il y connaissait étaient morts. Il n'aimait pas rater les informations sur son poste de radio, un Atwater Kent. Mais ces informations étaient si souvent mauvaises qu'il éteignait le poste. Puis il le rallumait en se disant que peut-être elles s'étaient améliorées. Et tout récemment encore, il n'accordait pas la moindre pensée à l'Europe. Il prenait le temps de s'occuper des sept horloges à l'étage et au rez-de-chaussée, sans parler de celle de la chambre de madame. Une certaine tension montait en lui à mesure que l'heure approchait et que les horloges étaient sur le point de sonner. Emma découvrit qu'elle aussi commençait à éprouver cette tension, parce que Thomas voulait tellement que toutes les horloges sonnent l'heure en même temps. Que cherchait-il donc ? La perfection ? C'était quand même drôle, quand on se rappelait qu'autrefois c'était elle qui était éprise de perfection. Des horloges qui sonnent l'heure ! Bizarre de voir que quand on vieillit ce sont les petites choses qui comptent, pas les grandes.

17

Quand quelqu'un que j'aime est touché par un événement horrible, ou quand je le suis moi-même, des choses familières – les pins le long de la route qui traverse les bois, la lune accrochée à la dernière neige – prennent soudain un aspect menaçant et deviennent même le présage de nouveaux désastres. Le chuchotement de la marée montante, qui auparavant était un rappel confortable de l'éternité, se transforme en sifflement pour m'avertir que rien, absolument rien, ne dure. Je vois une mauvaise intention cachée dans le plus franc des sourires.

Alors qu'en rentrant du bureau de poste je roulais à travers bois, les arbres avaient pris cet aspect.

Ma femme m'a demandé : « Qu'est-ce qui ne va pas ? »

C'était la lettre de ma tante Roberta.

> Cher Tom,
> Hier, j'ai envoyé une lettre à Polly et une autre à Maude. Je me fais du souci pour Maude. Elle veut en faire trop pour ses petits-enfants. Elle va les pourrir complètement, et il faudrait que quelqu'un lui rappelle que l'argent ne pousse pas sur

les arbres. J'y ai réfléchi un moment, et puis j'ai décidé que je ferais mieux de t'écrire.

Je suis toujours au motel Holiday Inn parce que c'est plus facile qu'à l'hôtel. Je déteste toute cette circulation, maintenant que mes mains me rendent la conduite si pénible. J'aurais souhaité être déjà rentrée chez moi, mais il fait encore froid, là-haut, et le vent siffle de partout. Pourtant, nos montagnes me manquent et mon panorama aussi. Je suis toujours étonnée de constater que Phoenix est si grand : quand j'étais petite, j'y suis venue une fois, et l'endroit me semblait plutôt petit, avec des cow-boys et des Indiens, d'où mon étonnement. Il y a plein de Mexicains, ça c'est sûr. Leurs hommes sont plus petits que les nôtres, mais il faut croire qu'ils sont pittoresques. Je n'arrive pas à m'habituer aux hommes qui ont des petits pieds.

Les gens, ici, sont formidablement gentils avec moi. Il y a un couple très agréable dont le petit-fils est à West Point. Je n'arrive toujours pas à comprendre comment tu fais pour vivre dans l'Est. Tu pourrais aussi bien taper à la machine ici que là-bas. Peut-être, un de ces jours. Ta mère aimait tellement l'Ouest.

Il y a plusieurs personnes, ici, qui connaissent personnellement le sénateur Goldwater. Je regrette de l'avoir raté, mais il a pris l'avion pour Washington dimanche. Il possède le magasin, ici. Il aurait fait un président magnifique, et si Mama vivait encore, il lui aurait plu parce qu'il a l'air d'avoir vraiment les pieds sur terre et qu'il a aussi un bon profil.

Mama avait quatre-vingt-cinq ans. Elle venait juste de terminer ses cartes de Noël, là, assise à la table de la salle à manger – et la signature qu'elle avait ! Tous ses cadeaux sont encore quelque part, et ils n'ont pas été ouverts. Je crois qu'on les a perdus quand on a vendu le ranch aux mormons. Je déteste passer près du ranch. Je regrette qu'on l'ait vendu, mais il n'y avait personne pour le diriger après la mort de John. Si seulement il n'avait pas eu cette crise cardiaque.

Le sénateur Goldwater a assez d'argent. Il ne serait donc pas obligé de faire ce que tant d'autres font.

J'avais l'intention d'aller faire des courses, aujourd'hui, mais comme on est dimanche, au lieu des courses je me suis préparée pour aller à l'église. Janet chante dans la chorale. Elle est absolument adorable quand elle y va à pleine voix, comme lorsqu'elle a chanté *Le Messie* dans notre petite église en pierre. Mais ici le pasteur se fait appeler « père » et l'office s'appelle la messe, je suppose que c'est la coutume. Ça doit venir des Mexicains ou des premiers Espagnols. Je suis contente que nous soyons tous épiscopaliens parce que ça rend les choses plus faciles – tous sauf Nora, dont j'ai toujours pensé que si elle ne l'était pas c'était pour faire enrager Mama. Tu sais comment Mama était avec la belle-famille et avec quel entêtement tante Nora résiste au changement. Elle ne veut même pas vieillir ! Je ne crois pas que Papa se soit jamais dit d'une église ou d'une autre. Tu te rends compte que tante Nora va avoir cent ans pour Halloween ? C'est dommage que Papa n'ait pas vécu deux mois de plus, il serait arrivé à cent lui aussi, mais bon, tout le monde ne peut pas le faire.

Ce soir, Janet organise une petite fête pour moi. Le pasteur-père Ferris sera là. C'est bien plus sympa quand ils boivent comme tout le monde.

Les gens qui ne boivent pas me mettent mal à l'aise. On finit par se dire qu'ils ont un problème.

Tom, la raison pour laquelle je mentionne Papa, c'est parce que j'ai quelque chose de bizarre en tête depuis cette histoire avec Amy Nofzinger.

C'était il y a plusieurs Noëls, peut-être dix. Papa avait apporté un beau sapin de Noël qu'il était allé chercher au-dessus du ruisseau Sweringen, et un autre, un petit, à placer dans l'entrée où se trouvait la tête de l'élan (je crois que c'est ta mère qui l'avait tué). Le grand sapin avait toutes ses vieilles décorations, dont certaines dataient du temps où j'étais petite et où tu n'étais même pas né. J'ai toujours aimé les cygnes roses et les colombes à la queue en verre filé, mais Mama nous interdisait de les toucher. Ce qui me plaisait encore plus, c'était quand on avait de vraies bougies dans ces petits machins sur l'arbre qui ressemblaient à des pinces à linge et quand Papa restait à côté avec un seau d'eau à cause de l'incendie qui avait ravagé l'orphelinat de Boise à l'époque où Mama était encore députée du comté de Lemhi. C'était dans les journaux, et c'était horrible. Papa a toujours eu peur du feu, il ne laissait jamais personne en allumer à l'étage, et quand Polly fumait, à son retour de l'université William and Mary, elle soufflait sur la fumée, elle la chassait par le conduit de la cheminée pour que Mama ne le sache pas. Nous disions : « Tu n'es que cendres et poussière. Si ce ne sont pas les Camel qui te tuent, ce seront les Fatima. » Polly détestait le grec ! Je ne savais pas, avant d'épouser De Witt, qu'il pouvait exister des chambres à coucher chaudes en hiver. J'étais obligée de tirer les couvertures par-dessus ma tête et de respirer fort jusqu'à ce que je me réchauffe. Le temps passe à toute allure, mais je suis contente que nous n'ayons pas l'air de trop vieillir.

Mama me manque, et ta mère aussi. Je n'ai jamais su m'habiller comme elle, mais ce n'était pas faute d'essayer. Ce qu'elle faisait et ce qu'elle avait, je voulais toujours que ce soit pareil pour moi. En partie, à cause de sa façon d'entrer dans une pièce et de son maintien. Un jour que tu étais venu habiter chez De Witt et moi à la mine de Gilmore – c'était avant la naissance de Ralph –, je m'étais dit : « Bon, je n'aimerai jamais un autre enfant comme j'aime Tom », mais dès que Ralph est né je l'ai aimé tout autant, et pourtant tu as toujours été « spécial » pour moi. Je pense que c'est pour cela que je te laissais jouer avec ma bague de fiançailles. De Witt a vraiment été furieux que tu l'aies perdue, et puis nous l'avons retrouvée sur le sentier qui montait vers la mine. Un coup de chance, oui vraiment.

Bon, le jour auquel je pense, ce matin de Noël au ranch il y a une dizaine d'années, Beth était encore en vie. Elle était partie avec Charlie de chez elle, de leur ranch, et ils étaient en route dans la montagne pour le dîner de Noël, comme tout le monde, comme tante Nora et tous les cousins. Quelques années auparavant, ils avaient dû placer Daisy Haines dans un hôpital psychiatrique parce qu'elle demandait des choses qui n'étaient pas là.

J'avais mon violon, parce que Mama aimait bien nous écouter toutes les deux, Beth et moi, jouer *La fête d'Allah* et *Liebestraum*, à peu près les deux seuls morceaux dont je pouvais me débrouiller. Je ne m'exerçais pas comme Beth. Si j'avais toujours voulu jouer du violon, c'était parce que Papa en jouait quand il était jeune. Beth jouait beaucoup mieux. Mama gardait une petite baguette de saule derrière le piano, et Beth s'exerçait.

Si le piano Chickering était légèrement désaccordé, plus tard, c'est parce que quand nous avons été grandes et que nous sommes parties, ils ont fermé la double porte du séjour : plus personne n'y entrait et il s'est refroidi. Il n'y avait pas beaucoup de gens qui se souciaient de leur piano, qu'il soit désaccordé ou pas, et donc, quand le vieux M. Loomis est mort, il ne restait plus d'accordeur, à part celui que Mama faisait venir de Salt Lake City. M. Loomis nous apportait des petits sachets en papier kraft pleins de bonbons parce qu'il n'avait pas d'enfants.

Je crois que Mama ne s'est jamais consolée de la mort de Tom-Dick.

Maude avait donc mis deux grosses oies dans le four, et cela sentait bon. Tom, quand j'étais petite, elles me faisaient peur à cause de leur façon de nous poursuivre en sifflant.

Papa était là, debout, je veux dire à côté de l'horloge de parquet dans le séjour. Il avait fabriqué la caisse de ses propres mains. Tu te souviens de toutes ses pendules, comme elles sonnaient à l'heure, en général ? Il se tenait donc là, debout, et il souriait parce que tout le monde arrivait. Je lui ai demandé s'il voulait boire encore quelque chose, et il a répondu oui. Il adorait avoir tout le monde autour de lui – Mama aussi, d'ailleurs. Il avait les yeux qui pétillaient – nous étions si nombreux. Je lui ai donc apporté un verre depuis l'office et j'ai dit en plaisantant : « Papa, combien de petits-enfants as-tu ? » Je savais qu'il aimait parler d'eux. Il a réfléchi un instant, mais évidemment il le savait sans y réfléchir. Il a donc réfléchi et il a dit : « Tu as deux enfants, Maude en a un... » Il a continué à compter sur ses doigts, et puis il a déclaré : « J'en ai sept. » Mais alors, Tom, il a hésité et il a ajouté : « Peut-être huit. »

Maintenant, en y repensant, un autre souvenir me revient. Je crois que c'était en 1912, Mama venait de recevoir une lettre. Elle l'a emportée à l'étage, elle l'a lue et l'a laissée traîner sur son lit. Je ne sais pas ce qui m'a pris, parce que, comme tu le sais, nous ne touchions jamais aux affaires de Mama. C'était comme si elle était à côté de nous même quand elle ne l'était pas. Elle disait qu'elle pouvait voir derrière les coins, et il a fallu que je sois presque une femme adulte et mariée à De Witt avant d'être certaine que ce n'était pas vrai. Comme elle pouvait faire tout le reste, je ne voyais pas pourquoi elle n'aurait pas pu faire ça. Je me suis donc glissée dans la chambre et j'ai lu la lettre, mais pas très attentivement parce que j'avais trop peur. Je n'avais que seize ans, et de toute façon elle n'aurait pas eu tellement de sens pour moi. Elle parlait pourtant de fausse couche. Elle venait de Beth, ça se voyait à cette écriture qu'elle avait apprise à Sainte-Margaret, et c'est la raison pour laquelle j'ai lu la lettre, parce que j'adorais Beth qui me disait que j'étais jolie même si je ne l'étais pas. Je ne sais plus si elle écrivait qu'elle avait fait une fausse couche ou qu'elle avait peur d'en faire une.

Je t'embrasse fort, Tom.

Roberta

P.-S. : Qu'est-ce que tu en penses ?

Ce que j'en pensais ?

Je pensais que ma tante avait une manière terriblement désinvolte et toujours subjective de rapporter les événements. Elle déformait les faits pour les faire coller à l'instant, au sentiment qu'elle éprouvait à un moment donné. Elle pouvait croire que ce qui avait été vrai jadis l'était encore, ou que ce qui était vrai maintenant l'avait toujours été. Mais on pouvait dire d'elle ce qu'on voulait, il était impossible de mettre en question sa loyauté à l'égard de la famille.

Une loyauté aux prises en ce moment avec une équation détestable : à gauche, des souvenirs d'enfance (une lettre et un mot de son père à Noël) constituaient les éléments connus – dans la mesure où l'on pouvait les considérer comme connus. Roberta n'était pas sûre de la date et elle ne savait pas non plus avec certitude s'il y avait eu ou pas une fausse couche.

Si les éléments connus l'étaient avec certitude, *alors un membre de la famille risquait de s'être égaré quelque part.*

Le côté droit de l'équation était tout aussi détestable : la sœur de Roberta, prétendument incapable du moindre mal, *avait laissé cet enfant s'égarer.*

Ma tante ne proposait aucune solution à cette équation. Elle se contentait de me demander : Qu'en penses-tu ?

Ce que j'en *pensais* ? J'ai pensé que la lumière venait de changer si vite qu'elle ne pouvait plus émaner du soleil, mais d'une étoile bien plus sardonique. Elle transformait à tel point la petite salle du bureau de poste que c'était comme si j'y entrais pour la première fois. Et, apparemment, elle avait affûté mon intelligence. J'ai cru entrevoir la solution de l'équation ; cette solution prouverait que les deux termes étaient faux. Qu'il n'y avait pas du tout d'équation mais deux impossibilités : la première était qu'Amy soit ma vraie sœur, et la seconde que ma mère l'ait abandonnée.

Je me suis retourné vers l'encyclopédie – A à Aus – et je l'ai ouverte au long article sur l'adoption. Je me suis demandé pourquoi je ne l'avais pas lu plus tôt – peut-être parce que, si je l'avais fait, j'aurais dû admettre qu'il existait un risque, même minime, pour que je sois appelé à défendre ma mère. Ma mère qui, selon moi, n'avait pas besoin de défense.

Dans cet article, j'ai trouvé la confirmation de ce que j'avais toujours pensé, à savoir qu'un enfant adopté doit en premier lieu avoir fait l'objet d'un abandon par l'un des parents ou les deux – par la mère seule s'il est illégitime, par les deux parents s'il est légitime. Il y a donc un document qui doit être signé par un parent ou par les deux.

Comme il était avocat, le père d'Amy avait dû garder ce document à portée de main. Amy l'avait certainement en sa possession, à présent.

> L'écriture de ma mère, ai-je écrit à Amy, était à la fois très belle et singulière. Je sais qu'elle ne se serait pas abaissée jusqu'à la déguiser. La signature du document serait de son écriture, quel que soit le nom qu'elle se serait choisi, la Vierge Marie ou Hester Prynne[1]. »

Amy avait bâti un château de sable avec ses fantasmes, et maintenant la marée allait le lécher et le détruire, car l'écriture sur le document ne serait pas de la main de ma mère.

J'avais évidemment un peu mal pour elle. J'ai commencé à me demander si elle connaissait le nom des fleurs qu'elle voyait en se promenant, si elle attendait jusqu'au matin de Noël pour ouvrir ses cadeaux, si elle mettait de la moutarde sur ses sandwichs au poulet, si, lorsqu'elle écrivait une lettre ou signait des

---

1. Héroïne du roman *La Lettre écarlate*, de Nathaniel Hawthorne. (*N.d.T.*)

chèques, elle préférait se placer face à la porte pour que personne ne puisse la surprendre. Nous aurions pu avoir bien des choses en commun, en plus d'un père. Car à présent j'étais préparé à lui accorder mon père.

Mais elle avait de la chance d'avoir trouvé un demi-frère qui ne fût ni un fou ni un criminel – pas plus que ne l'était son père, d'ailleurs, car il s'occupait de ses revues professionnelles et vivait avec sa quatrième femme à l'ombre chaude des citronniers. Oserait-elle parier de nouveau et se mettre à la recherche de cette petite dame égarée, sa mère ? Ce qui pourrait lui arriver de mieux, hélas, ce serait de trouver sa mère morte et de ne pas trop fouiller dans les années précédant cette mort. Il était possible que la petite dame se fût mariée, qu'elle eût menti en se faisant passer pour vierge, et qu'elle eût bâti sur des mensonges une vie supportable.

Les jours passaient. Les estivants sont revenus sur la côte du Maine. Ils ont ouvert leurs pavillons, où, dans les chambres, régnait encore l'odeur de moisi de l'hiver passé mais aussi celle des amours des souris et de leurs accouplements, ces souris qui avaient mis en lambeaux les morceaux de papier ou de tissu à leur portée, qui avaient fait leur nid dans les tiroirs des commodes et, là, donné naissance à des souriceaux roses et nus. Parfois, on voyait des traces d'effraction, des fenêtres enfoncées, des serrures forcées, du charbon dans un poêle qu'on avait laissé propre, du linge sali et des boîtes de bière vides. Mais la rage, quand il n'y a ni visage ni forme contre laquelle elle peut se manifester, finit par se muer en résignation, en acceptation du fait que les estivants, puisqu'ils possèdent au moins deux maisons, sont une cible toute désignée pour des gens pauvres mais déterminés.

Je me suis demandé si Amy allait me répondre. Peut-être avait-elle jugé que ma requête concernant le document était désobligeante, voire cruelle. Mais le souvenir de ma mère telle que je l'avais connue m'était trop cher pour que je laisse des doutes perdurer dans l'esprit de quiconque. Si être acceptée comme une demi-sœur ne suffisait pas à Amy, tant pis pour elle.

De nouveau, le bureau de poste avait son air d'avant la première lettre de ma tante Polly, ce courrier qui m'informait de l'existence d'un avocat étrange et d'une supposition non moins étrange. Le bureau ne pouvait guère contenir plus de dix personnes debout. L'un des murs était garni de boîtes à lettres aux portes vitrées. Sous une fenêtre, il y avait un banc sur lequel on s'asseyait rarement. Car il était impoli de s'asseoir alors que d'autres personnes étaient debout, à moins qu'en s'asseyant on n'admette une faiblesse de ses jambes. Sur le banc se trouvaient des revues laissées là par des lecteurs qui en avaient lu le meilleur. Le *Reader's Digest* fourmillait d'articles gais, instructifs et populaires parce que des articles plus longs auraient impatienté ceux qui voulaient vite aller à la plage. Et, dès que les estivants emménageaient, le *New Yorker* faisait son apparition. Mais peu de gens le touchaient ; ceux qui étaient susceptibles de lire le *New Yorker* l'avaient déjà fait. *Forbes* et *Business Week* proclamaient que la soif d'argent est inextinguible.

Le stylo bille sur l'étagère au-dessous d'une deuxième fenêtre était attaché par une chaîne de perles métalliques brillante et étonnamment résistante. Pour le faire fonctionner, il fallait appuyer sur le haut. À côté, un ancien pot à confiture contenait des fleurs de mai qu'un menuisier du coin avait cueillies – mais où, exactement, il ne voulait pas le dire. Cet homme avait un œil pour la beauté et un nez pour la perfection. Ces fleurs fragiles et roses, dont les lobes en trompette exhalaient un parfum qui flottait comme une musique, formaient un contraste saisissant avec un nouvel arrivage de photos d'individus recherchés par la police – photos envoyées par le FBI et punaisées sur le mur adjacent. Il était toujours possible que quelqu'un, en rédigeant l'adresse d'une tendre missive, lève la tête et se rappelle avoir vu ce profil désespéré au menton fuyant juste quelques jours ou quelques heures auparavant, au magasin A & P, ou sous une voiture immobilisée à la station-service. Parmi ces criminels, je trouve les femmes particulièrement troublantes.

La fenêtre qui donnait dans la salle de tri était munie de barreaux en bronze verticaux qui s'opposaient à toute tentative de passer en rampant pour maîtriser la receveuse en train de prendre sa tasse de thé. C'était elle qui rappelait aux usagers quel jour de la semaine on était, pour quels chiens il fallait un permis, à quel endroit on pouvait payer ses impôts et à quelle heure fermait le magasin de spiritueux.

J'avais pas mal de courrier entassé derrière la petite porte en verre de ma boîte. Quand je l'ai ouverte, la receveuse a observé que c'était une belle journée et que la marée dans la crique était exceptionnellement haute. Nous venions d'avoir une nuit de pleine lune. La prochaine marée basse serait excellente pour ramasser des coquillages. Deux chiens s'étaient trouvés nez à nez avec des porcs-épics. Ils n'apprendraient jamais.

J'ai parlé avec elle quelques instants. C'est une dame-née. Je crois que c'est dû en partie au fait qu'elle s'accepte et qu'elle a une voix douce.

Je me suis retourné pour m'en aller avec mon courrier. La porte du bureau de poste s'ouvrait vers l'intérieur, mais elle se coinçait. On se disait que le menuisier qui allait cueillir des fleurs de mai aurait pu la réparer.

La receveuse a parlé de nouveau. Je me suis retourné.

« Une lettre est tombée par ici depuis votre boîte », m'a-t-elle dit en me la tendant entre les barreaux de la fenêtre.

QUATRE

18

Voici ma réponse à cette lettre.

> Ma chère Amy,
> J'ai ici votre lettre et le document d'abandon signé « Elizabeth Owen ».
> Je voudrais vous dire quelque chose à propos de ma mère – mais par où commencer ? Son esprit se trouve devant moi, mais aussi derrière, à ma droite et à ma gauche. Son visage me regarde depuis les fonds obscurs de mon enfance, et j'ai reconnu son profil dans les nuages qui passent. Elle se tient près de moi quand j'entends les *Nocturnes* de Chopin ; je vois ses doigts sur les touches du piano et son pied sur la pédale. Au cours de ma vie, je n'ai vu que deux fois une femme aussi belle, mais ces deux femmes étaient des étrangères, et elles sont restées si peu de temps dans mon champ de vision qu'elles n'ont guère eu plus de substance que des idées. Je suppose qu'elles me faisaient penser à ma mère, et c'est pour cela qu'à présent elles me reviennent. Parfois ma mère s'assoit avec moi quand je bois du café ; elle adorait le café fort qu'on prenait dans des gobelets en métal autour d'un feu de

camp, ou celui d'une belle cafetière Wedgwood devant la cheminée de son séjour – cette pièce si froide, le séjour de son second mariage, avec la colline, devant, qui barrait la lumière du matin. Comme parfum, elle utilisait de l'essence de jasmin.

J'avais deux ans quand elle a divorcé de mon père. C'était en 1917. Elle avait soupçonné la présence d'une autre femme et elle avait raison.

Elle a dû être reconnaissante quand ma grand-mère, la Reine du Mouton, lui a envoyé un chèque pour le voyage en voiture Pullman qui la ramènerait de Seattle au ranch de l'Idaho. J'imagine qu'elle a longtemps contemplé l'argent tiré du chèque, les lourdes pièces de un dollar en argent, les billets lisses et précieux. Il y avait déjà quelque temps que ma mère ne touchait plus guère de pièces, même petites, sans parler de billets. Quand elle a quitté mon père, il était représentant pour une société de cigares. Son travail le conduisait dans des salles de billard et des bars où on devait le trouver charmant, avec sa belle mine, ses histoires et ses monologues comiques. Ses scènes de Shakespeare étaient impressionnantes.

L'Europe était en guerre. Ici, les hommes se pressaient dans les usines qui produisaient des fusils, des bateaux, des munitions, du tissu pour les uniformes, du cuir pour les chaussures et des bandes molletières. C'était le début de l'exode vers les villes, et on avait du mal à trouver des bergers.

Alors ma mère, heureuse d'une occasion de rendre service à sa mère qui l'avait sauvée de la pauvreté et de l'humiliation, est partie dans la montagne avec un cheval de selle, un chariot à moutons tiré par deux chevaux, un chien et moi. Quand elle allait à cheval, elle me portait devant elle sur le pommeau de sa selle ; quand elle allait à pied, elle me portait sur le dos. Un enfant de deux ans n'est pas un grand marcheur. Les armoises étaient plus grandes que moi, et je n'avais pas encore assez de jugeote pour avoir peur des serpents à sonnette qui prenaient le soleil sur les rochers éboulés.

Son père venait lui rendre visite deux fois par semaine, et il menait un cheval de bât. Sous les nœuds du chargement, nœuds dits en diamant ou à l'indienne, se trouvaient des haricots, du bacon, de la farine et des petits pois en boîte pour un ragoût façon roulier, du sucre et des pommes séchées, des biscuits secs et du fromage. Il lui apportait aussi des livres à lire pendant que les moutons paissaient dans de nouvelles clairières de la forêt ou sur une crête ventée. Elle a mentionné un jour les premiers romans policiers de Mary Roberts Rinehart, dont beaucoup se déroulent dans des endroits aussi chics que Bar Harbor ou Tuxedo Park, des lieux que ma mère aurait connus si elle avait épousé son premier prétendant, si elle n'avait pas rencontré mon père. Elle a aussi mentionné une fois Harold Bell Wright, le premier romancier à gagner un million de dollars. *Le Chant de l'alouette,* de Willa Cather, avait dû la réconforter. C'était l'histoire d'une femme qui se construisait une belle vie toute seule.

« Tu dois te sentir seule, Beth, lui disait son père. Ça pourrait t'aider, de fumer une cigarette. » Alors mon grand-père lui tendait un paquet rouge et jaune de Fatima.

Pas de filtre doré, mais la meilleure qualité.

Ma grand-mère aurait été furieuse. Je me demande ce qu'elle aurait fait, exactement.

Pendant trois étés, ma mère a gardé des moutons. Pendant trois hivers, elle s'est occupée de la grande maison et, à genoux, elle a frotté les sols. Pendant trois printemps, elle a fait la cuisine pour l'équipe chargée de l'agnelage et, un peu plus tard, pour ceux qui venaient tondre. Elle était la dernière à aller se coucher le soir.

Amy, il se peut que vous ayez lu *Orgueil et préjugés*[1], livre qu'il est étrange de mentionner sur la même page que des cigarettes Fatima et du ragoût façon roulier. Mais ce livre s'ouvre d'une façon presque aussi parfaite qu'un roman d'inspiration romantique, et il indique ce qu'aurait pu être le restant de la vie de ma mère. Jane Austen y écrit : « Un homme en possession d'une grande fortune doit avoir besoin d'une femme ; c'est une vérité universellement reconnue. »

De l'autre côté de la montagne – « au-delà de la ligne de partage des eaux » –, dans le Montana, donc, vivait un homme de trente-cinq ans qui, pour une raison ou une autre, n'avait pas encore eu besoin d'une femme. Il possédait, lui ou son père, quatre mille cinq cents hectares de terre à foin et à pâturage ainsi que deux mille têtes de bovins de race Hereford.

Cet homme qui n'avait pas encore eu besoin de femme était le plus jeune de trois fils.

Le fils aîné était bon enfant et prompt à s'excuser. Il était allé au lycée Saint-Paul, où il avait appris la lutte et divers jeux. Il aimait mieux être coiffé d'une casquette de base-ball que d'un chapeau de cow-boy. Récemment, on m'a montré

---

1. Roman de Jane Austen. (*N.d.T.*)

une photo de lui où on le voit vêtu d'un maillot et de collants noirs, l'habillement préféré des athlètes à une époque où même les garçons prenaient soin de couvrir leur corps. Il gonfle les muscles et sourit en regardant droit vers l'appareil. Sourire ou pas, on ne lui a jamais confié ni argent ni responsabilités – on avait remarqué qu'il trébuchait et qu'il était sujet aux accidents. En vérité, alors même qu'il gonflait ses muscles, la maladie invalidante qui devait l'emporter le tenait déjà. Dès lors que sa femme l'a quitté pour un autre homme, sa vie n'a plus été qu'une série de disparitions soudaines. Il avait la curieuse habitude d'écrire répétitivement son nom sur n'importe quel bout de papier qui lui tombait sous la main. Il est mort dans une clinique privée si lointaine qu'il était très malaisé d'aller lui rendre visite.

Même si Charlie, le troisième fils, n'avait pas besoin de femme, il se trouvait que son grand-père avait besoin d'un petit-fils. Charlie était un homme solide, il avait quelque chose d'un prêtre et il était distant. S'il avait été prêtre, il serait devenu évêque et les prêtres de paroisse auraient redouté ses visites – pourtant, malgré tous leurs efforts, ils n'auraient pas su dire pourquoi. On pouvait lui faire confiance : il veillerait à ce que les lames soient affûtées et les roulements huilés, à ce que les barrières soient fermées et que la sécurité soit mise sur les carabines. Aucune idée folle ne l'avait jamais séduit, aucun penchant rentré pour l'Europe, pour une Mercer Raceabout ou pour le grand large. Son regard se perdait souvent par la fenêtre en direction des montagnes lointaines où il aurait pu être plus heureux, à l'écart des êtres humains avec leurs exigences et leurs explications incessantes. Si sa statue équestre, solide et trapue, avait été dressée dans un parc public, son ombre allongée aurait poussé les gens qui auraient innocemment pique-niqué dessous à examiner leur vie et à la voir dans sa discordance et sa désorganisation : ils auraient eu des pensées pleines de culpabilité pour la prime d'assurance qu'ils avaient oublié de payer, pour les lettres auxquelles ils n'avaient pas répondu et pour les promesses qu'ils n'avaient pas tenues.

Mais de l'autre côté de la ligne de partage des eaux, dans l'Idaho, il y avait la belle Beth Sweringen, divorcée et encombrée d'un enfant de cinq ans, moi-même.

Autrefois, j'avais cru que Charlie considérait son mariage comme un devoir dont il s'était acquitté envers son père, un homme qui se souciait beaucoup de la Famille – mais pas de la même manière que ma famille, car la mienne voulait que nous soyons tous ensemble le plus possible, et elle persuadait chacun de nous que ce qu'il avait fait était la seule possibilité étant donné les circonstances. Non. Le souci qu'avait le vieux Brewer pour la Famille, la sienne, celle qui portait son nom, provenait, me semble-t-il, du fait que sa famille n'était pas aussi bien vue que celle de sa femme – celle-ci venait, en effet, de la haute société de Boston. Brewer, dans sa jeunesse, avait été dans le commerce. En tant que négociant, il avait vendu des fers à cheval à la société Boston Traction. Quand elle l'avait épousé, sa femme avait enfreint les règles et elle eut tout le loisir de le regretter.

Je crois que la Reine du Mouton considérait ce mariage comme le devoir dont ma mère devait s'acquitter envers elle. Ma mère l'avait défiée une fois – et on avait vu ce qu'il était arrivé. Elle avait du respect pour les Brewer. Leurs rince-doigts devaient l'amuser, mais elle rendait hommage à leurs hectares.

Je pense que ma mère estimait que son mariage était un devoir dont elle s'acquittait envers moi. Il me semble qu'elle espérait que Charlie m'adopterait et que je serais pour toujours en sécurité.

Puis Charlie a franchi la montagne dans son Hudson Super Six pour venir nous rendre visite. Les Brewer ne voyaient pas la nécessité de rouler dans des voitures chères. Je me demande comment cet homme taciturne a trouvé les mots pour sa demande en mariage, et ce qu'il a pensé quand on lui a montré des plateaux entiers de bagues de fiançailles.

Ils se sont mariés à Butte, dans le Montana, une ville minière à mille six cents mètres d'altitude et de mille six cents mètres de profondeur. Le paysage était aussi désolé que celui de la lune, empoisonné par la fumée fétide des hauts-fourneaux. C'était en 1920. Parmi les invités à la réception qui eut lieu dans la salle de bal du vieil hôtel Thornton, il y eut le gouverneur de l'État et certaines personnes apparentées à ces « rois du cuivre » qui avaient amassé tant d'argent en escroquant la population.

Un lune de miel le long de la rivière Fraser, en Colombie-Britannique, à chasser, à pêcher et à prendre des photos d'élans avec un appareil Kodak.

Pendant leur lune de miel, j'ai logé chez la mère de mon père à Seattle. Elle avait belle allure, et dans sa jeunesse on disait d'elle que c'était « une beauté ». Si elle se trouvait près d'un appareil photo, elle présentait tout de suite son profil. Elle était arrivée par la piste de l'Oregon dans un chariot tiré par des bœufs et avait épousé un juge de l'État de Washington qui lui avait laissé un peu d'argent et beaucoup de terres à blé près de la ville de Walla Walla. Mais la mère de mon père avait une peur insensée de finir à l'asile pour indigents. C'est sans doute la raison pour laquelle elle n'aida ni son propre fils ni ma mère pendant la période où ils étaient dans le besoin. Elle était facilement émue, les larmes lui venaient vite, et elle aimait envoyer des cartes sentimentales. Jusqu'à la fin de sa vie, elle m'a écrit régulièrement pour m'informer de comment elle avait marché ce jour-là dans son jardin en contemplant ce qu'elle appelait ses petites fleurs et en notant les gambades de son minou. Ces lettres me gênaient, non pas parce qu'elles étaient sentimentales – je crois que les enfants considèrent naturellement la sentimentalité comme l'autre face de la cruauté –, mais parce qu'elles étaient adressées à Monsieur Tom Burton qui, à cette époque, se cachait au Montana sous le nom de son beau-père.

Voyez-vous, Amy, elle m'avait acheté un tricycle au magasin Frederick & Nelson's. Son deuxième mari, qui ne me devait rien, lui ordonna d'aller le rapporter. Ce tricycle avait un timbre en nickel brillant. Ce n'est pas la perte du tricycle que j'ai déplorée le plus, mais les tentatives désespérées de ma grand-mère pour l'expliquer. Je la soupçonne d'avoir su que son mari allait lui ordonner de le rendre.

Elle avait l'habitude de s'approcher de moi et de s'écrier : « Oh, regarde-moi ces petites mains que tu as ! »

Un matin où ma mère me manquait, c'est mon père qui est apparu et qui a fait le pitre avec un reste de mousse à raser sur sa lèvre supérieure pour imiter une moustache. Il s'est accroupi devant moi comme devant un chien pour réduire sa très imposante stature. Je me rappelle, comme dans un éclair, un homme extraordinairement beau. Je ne l'ai pas revu ensuite pendant sept ans – il était monté de Californie en voiture.

La maison en rondins, dans le ranch du Montana, était située, Dieu seul sait pourquoi, au pied d'une colline couverte d'armoises qui cachait le soleil encore bien après que tout le reste de la région était baigné de lumière. Il y avait seize pièces ; après l'auberge Old Faithful du parc de Yellowstone, cette maison devait être le chalet en rondins le plus vaste de tout le pays. J'ai l'impression que le vieux Brewer, en optant pour les rondins, espérait s'identifier à l'Ouest des pionniers, et cela parce qu'il n'avait jamais été identifié avec Back Bay[1]. La salle de séjour et la salle à manger mesuraient chacune neuf mètres de côté. Des têtes d'animaux des plaines et des forêts, coupées et montées, pensives dans la mort, regardaient le mur en face. Des cerfs, des élans, des antilopes des Rocheuses. Sous la tête d'un bison barbu il y avait le piano à queue, un Steinway, cadeau de mariage de la Reine du Mouton.

Les cow-boys et les aides du ranch mangeaient dans la salle à manger de derrière, au-delà de la cuisine. On pouvait les entendre rire quand la porte de la cuisine s'ouvrait pour répondre au tintement d'une cloche en argent qu'on secouait

---

1. Quartier huppé de Boston. *(N.d.T.)*

dans la salle à manger de devant. C'était là que nous mangions, dans de la vaisselle Wedgwood et Spode. Nous sortions nos serviettes de leur rond après avoir trempé nos doigts dans les rince-doigts que nous avons utilisés jusqu'à ce que le vieux Brewer et sa femme aillent vivre dans une suite d'angle du vieil hôtel Thornton de Butte, à quelque cent cinquante kilomètres du ranch. Là, ils jouaient au mah-jong, se tenaient au courant des faits et gestes des Cabot et des Carver en lisant le *Boston Evening Transcript*, et s'habillaient pour dîner.

J'ai été content de voir le vieux Brewer s'en aller. Non seulement il ressemblait au Kaiser, mais il était aussi buté et aussi impérieux que lui. Il ne traitait pas mieux sa femme que quiconque, mais les menaces de divorce qu'elle brandissait depuis longtemps – elle allait « faire un tour en Indiana », selon la formule d'alors, parce qu'en Indiana les lois sur le divorce étaient moins sévères – n'ont jamais rien donné. Il faisait les cent pas. Il allait et venait dans le séjour, en long, en large, il avait même creusé un sillon dans la moquette.

À l'âge de cinq ans, n'étant pas encore pénétré de sa grande dignité et de son aura quasi mystique – un enfant, dans son innocence, voit parfois l'homme véritable sans être troublé par l'ombre –, je lui ai envoyé un coup de pied dans le tibia parce qu'il élevait la voix contre ma mère. La terre n'a pas tremblé, le ciel n'est pas tombé, mais peu après les vieux Brewer sont partis pour Butte.

Alors, c'est mon beau-père qui, chaque dimanche soir, s'est occupé des poids en bronze de la grande horloge près de la porte. Un moment de silence étrange derrière des portes soigneusement fermées. C'est mon beau-père qui a pris place à la tête de la table en acajou – une table si grande qu'elle possédait son propre horizon. Il y découpait les morceaux de dix kilos de bœuf qu'on servait un jour sous forme de rôti et le lendemain en ragoût ou en hachis. Mon beau-père découpait avec l'habileté d'un chirurgien, à l'aide d'instruments anglais au manche en os. Cette famille considérait la capacité de découper les volailles ou les autres bêtes comme la véritable marque d'un gentleman. Plus loin, trente kilomètres au-delà de la fenêtre de la salle à manger, le mont Old Baldy s'élevait à trois mille trois cents mètres, toujours couvert de neige. Bien des pensées sans fin ont trouvé refuge sur ce sommet lointain.

Alors, ma mère s'est installée en face de lui, et, prenant la cafetière cannelée, c'est elle qui a servi le café. Elle le faisait avec un sourire et en soulevant légèrement le menton au moment où elle présentait la tasse remplie, comme on le lui avait enseigné au collège Sainte-Margaret.

Maintenant que j'ai appris le plus simple et le plus difficile des tours de force – être moi-même –, maintenant que j'ai trouvé confiance en moi, j'ai du mal à croire que les repas aient pu être des épreuves chargées de tant de tensions et de doutes. Ces repas étaient réglés comme un jeu : c'était mon beau-père qui se chargeait de l'ouverture.

« Vous la prenez comment ? »

Bien cuite ? À point ? Jamais « saignante », car les éleveurs sont personnellement responsables de la mort des animaux qu'ils dévorent ; la viande rouge leur rappelle les horreurs peu appétissantes

283

de l'enclos d'abattage, et par conséquent ils préfèrent la viande grise ou brune.

À la fin, tandis que mon pouls battait à mes tempes, mon beau-père se tournait vers moi, le couteau posé sur la chair menacée.

J'avais la langue nouée. Dans cette maison, je ne me sentais pas le droit d'exprimer une préférence pour quoi que ce soit, je me disais que je devrais être heureux du moindre morceau qu'on consentirait à me donner.

Mais, voyez-vous, mon beau-père n'était pas un mauvais bougre. Un homme de peu de mots ? Certes. J'avais pensé, autrefois, qu'il restait silencieux parce qu'il pensait si profondément qu'il n'avait pas le temps de parler et que son cerveau n'avait pas de place pour formuler des phrases. Maintenant, je crois qu'il n'avait tout simplement rien à dire.

Amy, je vous ai parlé du fils aîné, de celui qu'on avait tragiquement congédié comme incompétent, mais je ne vous ai rien dit du second, Ed. Ed était un célibataire professionnel, un de ceux qui détestent les femmes. Il était brillant, bon aux échecs, vif, habile à résoudre des casse-tête et aux jeux de langage. Je me souviens qu'il connaissait le sens du mot « baobab ». Il lisait beaucoup de ces revues de haut niveau qui n'existent plus : *Asia, Century Magazine, World's Work, Mentor.* Il prenait une revue, il l'ouvrait et il se perdait dedans. Il aurait fallu être très courageux pour essayer d'attirer l'attention d'Ed et de le détourner d'un traité sur la pierre de Rosette, ou d'un article prétendant dire la vérité sur la sorcière de Wall Street[1] ou sur le scandale du Teapot

---

1. Surnom donné à Henrietta (Hetty) Robinson (1835-1916). Héritière d'une fortune, elle a réussi à la multiplier à Wall Street,

Dome[1]. Quant à *Country Life,* il l'écartait comme si cette revue ne s'adressait qu'aux arrivistes et à ceux qui ont besoin des béquilles de la richesse.

Il était maigre et il avait un profil taillé à la serpe sous une épaisse chevelure noire qu'il ne faisait couper que quatre fois par an. Il méprisait les villes où l'on se fait coiffer, où les hommes se réunissent pour des conversations badines et bêtes, où l'on mastique de la nourriture en public. Son nez, long et pointu, était une antenne qui captait vite la moindre rumeur pour la transmettre à son cerveau où elle était amplifiée. Il semblait fier de ses pieds plutôt petits : il lui arrivait de croiser les jambes et de les regarder comme s'il se demandait ce qu'elles vaudraient sans de tels fleurons. Son rire était un braiment insultant qui comprimait l'air et le chassait devant lui.

Il disait bien des choses vraies sur les autres hommes. Je ne l'ai jamais entendu en dire une seule de gentille.

Ma mère m'avait demandé de m'adresser à mon beau-père en l'appelant « Oncle Charlie ». Car il faut bien s'occuper du titre par lequel on va éveiller l'attention d'un beau-père ou d'une belle-mère. On peut les appeler « beau-père » ou « belle-mère » derrière leur dos, mais on ne peut pas les interpeller ainsi, car les légendes et les contes ont causé un tort irréparable à ces noms

---

accumulant à la fin de sa vie jusqu'à un milliard et demi de dollars (à la valeur d'aujourd'hui). Mais elle s'est taillé une réputation d'avarice si sordide qu'elle en est entrée dans *Le Livre Guinness des Records*. (*N.d.T.*)

1. Scandale qui a éclaté en 1924 : plusieurs membres importants du gouvernement de Warren G. Harding s'étaient manifestement laissé corrompre par des compagnies pétrolières. (*N.d.T.*)

qui évoquent la mort, le divorce, le déménagement forcé et les testaments trafiqués. Une formule de salutation – quelle qu'elle soit – ne cherche qu'à attirer l'attention de celui auquel elle s'adresse. Comme je n'aurais jamais eu l'impudence d'exiger l'attention de mon beau-père, la formule de salutation que me suggérait ma mère n'allait pas me servir beaucoup.

Ma mère avait décidé de dire « mon frère Ed » quand elle s'adressait à Ed. Elle espérait lui plaire, établir avec lui une relation proche – espoir qui paraissait raisonnable, étant donné que cet homme partageait la même maison.

La première fois (la seule) où elle a eu recours à cette formule, le résultat a été désastreux.

« Mettez-vous bien ça dans la tête, a-t-il dit en la fixant de ses yeux bleu ciel pour renforcer son message. Je ne suis pas votre frère, il s'en faut de beaucoup. » Ses yeux ressemblaient à certaines des billes avec lesquelles nous jouions enfants.

Ma mère m'a rapporté cette anecdote plus tard, bien après que cet homme eut connu une mort aussi méritée que pénible. Elle l'a racontée avec hésitation et des excuses dans le regard, comme si, sachant cela, je risquais de la tenir en moindre estime du fait qu'elle avait été humiliée. Nous portons nos humiliations comme une difformité.

« C'est incroyable ! me suis-je écrié. Et qu'en a dit Charlie ?

— Il n'était pas dans la pièce à ce moment-là.

— Tu ne le lui as pas dit ?

— Pour quoi faire ? Ed était son frère. »

Elle avait donc peur de parler à Charlie. Si elle l'avait fait, elle aurait risqué de découvrir que son frère était plus important pour lui que sa femme.

Quel cortège d'affronts elle a dû subir, dans cette maison. Les cruautés d'Ed étaient subtiles.

Amy, vous avez peut-être connu des gens qui, en levant simplement un sourcil ou en esquissant l'ombre d'un sourire, indiquent qu'ils possèdent quelque information secrète avec laquelle ils pourraient exercer un chantage, quelque information explosive qui leur est venue par hasard ou qu'ils ont obtenue par de patientes recherches. L'information secrète que possédait Ed lui venait en partie de savoir que chacun, pratiquement, est vulnérable, que chacun, pratiquement, peut être démoli.

J'ai rarement entendu Ed s'adresser directement à ma mère au cours des quinze années qui ont suivi, pas même pour demander le sel. S'il voulait du sel, il tendait le bras devant le nez de ma mère, faisant là ce qu'il appelait son « geste de pensionnaire ». Il savait être ironique, mais jamais envers lui-même. Son humour avait un côté rustaud. C'est ainsi qu'il appelait le soleil « Vieux Sol » ; le papier à rouler et le tabac devenaient « les roulures ». Il adorait les blagues sur les Irlandais et il ne se privait pas d'appeler les Noirs « babouins ». Les gens qui l'ennuyaient devenaient des « neuneus » et des « corniauds ». Il ne s'abaissait pas à des farces qui auraient exigé le recours à des reptiles, des cordes ou des seaux d'eau, mais il était ravi quand d'autres s'y livraient. Il souriait de voir des gens consternés.

Il regardait au-delà de ma mère, à travers elle, comme si elle n'avait pas plus d'importance qu'une des juments poulinières qu'il gardait dans un pré à l'arrière de la maison. Il connaissait d'ailleurs l'amour que ma mère avait pour les chevaux. Et quand il passait à cheval devant la maison, il faisait souvent exprès de maltraiter sa monture avec sa cravache ou avec un mors de bride mal ajusté.

En tant que jument poulinière, ma mère était censée produire un héritier qui, un jour, chevaucherait fièrement sur ces cinq mille hectares et saurait signer avec panache.

Tous les soirs, elle s'habillait pour souper – le dîner, là-bas, se prenait à midi. Ce qu'elle mettait était toujours parfait pour le moment ou l'occasion. C'était elle qui conférait son éclat au moment ou à l'occasion. Parfois, dans le couloir, je regardais par la porte de sa chambre : elle était debout devant sa coiffeuse et choisissait telle petite broche, tel clip, telles perles de jais ou tel collier de turquoises et d'argent. Et toujours, autour d'elle, comme un cadre, flottait une senteur de fleurs.

Parce qu'il était un homme – si c'est ce qu'il était –, Ed ne pouvait pas s'installer en face de son frère aussi austère qu'un prêtre, ni prendre la cafetière en argent pour verser. Non. Il s'asseyait donc en face de moi, le dos tourné au majestueux Old Baldy, et, tout autour de lui comme un cadre, flottait une puanteur d'urine.

En réalité, Amy, il ne se lavait jamais. Une étrange pudeur l'empêchait d'utiliser la salle de bains qui séparait sa chambre de celle de ses parents. Je ne me rappelle pas l'avoir jamais vu gravir les dix-huit marches qui menaient à la deuxième salle de bains ; et, bien entendu, un bain aurait impliqué qu'il expose sa chair et sa peau. Cette pudeur est toujours une énigme pour moi. Prenait-il des bains l'été à la manière de Huckleberry Finn dans le ruisseau protégé par d'épais buissons derrière la maison ? C'est possible. Mais certainement pas en hiver. Je suppose que quand ses slips devenaient repoussants même pour lui, il les enterrait. Une fois par an, il se montrait dans un Levi's neuf et raide. Il portait rarement des gants, même quand il faisait des travaux très rudes. Il lui arrivait de jeter des coups d'œil sur ses mains si habiles. Il avait l'habitude de tousser et de cracher. On ne pouvait pas terminer de repas sans qu'il se fourre le nez (qu'il avait long et curieux) dans un foulard bleu horriblement sale, qu'il se mouche et qu'il examine ensuite ses mains dures et fortes pour voir si de la morve avait pu s'échapper.

Ma mère a commencé par être déroutée par l'intelligence inquisitrice dont il faisait preuve, et puis elle en a eu peur. C'était une intelligence qu'il nourrissait par de vastes lectures. On le voyait souvent accroupi avec toute la souplesse d'un jeune garçon devant l'*Encyclopaedia britannica* qui, avec *Le Monde des animaux vivants,* occupait l'étagère la plus basse de la bibliothèque. Il pouvait être en train de s'informer sur le Bouddha ou sur la réfraction de la lumière. Rien, au collège Sainte-Margaret, n'avait préparé ma mère à ce genre d'intelligence ni à ce qui pouvait se tapir derrière. Elle ne connaissait que le cœur et les sentiments. Et le style.

Quand j'ai été assez âgé pour la percevoir non seulement comme ma mère mais comme une femme, j'ai eu beaucoup de mal à concilier ce que je savais d'elle avec ce qu'elle avait été avant ma naissance. Elle avait monté des chevaux intraitables, elle avait abattu des antilopes des Rocheuses et des bouquetins, elle avait franchi les rapides de la rivière Sans Retour. Tout cela avait eu lieu dans un passé lointain, c'était le sujet de photos poussiéreuses et décolorées, la légende d'une période depuis longtemps disparue.

J'ai souvent souhaité la mort d'Ed. J'ai ardemment désiré être plus âgé et prêt à mesurer mon intellect au sien, à trouver la clé de sa propre faiblesse pour le détruire. Mais quand j'ai été assez grand et assez sûr de moi pour prendre la parole, il était mort. Il avait pourtant disparu trop tard pour que cela fût d'un quelconque secours à ma mère. Car elle était déjà prisonnière de la boisson, et je la voyais se déplacer avec prudence d'une chaise à l'autre. Cette habitude destructrice de s'adonner à la boisson avait démarré plus tôt que je n'avais voulu le voir, et elle était aussi plus grave que je ne voulais l'admettre alors, même en mon for intérieur.

Pourquoi Charlie ne disait-il rien à Ed ? Par indifférence ? Par un manque insondable de sensibilité ? Je n'en sais rien. Peut-être avait-il estimé injuste de demander à Ed de trouver un autre logis, de quitter une maison qu'il avait construite en grande partie de ses mains fortes et nues. Et l'idée que sa femme et lui abandonnent une maison de seize pièces devait lui paraître absurde.

L'enfant souhaité est né à peine un an après le second mariage de ma mère – chose en soi extraordinaire, car il faut faire un effort d'imagination pour penser que Charlie ait pu s'oublier au point de se livrer à un acte sexuel. Mais il y était parvenu. L'enfant, hélas, n'était pas un héritier mais une héritière. Et il n'y a pas eu de suite. La famille de la côte Est, prenant note de l'événement, a réagi en envoyant des gobelets monogrammés, des hochets et des objets en argent fin. La poste a porté ses lettres de félicitations, et les câbles ont transmis ses appels et ses télégrammes.

Ed a fait de la petite fille son principal instrument de torture. Il s'est mis à la courtiser pour l'éloigner de ma mère. Et il s'y est fort bien pris. La petite fille s'asseyait bien droite à côté de lui sur le siège du chariot quand il partait pour irriguer les champs. Sur le plateau du véhicule, à bonne hauteur, s'élevait un tas puant de foin détrempé par le fumier de vache et le purin, mélange idéal pour boucher les petits ruisseaux et les fossés et dévier ainsi l'eau vers les prés. Ils avaient leur déjeuner avec eux dans un seau à lard bien couvert – des sandwichs avec du jambon au poivre et à la moutarde ainsi qu'une pomme. Ils mangeaient ensemble dans l'un de leurs endroits préférés.

Pour elle, il sculptait des chaises miniatures ainsi que des tables et des lits, et tout cela de ses mains habiles et nues. Il lui avait construit des cages en bois qu'il pourvoyait en petits rongeurs, spermophiles et lapins. Aveuglés par la peur, trop terrorisés pour manger, ils mouraient et on les remplaçait. Quel plaisir, pour une petite fille, d'avoir des petites bêtes si douces pour elle toute seule.

Ed changeait l'opinion que la petite avait de ma mère. Que sa fille puisse trouver Ed aussi adorable et aussi réceptif a dû pousser ma mère à se demander si elle était folle. Mais les liens du sang sont puissants. Et, par miracle, ma demi-sœur et moi avons fini par devenir amis.

Ma mère essayait de se réfugier dans la musique. Le moment où elle se dirigeait vers le piano au-dessous de la tête du bison pour jouer du Schumann ou du Schubert était le signal qu'attendait Ed pour se lever et, après quelques allées et venues dans le long couloir tout sombre, s'enfermer dans sa chambre. Là, il prenait son banjo à cinq cordes et égrenait *A Hot Time in the Old Town Tonight* – fanfares, kiosques, citronnade et base-ball dans le parc. *Ta-ta-ta-boum-dzinn-dzinn !*

> *J'ai une poupée à Baltimore*
> *Elle a des tapis sur son sol...*

Il jouait très bien, et d'oreille. Il aurait pu réussir comme musicien professionnel s'il s'était abaissé à accorder une reconnaissance au monde superficiel du divertissement. Il aurait pu faire bien des choses. Mener une expédition dans l'Arctique – il admirait Peary –, devenir un professeur de physique à la fois brillant et excentrique, voire un grand maître du jeu d'échecs.

Mais, Amy, son objectif était bien plus restreint. Son objectif était de détruire ma mère, et c'est ce qu'il a fait.

Le soir, elle s'éloignait de la maison et restait assise en tailleur devant un petit feu d'armoise. Dieu sait ce qu'elle voyait dans ces flammes, quels mots elle lisait dans les volutes de fumée. Elle m'a dit une fois que c'étaient « de bonnes pensées » qui lui venaient. Quand je sortais marcher avec elle, nous parlions rarement, mais une fois je lui ai pris la main et je lui ai dit : « Je t'aime. » C'était dur à dire, tellement c'était vrai. Elle a serré ma main et détourné le regard.

Cela fait presque vingt ans, Amy. Presque vingt ans.

Un après-midi d'automne, Ed posait une clôture autour d'une meule de foin dans un champ. Le champ du haut, le premier champ, le deuxième champ, le champ aux laitières, le champ au fil de fer, le champ aux chevaux, le champ de côté, le grand champ. Une liste répétitive, mais elle couvrait quatre mille cinq cents hectares. La meule de foin se trouvait dans le grand champ, et les piquets avec lesquels il travaillait étaient luisants d'un fumier que les pluies d'automne avaient trempé.

Une écharde s'est logée dans la paume de sa main nue et calleuse. La petite écorchure a saigné.

Le charbon est une des rares infections de l'animal que peut attraper un homme. Ed en est mort en quelques jours. Et il était dans l'ordre des choses qu'il eût péri non d'une maladie humaine, mais d'une maladie de bête. À ce moment-là, je me trouvais ici, sur la côte Est, dans une université. Mais certainement, même en Nouvelle-Angleterre, ce jour-là il a dû passer une sorte de musique, là-haut dans les airs, une onde inexplicable a dû rider la rivière Charles à la manière d'un sourire, et le soleil a dû briller avec un tout petit peu plus d'éclat sur le dôme du capitole de l'État.

Je regrette de ne pas avoir été dans le Montana et de ne pas l'avoir vu mettre son chapeau pour la dernière fois.

Mais tout cela est arrivé trop tard pour ma mère.

Je ne parlerai que brièvement de la mort de ma mère. Que dire, sinon que ç'a été terrible ? Tout a commencé par un problème intestinal, une occlusion. On a opéré. L'opération a échoué. On a réessayé.

Elle était trop faible pour vaincre la pneumonie ; elle reposait contre son oreiller, les bras meurtris par des aiguilles, une sonde dans le nez, cherchant de l'oxygène.

Elle est morte un matin de bonne heure. L'entrepreneur de pompes funèbres l'a habillée d'un vêtement marron hideux que quelqu'un (sûrement pas elle) avait acheté. Je me suis agenouillé près d'elle et je l'ai embrassée. Je ne savais pas jusqu'alors que les morts sont si froids.

Mon grand-père se tenait debout au bord de la tombe. L'entrepreneur des pompes funèbres avait caché l'obscène monticule de terre, juste à côté, sous une couche d'herbe artificielle trop verte pour un mois d'avril à Salmon. Mon grand-père avait quatre-vingt-douze ans et je me disais : Nous allons tous bien nous en sortir. Parce que debout, là, revêtu de tant d'années, il se tenait si droit que j'oubliais qu'il était moins grand qu'autrefois, ce vieillard auquel à présent nous devions tout. J'ai compris pourquoi les Chinois vénèrent les anciens. Les vieux sont les dépositaires de l'expérience humaine totale. Ce vieillard était le fils de l'homme qui avait découvert de l'or, c'était lui qui portait l'arbre de Noël à l'intérieur de la maison et restait à côté avec un seau d'eau pour que la famille ne parte pas en fumée. Il était le confident des enfants, l'ami des petits-enfants et des arrière-petits-enfants, car ils estimaient que c'était lui qui les comprenait le mieux. Il enseignait mais ne grondait pas. Il était là, debout, cet homme qui avait survécu à la mort de la Reine du Mouton et survivait maintenant à celle de sa fille. Il nous disait, par sa posture, que tout passe, que ce qui compte, c'est l'endurance, que nous ne devons jamais oublier qui nous sommes, que nous devons nous soutenir les uns les autres. Je me souviens du maigre soleil de printemps sur son visage.

Et puis ils ont commencé à faire descendre le cercueil.

Le visage de mon grand-père s'est chiffonné et s'est mis à ressembler à celui d'un vieux singe fatigué. Il s'est détourné, et son dos s'est voûté de chagrin. Car les années avaient beau dire ce qu'elles voulaient, c'était sa petite fille. Et je me suis dit : *Mon Dieu, est-ce à moi de prendre le relais ?*

Mais il y avait un décès antérieur qui expliquait cette tristesse dont le visage de ma mère ne se départait jamais, même à la fin. Ce décès se retrouvait même derrière ses rares sourires.

Elle était enceinte de trois mois au moment où elle avait épousé mon père, et la Reine du Mouton n'était pas venue au mariage. Elle ne voulait pas apposer le sceau de son approbation sur une performance de ce genre, surtout pas en 1911. Mais comme le jeune couple avait l'intention de partir aussitôt pour Seattle, la Reine du Mouton n'aurait plus besoin de le voir et pourrait donc, un jour, accepter l'enfant et pardonner son péché à ma mère, si péché il y avait – si l'enfant était un garçon. Mais un mois avant la naissance de cet enfant non désiré, une autre mort est survenue.

Les fruits frais étaient un plaisir rare, au ranch, et ils donnaient à penser qu'au-delà existait un monde étrange, fascinant, plein de fruits, un monde où il suffisait de tendre la main pour les cueillir. Ma tante Maude a déclaré un jour qu'elle ne pouvait toujours pas regarder une banane ou une orange sans penser immédiatement aux chaussettes de Noël. Et le Noël de 1911 avait été un jour spécial, non seulement à cause des bananes et des oranges, mais parce que des raisins de serre avaient été apportés par le petit train.

Ces précieux raisins, légèrement poudrés par la sciure dans laquelle on les avait rangés pour les protéger de l'hiver glacial de l'Idaho, n'étaient pas enfoncés, contrairement aux oranges, dans les chaussettes de Noël que les enfants suspendaient au manteau de la cheminée en grès. Ils n'y étaient pas mis grappe à grappe, car, ne s'attendant pas à quelque chose d'aussi exotique que des raisins, les enfants risquaient de les écraser. Non. Les raisins, dans leur panier ovale et profond de bois tressé, étaient placés sous l'arbre avec les cadeaux des adultes, la boîte de bons cigares ou le couteau de poche pour Papa. Il possédait déjà de nombreux couteaux de poche, mais qu'offrir d'autre à un père qui ne portait pas de cravates ? Il y avait un manchon en fourrure pour Mama, fait de peaux de castor que Papa avait capturés. Et une boîte de savonnettes Pears dont Mama disait qu'elles sentaient si bon. On pouvait voir à travers.

Là, sous l'arbre, c'est le fils de ma grand-mère, Tom-Dick, qui avait trouvé les raisins. Il représentait l'avenir du ranch Sweringen et il était le seul à ne pas être complètement impressionné par sa mère. Par conséquent, quand on lui a posé la question, il n'a pas hésité à admettre qu'il avait trouvé et même mangé une poignée de ces raisins de table. Contrôlant sa voix, Emma lui a demandé s'il avait avalé les pépins.

Pour une fois, il a menti et répondu que non.

« Heureusement, a-t-elle dit. Tu risquerais d'être affreusement malade, si tu les mangeais. On peut en mourir. »

Elle lui a trouvé un air très effrayé, mais elle a estimé que c'était à cause de ce qu'il aurait pu faire plutôt qu'à cause de ce qu'il avait réellement fait.

Les pépins de raisin étaient-ils en cause, ou s'est-il agi d'une coïncidence ? Et à qui la faute ? Tom-Dick avait menti, mais c'était Emma qui avait mis le panier de raisin sous l'arbre de Noël. De ses propres mains. Quelques jours après Noël, Tom-Dick a ressenti de vives douleurs à l'estomac.

« Juste là, Mama. »

Elle a enveloppé son garçon dans une couverture et mon grand-père les a conduits à travers champs jusqu'au petit train qui allait à Salmon. C'était un samedi.

Nora et Oncle Docteur venaient de s'asseoir pour souper.

« Vous arrivez juste au bon moment, a dit Nora. Je vais simplement... Emma, qu'est-ce qu'il se passe ?

— Quel est le problème ? a demandé Oncle Docteur.

— Mon garçon a des douleurs. »

Oncle Docteur avait son cabinet dans la maison, derrière une double porte, en verre mais, Dieu merci, doublée par un rideau de cretonne – le genre de cretonne qu'un homme, pourtant, n'aurait pas choisi. Sa table d'examen était en fer et en bois, avec des lanières de cuir ; elle ressemblait à un horrible instrument de torture médiéval. Personne d'autre que Nora n'aurait supporté d'avoir ce cabinet médical dans la maison, avec

297

tout ce qui se passait à l'intérieur pendant qu'elle était penchée sur ses sempiternels travaux d'aiguille ou l'écossage de ses petits pois. Mais Nora n'était pas du style à s'émouvoir de grand-chose, pas même du second avènement du Messie. Ce qu'elle entendait là-dedans n'aurait d'ailleurs pas été aussi affreux si Oncle Docteur n'avait pas été un chirurgien qui faisait bien plus qu'ôter des agrafes ou réduire des fractures.

« Bien, jeune homme, a déclaré l'oncle. Tu vas monter là-dessus et on va voir ça. Comment ça se passe au ranch, Emma ? Je suppose que vous n'êtes pas à court de foin. »

Il avait une voix gentille, et elle s'est sentie un peu plus à l'aise. Pas étonnant qu'il ait de la clientèle.

Il avait de bonnes mains ; elles ont commencé à palper.

Quand Tom-Dick grimaçait, le visage de la Reine du Mouton reflétait sa douleur.

« C'est là ? » Oncle Docteur parlait d'une voix douce.

Tom-Dick a fait oui de la tête.

La Reine du Mouton a fait oui.

« Bien, bien », a dit Oncle Docteur. Puis il s'est retourné. « Emma, je crois que vous feriez bien d'emmener ce jeune homme à Salt Lake. »

Elle a aussitôt été alarmée. « C'est quoi ? »

Il n'a pas répondu sur-le-champ. *Il n'a pas répondu sur-le-champ.*

« À mon avis, c'est un blocage intestinal.

— À votre *avis* ? » Les avis ne l'intéressaient pas. Soit il savait, soit il ne savait pas.

« Emma, les êtres humains peuvent se tromper.

— Alors, il me faut un deuxième "avis". Ce garçon souffre. » Bien des gens auraient hésité à mettre en doute la compétence d'Oncle Docteur, mais il s'agissait de *son* garçon.

« Est-ce que vous voulez que je téléphone au docteur Hanmer ?

— Si vous voulez bien. S'il vous plaît. »

Oncle Docteur s'est tourné vers le téléphone mural.

Elle ne connaissait pas le docteur Hanmer, elle en avait seulement entendu parler. Il n'était pas à Salmon depuis longtemps, et voilà qu'elle devenait, pour ainsi dire, dépendante d'un étranger. La table de ce praticien était celle d'un chirurgien, et elle était encore plus effrayante – un chevalet de torture chargé de souffrances et de sang, et...

Le jeune docteur Hanmer avait des mains fines et étroites. Il aurait pu jouer du piano. « Dieu soit remercié pour ses mains », se disait-elle.

Les mains se sont mises à chercher. Elle entendait Tom-Dick respirer ; elle entendait le docteur Hanmer respirer.

« C'est bien là, jeune homme ? » Elle était alors disposée à faire n'importe quoi pour ce médecin pendant tout le restant de sa vie, tout ce qu'il voudrait, tout ce qu'il lui demanderait. Mais il s'est redressé si brusquement qu'elle en a eu le souffle coupé. « C'est une appendicite. Il faut immédiatement opérer ce garçon.

— L'opérer ? s'est-elle écriée. Le docteur Whitwell n'a rien dit de tel. Il m'a dit que je devais aller à Salt Lake.

— Je crois que c'est ce qu'il voulait dire. »

C'était peut-être ce que voulait dire Oncle Docteur, mais ce n'était pas ce qu'il avait dit. Il avait peut-être voulu parler d'un médicament particulier – on faisait de tels miracles, là-bas –, et voilà que ce jeune, ce très jeune médecin, dans cette ville primitive de Salmon, recommandait une opération.

« Non, non, non », a-t-elle dit. Elle ne supportait pas l'idée qu'un bistouri puisse toucher son garçon, en tout cas, pas un bistouri dans les mains d'un homme si jeune, dans les mains d'un étranger si jeune qu'il ne pouvait avoir que peu d'expérience. De l'expérience ! Ce n'était quand même pas maintenant qu'il allait en acquérir. Il fallait qu'elle aille à Salt Lake City. Elle demanderait le médecin du vieux M. White. Il n'y avait pas de meilleur hôpital...

« Madame Sweringen, il faut absolument que vous m'écoutiez !

— Non, non, non. » Pas question de l'écouter. Les pensées se bousculaient dans sa tête. Demain, on était dimanche. Le train ne passait pas le dimanche.

« Docteur, est-ce que je peux me servir de votre téléphone ? »

Dieu soit remercié pour cette amitié, si c'en était une. Elle a pu appeler directement le président de la compagnie ferroviaire Gilmore & Pittsburgh.

« Oui, c'est Mme Sweringen. »

Le train ne fonctionnait pas le dimanche, mais pour mille dollars on pouvait le faire marcher. Il a donc marché pour la Reine du Mouton, et il a marché dans l'heure, avec sa locomotive, son tender et un unique wagon.

Eh bien, Amy, quelques minutes après que le petit train eut franchi la ligne de partage des eaux dans le Montana, ma grand-mère a cru qu'elle avait eu raison de remercier ses dieux, car Tom-Dick s'est redressé sur son fauteuil en peluche rouge et il a souri. « C'est tout parti, Mama. » Il a ajouté : « Mama, faut pas pleurer. »

Tout était parti, en effet. L'appendice avait éclaté. Trois jours plus tard, ma grand-mère repassait la ligne de partage des eaux avec son enfant mort, son petit garçon qui avait donné un sens à tout, qui disait si gentiment : « Salut, Mama. »

Après l'avoir enterré, elle est restée debout au milieu de sa salle à manger et s'est mise à hurler. À part un léger bourdonnement, c'est l'unique son qui soit sorti de sa bouche pendant deux mois. Elle ne pouvait plus parler, juste fredonner, ce qu'elle a fait tous les soirs. Elle allait s'asseoir au bord du lit de Tom-Dick et elle fredonnait la berceuse qu'elle lui chantait quand il était bébé. Celle, apparemment, de la grenouille qui voulait aller faire sa cour. Elle ne laissait personne d'autre entrer dans la chambre. Quand elle avait fini de fredonner, elle triait les œufs d'oiseau entreposés dans de la sciure de bois – elle mettait d'un côté les œufs de merle américain et d'un autre les œufs de bécassine –, puis elle s'allongeait sur le lit et s'endormait.

Le temps a passé. Elle a fini par retrouver sa langue et aller dormir dans son propre lit.

Amy, les vieux, là-bas, parlent encore de l'hiver de 1918, mais ils en parlent à voix basse et avec respect, de peur qu'une voix forte ou une parole irréfléchie ne réveille le monstre qu'a été cet hiver et ne déchaîne à nouveau sa fureur aveugle. Cet hiver-là avait fait suite à un été de ruisseaux à sec, de filets d'eau dans les rivières, d'herbe fanée. Pendant tout l'été, le soleil avait flamboyé dans un ciel sans nuages ; le pourtour des feuilles de peuplier de Virginie était grillé. La chaleur était tapie, comme de l'eau ; des hommes sans d'esprit rapportaient qu'ils avaient vu des mirages de lacs et de cours d'eau flottant au-dessus des armoises.

L'automne les a surpris avec une seule meule de foin là où il aurait dû y en avoir deux. Et il n'y en avait pas du tout là où d'habitude il y en avait une. L'été indien est arrivé en silence, et il a traîné en longueur. Qui pouvait se rappeler une fête de Thanksgiving aussi chaude ? Aucune trace de neige.

L'hiver a frappé le jour de l'an, et tout le monde en est resté hébété. Il est arrivé en rugissant. La neige tombait en nappes. Le vent descendait en hurlant du pic Gunsight ; acéré par un froid de pierre avoisinant les moins quarante, il frappait droit au cœur. Le bétail sous-alimenté trébuchait dans les tempêtes de neige, tombait et gelait au sol. Janvier, février. Des chevaux errants qui n'avaient que la peau et les os grattaient du sabot à travers la neige et avalaient des graviers ; ils avaient le ventre gonflé par les gaz de la faim et leurs yeux se voilaient, tandis que la mort flairait leurs pauvres talons défaillants.

Dans la maison du ranch, on fermait les portes sans bruit. On chuchotait. Qu'allait donc faire Mama ? Les employés l'observaient et se taisaient quand elle s'asseyait à table avec eux pour les repas. Qu'allaient-ils devenir ? Qui d'autre se souciait d'eux ? La cuisinière regardait, elle aussi.

Que pouvait faire Mama ?

Certains prétendaient que cet hiver l'avait brisée. Il lui fallait du foin qu'elle faisait venir par le petit train à soixante dollars la tonne – quatre fois le prix de l'hiver précédent. Elle avait besoin d'argent qu'elle n'avait pas et qu'elle ne pouvait pas emprunter. Trop de moutons sur le point de mourir de faim, trop de terres qui ne valaient rien l'hiver, et puis, pour tout dire, c'était une femme. Tout cela semblait signer la fin de la Reine du Mouton.

Elle n'était pas de cet avis.

Debout devant la fenêtre, une tasse de café noir bien fort à la main, elle a regardé la neige balayée par le vent qui cachait la grange à moins de cent mètres. Ils l'ont vue boire à la tasse ; ils l'ont vue baisser les yeux et verser ce qu'il en restait dans un pot de fleurs vide sur le rebord de la fenêtre. Elle s'est retournée.

Elle a enfilé le vieux manteau bordeaux dont la famille devait plus tard se moquer. « Mais c'est qu'elle l'adore, ce vieux manteau ! Alors qu'on croyait qu'elle allait le jeter ! »

Elle a donc mis son vieux manteau et son chapeau, elle a pris son sac à main et elle est montée dans le petit train pour sortir de la vallée. À Salt Lake, elle a affronté le vieux White, le banquier. Ils ont disparu, aujourd'hui, ces vieux banquiers « particuliers » à l'air bourru. Ils prêtaient autant selon le caractère du client que selon les garanties qu'il présentait. Ils ont disparu, parce que maintenant l'État régit les banques, et avoir du caractère est tenu pour négligeable. Je me souviens d'une photo du vieux White que ma grand-mère avait découpée dans un journal de Salt Lake City et collée dans l'album qu'elle a tenu presque toute sa vie. Il ressemble à Mark Twain âgé, à la fois redoutable et plein de compréhension.

Elle l'a affronté dans sa tanière ; elle s'est assise en face de lui, avec son vieux manteau et un chapeau où étaient encore accrochées deux cerises en plâtre. Il se peut qu'elle les ait trouvées jolies. Plus vraisemblablement, elle ne les avait jamais remarquées. Elle n'avait aucun talent pour s'habiller et semblait ne penser que rarement aux vêtements, sinon pour des questions de chaleur et de décence. Elle savait qu'elle n'était pas belle et qu'elle aurait perdu son temps à mettre des bagues sur ses mains larges et épaisses. Elle avait quelque chose qui dépassait la beauté. De la présence. Il y a des femmes qui ont des diamants. Elle avait quatre filles et dix mille moutons. Elle était là, assise, ses mains nues sur ses genoux.

« Monsieur White, a-t-elle déclaré, je veux cent mille dollars. »

Peu de gens connaissent la question que lui a posée le vieux White et la réponse qu'elle a donnée. Mais moi, je les connais.

« Madame Sweringen, lui a demandé le vieux White, pourquoi est-ce que je vous prêterais une somme aussi considérable ?

— Parce que je crois en moi, monsieur White. »

Ce n'était pas seulement la vallée de Lemhi, qui avait été anéantie par cet hiver écrasant, ni même l'État de l'Idaho, mais tout l'ouest des Rocheuses. Le vieux White savait que quand l'hiver serait fini, à part quelques personnes telles que la femme assise devant lui, il n'y aurait que des faillites, des terres en jachère et des carcasses qui empesteraient l'air. Il n'y aurait pas de banque. Il n'y aurait plus de banques nulle part.

« Comme vous voulez, madame », a déclaré le vieux White en tendant la main vers son stylo.

Lors de la Grande Dépression qui a commencé douze ans plus tard, les gens se rappellent avoir vu la Reine du Mouton venir à Salmon dans la vieille Dodge rouillée. Les portières arrière en étaient fermées par du fil de fer à botteler parce que, à la suite d'un incident, on n'arrivait pas à les ouvrir et les fermer facilement. Du coup, elle s'asseyait devant, à côté de mon grand-père. Elle n'avait jamais appris à conduire. Elle venait à Salmon acheter des biscuits secs et du fromage, des sacs de farine, des boîtes de quatre litres de pêches au sirop pour ses bergers, des caisses de pommes séchées. Il lui arrivait aussi de venir pour servir de caution à un berger qui avait fait des siennes dans le bar du Smoke House, ou au café Owl, ou encore dans un bordel, et qui maintenant l'attendait dans la prison du tribunal, de l'autre côté de la rivière. Ses bergers lui juraient que cela ne se reproduirait pas ; elle les croyait sur parole. Mais c'était la dernière fois. Elle avait une certaine tolérance pour leurs débordements. Elle n'attendait pas des autres qu'ils aient les exigences qu'elle s'imposait et qu'elle voulait voir observer dans la Famille.

Je suis parti vers l'ouest avec ma famille, une année, au volant de ma splendide Rolls Royce noire – une voiture qui vidait les salles de billard et les bars tout le long du trajet. Des inconnus se mettaient en rang pour se faire prendre en photo à côté d'elle. Ils avaient tous entendu parler des Rolls Royce, mais aucun d'entre eux n'en avait vu. Je ne leur disais pas que j'avais acheté la mienne d'occasion.

Comme je me souvenais de la vieille Dodge et de son allure d'escargot, je me disais que ma grand-mère aurait plaisir à aller à Salmon dans ma voiture pour se rendre à sa réunion des Eastern Stars. Elle aurait la banquette arrière pour elle toute seule. Elle était donc là, très lourde, à présent, assise sur un siège en daim fauve, dans un décor en bois de rose et argent, avec à ses pieds un tapis en agneau persan. Rien que cela, me disais-je, pouvait l'intéresser.

« Quelle marque de voiture m'as-tu dit que c'était ? » m'a-t-elle demandé.

Je le lui ai dit.

« Je ne pense pas connaître cette marque. »

J'avais cru que ce n'était pas possible, mais ça l'était.

« Tom, tu te rappelles notre vieille Dodge ? Elle était vraiment bonne, pour la boue. »

Bon, mais quelle importance, la vieille Dodge ? Ce n'était pas la Dodge qui symbolisait quoi que ce soit, mais celle qui était à l'intérieur, celle qui était au-dessus de l'argent, des soucis, de la peur, et – Dieu en était témoin – de l'échec et de la mort. Elle avait été députée, elle avait représenté notre État à des congrès nationaux d'éleveurs producteurs de laine. San Francisco, Omaha, Chicago.

LA REINE DU MOUTON DE L'IDAHO PARLERA ICI CE SOIR.

Elle était généreuse avec les associations caritatives, elle n'oubliait jamais un ami ou quelque pauvre diable mal en point qui avait un jour travaillé pour elle.

Elle a satisfait son petit désir de voyage. En Allemagne, elle a déjeuné avec l'ambassadeur Dawes et acheté pour mon grand-père une pendule où un oiseau chantait les heures. Elle a visité une grande maison d'Écosse et examiné sur leur propre terrain des moutons de race Lincoln, Hampshire et Cotswold. Elle a été reçue en audience par le pape. De Suisse, elle a rapporté une petite boîte à musique qui jouait la marche triomphale d'*Aïda*.

Mais bien longtemps avant tout cela, il y avait eu le moment où elle avait pu rendre service au jeune Forest – ce garçon dont la mère avait, sur la bouche et sur la gorge, le genre de cicatrice que d'autres ont sur le cœur ou sur la conscience. D'emblée, son étoile particulière lui avait donné la certitude qu'un jour elle connaîtrait des politiciens et des élus du Congrès. Ce sont des membres du Congrès qui proposent la candidature de certains jeunes hommes à l'école militaire de West Point. Il se trouvait que le sénateur Borah – celui-là même qui s'était si fortement opposé à ce que notre pays s'implique dans la Société des Nations – était un de ses amis. Ce qu'elle a donc fait n'était pas grand-chose, et tout cela était prévu par ses étoiles, ses éternelles étoiles. Quand le moment est venu, elle n'a eu qu'à prendre son stylo et humecter un timbre-poste. Le sénateur Borah n'a eu qu'à passer le mot à son homologue du Montana.

Et que le jeune Scott Forest avait l'air sévère, sur sa photo de remise de diplôme ! Voilà donc le grand gringalet qui n'était même pas capable de répondre aux questions sur sa mère et sur son fantôme de père ! Quelle détermination, à présent, comme son menton et sa bouche étaient fermes, comme son regard était droit et plein d'assurance ! On sentait presque ses yeux balayer le terrain d'exercice et sa bouche parler avec une autorité inconsciente. On ne pouvait pas dire qu'il éprouvait – encore moins qu'il exprimait – le genre d'émotions qui rendent certains d'entre nous vulnérables, ni qu'on lisait dans son cœur à livre ouvert. Et pourtant, sur le bas de la photo, d'une main que ma grand-mère avait fini par bien connaître, il avait écrit : « Pour Mme Sweringen, avec toute mon affection. »

L'année où elle a eu quatre-vingt-cinq ans, la veille de Noël, le soleil rebondissait comme un écho d'un pic givré à l'autre. Dans la petite ville de Salmon, les étrangers qui étaient arrivés bardés d'armes contre les animaux sauvages ou hérissés de skis se posaient des questions : toutes les boutiques étaient fermées. Ils ne pouvaient pas se procurer de cigarettes, ni de provisions ni de whisky. Certains, même, se sont heurtés à la porte close de maisons de passe.

La ville avait fermé pour l'enterrement de la Reine du Mouton.

On se souvient souvent des dernières paroles, surtout quand ce sont celles des puissants ou des gens qu'on aime. Nous nous accrochons à ces ultimes paroles et nous les répétons comme si elles avaient été prononcées par des personnes auxquelles l'imminence de la mort avait conféré un don de sagesse particulier, refusé à ceux que le destin n'a pas encore frappés, quelque mystérieuse intuition – sinon, quel serait le sens de la mort ? Je crois que ma famille attendait de ma grand-mère qu'elle laisse un héritage verbal dans lequel nous pourrions puiser durant les moments de difficulté, de chagrin, de besoin, bref de malheur. Elle aurait pu formuler une observation sur la souffrance, quelque brève remarque sur ce qu'avait été sa vie si longue et si riche. Elle aurait pu dire : « Ça valait la peine. » Elle aurait pu dire : « Prenez soin les uns les autres », ou « Ne vous cachez pas la vérité ».

Au lieu de cela, ses dernières paroles ont troublé son image. Elles ont été inhabituelles chez elle, banales, peut-être même folles – inhabituelles parce qu'elles ont porté sur un sujet qui lui était très étranger, banales parce qu'elles ne jetaient aucune lumière sur quoi que ce soit, et folles parce qu'elles se situaient totalement hors du cadre de sa vie. Apparemment, l'imminence de la mort n'avait rien provoqué d'autre que de la démence.

Ma tante Roberta se trouvait avec elle au moment où elle est morte. Depuis plusieurs jours, toute la famille la veillait à tour de rôle. Il était impensable que Mama meure seule. C'est donc Roberta qui a entendu ses dernières paroles. Mais on disait volontiers « Bon, vous connaissez Roberta », ce qui signifiait : « Roberta comprend souvent de travers parce qu'elle n'écoute pas vraiment » et « Roberta n'entend que ce qu'elle veut bien entendre ». En tout cas, on ne peut pas donner un autre sens à ce qu'elle a entendu. Les dernières paroles de ma grand-mère ont été : « Oui, coupe les cartes, je veux jouer au bésigue. »

Elle avait toujours considéré les cartes comme une perte de temps.

Au bésigue !

Amy, elle était également folle – de chagrin à cause de son fils mort – au moment où vous êtes née. Votre naissance a suivi la mort du garçon de quelques semaines seulement, et notre mère était elle aussi sans doute folle de chagrin au moment où elle vous a abandonnée. Peut-être se sentait-elle obligée de faire un sacrifice pour montrer à sa mère qu'une femme peut survivre à une perte encore plus grande que celle qui la frappait – plus grande parce que volontaire. Certes, elle savait comment son père se serait senti si ç'avait été lui qui avait pris le petit train et elle qui était morte dans ses bras. Mais notre mère avait été brisée dès le moment où elle avait signé, avec son écriture de pensionnaire, du faux nom d'Elizabeth Owen. Il lui restait presque cinquante ans pendant lesquels elle se regarderait dans la glace et se demanderait où vous étiez, si vous lui ressembliez et si vous pourriez lui pardonner.

Comme elle ne faisait pas partie des Eastern Stars, notre mère n'a pas pu être enterrée dans la même concession que sa mère, la Reine du Mouton. Entre les deux tombes se dresse une clôture ornementale en fer forgé.

Maintenant que j'ai devant moi cette déclaration d'abandon que notre mère a signée de sa vraie main sous un faux nom, Amy, je comprends l'expression de vide, d'égarement qui recouvrait souvent son visage comme un masque et qui me laissait perplexe. Car elle semblait alors devenir une inconnue qui avait peur qu'on ne la touche ou qu'on ne lui parle – et, bien évidemment, c'était une inconnue. Elle était devenue cette Elizabeth Owen qui avait abandonné son bébé. Je la voyais essayer de relever le menton. Et je me demandais : « Pour faire face à quoi ? Pour faire quoi ? »

Maintenant je le sais. Pour faire face au souvenir. Pour avoir agi autrement.

Mais dès que vous avez tenté de la trouver, Elizabeth Owen a été pardonnée : vous étiez la seule à avoir ce pouvoir. Vous avez rendu possible la non-existence d'Elizabeth Owen pour que notre mère puisse relever le menton et sourire.

Voilà la lettre que j'ai envoyée à Amy pour lui parler de celle qui faisait la fierté de la Reine du Mouton et du petit garçon qui avait marché quelques années à ses côtés. Je les soumettais à son jugement, exposés dans le déroulement de leur vie et aussi évidents que le jour sous le pâle soleil des montagnes : mon ange de mère et mon père, aussi beau que pitoyable avec sa Roamer d'occasion et ses rêves. J'espère qu'il en a toujours. Mon grand-père avait l'habitude de regarder au loin sur la route pour déceler le nuage de poussière qui signalait l'arrivée de ses enfants ou de ses petits-enfants ; c'était un temps bien particulier qu'égrenaient alors ses horloges. Mes tantes échafaudaient de petits projets. Mon beau-père, silencieux, restait assis à lire le *Saturday Evening Post* tandis que, de l'autre côté de la salle parsemée d'ombres, son pervers de frère toussait et crachait.

Les voilà tous, qui constituent une seule entité. La vie de chacun d'entre eux avait été formée et déformée par toutes les autres. Ensemble, ils représentaient la vie et la mort de ma mère. De notre mère.

J'ai scellé ces pages dans une enveloppe. Ce n'était évidemment pas une lettre pour la poste. Voyez-vous, les dieux et les Parques ont voulu que je joue moi-même les messagers. J'ai composé le numéro de l'aéroport.

Le téléphone était encore tiède au creux de ma main quand j'ai appelé Amy ; et il n'a sonné qu'une fois. Elle devait être assise juste à côté. J'ai entendu ma sœur prononcer mon nom.

Il n'est pas vrai que les hommes adultes ne pleurent pas.

Thomas Savage
Le pouvoir du chien

Années 20, un ranch au cœur du Montana, tenu par deux frères solitaires et inséparables, liés par des rapports de force ambigus plus que par une véritable entente. Il y a des dominés, les employés et George le cadet, et bien sûr un maître absolu, Phil, insupportable tyran qui se fait une fierté de sa vie ascétique. Mais cet ordre sacré est subitement déstabilisé par l'intrusion de Rose, que George vient d'épouser, et de son fils, être pur et sensible : la rudesse mythique du grand Ouest se mue en violence atavique, et le huis clos familial tourne au drame...

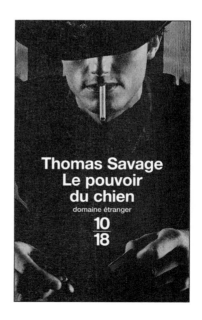

n°3616 – 7,80 €

DOMAINE ÉTRANGER, DES ROMANS D'AILLEURS ET D'AUJOURD'HUI

Richard Hugo
La mort et la belle vie

Shérif dans une petite ville du Montana où il a émigré dans l'espoir de couler des jours paisibles, Barnes la Tendresse est un homme au grand cœur, amoureux de sa femme et satisfait de sa vie. Mais lorsque surviennent deux meurtres cruels, il doit quitter les rivières du Montana pour enquêter dans l'Idaho. Unique roman de Richard Hugo, *La Mort et la belle vie* fut finaliste du prix Pulitzer en 1981.

n° 3126 – 6,90 €

DOMAINE ÉTRANGER, DES ROMANS D'AILLEURS ET D'AUJOURD'HUI

Larry Watson
Montana 1948

Mercer County, Montana. La vie paisible du jeune David Hayden et de sa famille va être irrémédiablement bouleversée. Devenu adulte, il raconte. Leur employée de maison, une jeune Sioux, malade, refuse d'être auscultée par l'oncle Franck, docteur et héros de la guerre, adulé dans toute la région. Lorsqu'elle meurt, David est le seul témoin de ce qui s'est vraiment passé, et il met son père, le shérif, face à un cruel choix de conscience. Larry Watson dresse dans ce premier roman et premier succès le tableau captivant et sans concessions des hypocrisies familiales.

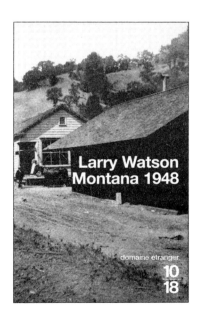

n°2981 – 6,40 €

DOMAINE ÉTRANGER, DES ROMANS D'AILLEURS ET D'AUJOURD'HUI

Impression réalisée sur Presse Offset par

BRODARD & TAUPIN

GROUPE CPI

La Flèche (Sarthe), 27460
N° d'édition : 3702
Dépôt légal : avril 2005

Imprimé en France